当代中国最具实力中青年作家书系

朱山坡 著

驴打滚

中国言实出版社

图书在版编目（CIP）数据

驴打滚 / 朱山坡著 . -- 北京：中国言实出版社，
2018.8

（当代中国最具实力中青年作家书系 / 付秀莹主编）

ISBN 978-7-5171-2868-7

Ⅰ . ①驴… Ⅱ . ①朱… Ⅲ . ①中篇小说—小说集—中
国—当代②短篇小说—小说集—中国—当代 Ⅳ . ① I247.7

中国版本图书馆 CIP 数据核字（2018）第 173057 号

出版统筹：李满意
责任编辑：李　岩
责任校对：王丹誉
责任印制：佟贵兆
封面设计：仙　境

出版发行　中国言实出版社
　　　　　地　　址：北京市朝阳区北苑路 180 号加利大厦 5 号楼 105 室
　　　　　邮　　编：100101
　　　　　编辑部：北京市海淀区北太平庄路甲 1 号
　　　　　邮　　编：100088
　　　　　电　　话：64924853（总编室）　64924716（发行部）
　　　　　网　　址：www.zgyscbs.cn
　　　　　E-mail：zgyscbs@263.net
经　　销　新华书店
印　　刷　三河市祥达印刷包装有限公司
版　　次　2018 年 11 月第 1 版　　2018 年 11 月第 1 次印刷
规　　格　710 毫米 ×1000 毫米　1/16　15 印张
字　　数　167 千字
定　　价　42.00 元　　ISBN 978-7-5171-2868-7

猛虎嗅蔷薇，或者密林里那些身影

作为同行，当我面对这一套"当代中国最具实力中青年作家书系"的时候，心里既有感佩，亦有骄傲。这些当代作家中的佼佼者们，他们活跃在中国当代文学现场，以他们的文字，以他们对时代生活的深刻洞察、对复杂人性的执着追问，以他们对小说这门艺术的理想追求，抵达了这一代人所能够抵达的高度。作为女性作家，当我面对这些男性作家作品的时候，心里既有惊诧，更有震动。相较于女性，他们看待这个世界的眼光是如此的不同。在某种意义上，他们的视野更加宽阔，更加辽远。他们的姿态更加从容，更加镇定。有时候，他们也犹疑，彷徨，踌躇不定，他们在那些人性的罅隙里流连，张望，试图从习焉不察的细部，窥见外部世界的整体图景。然而更多的时候，他们是自信的，确定的。他们仿佛雄鹰，目光锐利，势如闪电，他们在高空翱翔，风从耳边呼啸而过。山河浩荡，岁月绵延，世界就在他们脚下。

在读者眼中，李浩或许属于那种有着强烈个性气质的作家，具有鲜明的个人标识。多年来，李浩近乎执拗地致力于小说艺术的探索，建构起独属于自己的艺术王国。他是谦逊的，又是孤高的，貌似温和家常，其实内心里饲养着野生的猛兽，凶猛而傲慢。

他是野心勃勃的小说家，不甘于通达却庸常的大路，深山密林的冒险于他有着更大的诱惑。

同为"河北四侠"，刘建东则属于藏在民间的高手，大隐于市，是另一种不轻易露相的"真人"。低调，内敛，甚至沉默。他深谙小说之道，是得以窥见小说堂奥的有幸的少数。以出道时间计，刘建东成名甚早。对于创作，他是严苛的，审慎的。他只肯留下那些精心打磨的宝贝，他绝不允许自己有半点闪失。从这个意义上，他是悲观的吧。时间如此无情，而又如此有情。大浪淘沙，总有一些东西终将远去。

骨子里面，或许叶舟更是一个诗人。他在文字里吟唱，醉酒，偃仰啸歌，浪迹天涯。莫名其妙地，我总是在他的小说深处，隐约看见一个诗人的背影，月下舞剑，散发弄舟，立在群峰之巅，对着苍茫天地，高声唱出心中深藏的爱与哀愁，悲伤与痛楚。叶舟的小说有一种浓郁的诗性的气质，跳跃的，不羁的，沉迷的，有时候柔肠百转，有时候豪气干云。

从精神气质上，或许胡性能与刘建东有相通之处。他不张扬，不喧哗，在这个热闹的时代，他懂得沉默的珍贵。他的作品也并不算多，却几乎篇篇锦绣，字字留痕。大约，他是爱惜自己的羽毛的吧。他从不肯挥霍一个小说家的声名。生活中的胡性能是平和的，他只在小说里暴露他与世界的紧张关系。他是复杂的，正如他的小说，又温和又锋利，又驳杂又单纯。

刘玉栋则显然具有典型的山东人的精神特质，沉稳，有力，方正而素朴。他以悲悯之心，注视着大地上的万物。他的文字里饱含着深切的忧思，对故乡土地的深情，对前尘往事的追念，对人间情意的珍重，对世道人心的体察，他用文字构建了一个自足的精神世界，他在这世界里自由飞翔。小说家刘玉栋飞翔的姿势耐人寻味，不炫技，不夸耀，却自有动人心魄的力量。

广西作家群中，田耳和朱山坡是文学新势力的优秀代表，同为七〇后一代，田耳有一种与生俱来的小说家的敏感气质，外部世界的细微涟漪，都有可能在他内心深处掀起惊涛骇浪。他看着那浪潮起起落落，风吹过来，鸟群躁动不安，俗世尘土飞扬，一篇小说的种子或许由此慢慢发芽，生长。他期待着与灵感邂逅时的怦然心动，享受着一个小说家隐秘的不为人知的幸福时光。朱山坡则一直坚持在"南方"写作。他丝毫不掩饰自己的执拗，也不打算解释自己的"偏狭"。南方经验，南方记忆，南方气息，南方叙事，构成了丰富而独特的文学的"南方"。他执着地构建着自己的"南方"，也构建着自己的小说中国。这是一个小说家的自信，也是一个小说家的强悍。

江南多才俊。同为浙江作家，东君、海飞、哲贵却有着强烈的差异性。多年来，哲贵把温州作为自己的精神起源地，信河街温州系列成为他鲜明的文学地标。他写时代洪流中人心的俯仰不定，精神的颠沛流离。他在文字里仰天长啸，低眉叹息。生活中的哲贵，即便是酒后，也淡定而沉着。作为小说家的哲贵，他只在文字里喧哗与骚动。而海飞，文学成就之外，近年来更在影视领域高歌猛进，声名日炽。敏锐的艺术触角，细腻的感受能力，赋予了他独特的个人气息，黏稠的、忧郁的、汹涌的、丰富的暗示性，出人意料的想象力，看似波澜不惊，实则激情暗涌，成为独有的"这一个"。与海飞、哲贵不同，东君的写作，却是另一种风貌。他的文字浸染着典型的江南气质，流淌着浓郁的书卷味道，古典的，传统的，温雅的，醇正的，哀而不伤，含蓄蕴藉。东君深受中国传统文化浸润濡染，深得传统精髓之妙。从某种意义上，他既是传统的，又是现代的。在人们蜂拥"向外"的时候，他选择了"向内"。他是当代作家中优秀的异数。

在同代作家中，黄孝阳有着强烈的探索勇气和激情，他以自己充满野心的文本，努力拓展着小说的思想疆域和艺术边界。他是不甘平庸的写作者，永远对写作的难度心怀敬畏。他飞扬跋扈的想象力，一意孤行的先锋姿态，以及由此敞开的内部精神空间，新鲜的，陌生的，万物生长，充满勃勃生机，挑战着我们的审美惰性，也培育着我们的阅读趣味。

中国当代文学现场，藏龙卧虎，总有一些身影隐匿，有一些身影闪现。无论是显是隐，他们都是这个世界的在场者、亲历者和创造者。他们以斑斓的淋漓的笔墨，勾勒着我们这个时代复杂蜿蜒的精神地形图。或者高歌，或者低唱。或者微笑，或者流泪。他们在文字的密林里徜徉，奔跑。心有猛虎，细嗅蔷薇。

是为序。

戊戌年盛夏，时京城大热

（作者系当代作家，《长篇小说选刊》主编）

目录

论人类不平等的起源

　　我赶写剧本，需要一个安静的地方。好朋友宋仁建议到他的老家菊溪镇上去。他在镇上有一幢小楼，父母都跟随他的长兄到省城里去住了，那幢小楼也就空着。小楼就坐落在河的边上，在竹荫树影之中，只有流水和鸟的声音，还有晨风或晚风送来的薄暮，以及山和云朵在河里清晰的倒影。没有喧嚣，没有干扰，甚至没有互联网，你可以坐在向河的窗台下自由地遐想、心无旁骛地写作。于是，我带着电脑来到了菊溪，一个离京城一千六百公里的小镇。

　　这里果然偏僻，狭小，封闭，楼房大都依山傍水，虽然常常有人来来往往，有汽车穿梭其中，但从早晨到夜晚，从夜晚到白天，都显得从容而恬静。那些来了又去的人，那些发生在外头的热闹，都与小镇无关。镇上虽然商贾穿梭，店铺林立，但都是小商小贩，小本生意，去往者皆为农民，与其说这是一个小镇，不如说是一个乡村，偏远得像是世界的尽头。宋仁说，如果你写累了，又觉得无聊，需要找个人说说话，那就到拱桥对面修表店找李瑞士。整个菊溪镇，只有他配得上跟你聊天，他是当年全省的文科高考状元，上过中国著名的K大学，上个世纪整个八十年代我们县就他一个考上K大学，曾经是全县的宝贝，在县城里戴大红花，在锣鼓喧天中游过大街的。宋仁以为我瞧不起乡下人，特别强调了李瑞士不是普通的乡下人。我出身贫困山区，哪有瞧不起乡下人的意思？

对了，我差点忘记了，他曾经是洪流的学生！洪流！宋仁惊呼道，他竟然是洪流的学生——洪流，你不会不关注洪流吧？

先前我并不太关注洪流。因为我并不关心哲学和学术。洪流突然闯进我的眼球是因为他的抄袭事件。现在只要打开报纸或登录互联网，都会看到铺天盖地的有关他赖以成名的代表作《论〈论人类不平等的起源〉》涉嫌抄袭的新闻。在此之前，我知道他是一个著名的学者，以研究卢梭闻名，是具有国际声望的卢梭研究专家，剑桥、哈佛等大学的兼职教授，他的《论〈论人类不平等的起源〉》早已经成为经典和大学哲学系学生的必读。然而，正是这部"经典"著作被我在新闻界混迹多年的朋友宋仁发现竟然存在着大量的抄袭，尽管抄袭手段隐蔽高明，但还是被明察秋毫、目光锐利的宋仁以极高的学养找到了抄袭的蛛丝马迹，顺藤摸瓜，抽丝剥茧，最后暴露在读者和学界面前的事实触目惊心。宋仁以春秋笔法归纳了洪先生抄袭的手段：搅拌式抄袭、组装式抄袭、改头换面式抄袭、移花接木式抄袭、张冠李戴式抄袭、赤膊上阵式抄袭……洋洋洒洒，汹涌澎湃，刀刀封喉，字字穿心。这是我看到的宋仁写得最好的一篇文章。这篇文章在南方一家著名的报纸发表后，国内外数百家报刊、几乎所有的网络媒介都给予全文或摘要转载，美国、欧洲的各大媒体也以醒目的位置报道和评论

当代中国最具实力中青年作家书系

这个丑闻，一时间沸沸扬扬，产生了轰动效应，其影响远远超出了学术界和文化界。抄袭的证据确凿，面对媒体和学术界的穷追猛打，洪流先生三缄其口，躲在国外避而不谈。其实他的不回应、不理睬、不露面、不接受采访已经证明一切。可怜的洪教授洪先生，大半辈子都享受着学术泰斗、德高望重之誉，到了风烛残年竟落得身败名裂的下场。一座大厦建起来没有人喝彩，但一旦轰然倒塌全世界都跟着起哄。近年来，人心浮躁，急功近利，学术文章粗制滥造，学人不像学人，道德沦丧，唯利是图，学术界的痼疾已经积重难返，有良知者痛心疾首，恨不得引沧浪之水一举涤清学术界的污泥浊水。然而，学术打假多年，雷声大雨点小，抓到的只是无名小卒或二三流的浪得虚名之徒，洪先生是第一个被披露出来的重量级、大师级人物。虽然是学界的丑闻，本应该遮遮掩掩，大事化小，小事化无，家丑不外扬，以免给早已经声名狼藉的学界雪上加霜，然而首先欢呼雀跃的恰恰是学界，他们以痛打落水狗的凶狠声讨洪先生，把"小丑""学霸""学匪""败类""毒瘤""盗窃犯"甚至"国耻"等骂名扣到了昔日他们奉承、巴结的对象身上。令人心寒的是，洪先生的一些学生竟然也站出来与洪先生划清界限，揭露洪先生的种种陋习和不轨，良心泯灭，沽名钓誉，面目可憎，误人子弟，流毒难以肃清。树倒猢狲散，墙倒众人推。什么人类不平等的起源？他才是学术界不平等的起源！他们道貌岸然地痛斥道，这种人应该被绑在道德的审判席上，由良知、正义和公平宣判他死刑！对他的伪著进行鞭尸！而宋仁因此在新闻界、学术界一夜成名，其知名度直逼洪先生，有人迫不及待地为他申请见义勇为基金奖励，还有人张罗为他申报普利策新闻奖……

作为一个声名显赫的学者和德高望重的社会贤达，洪流先生看到国内声嘶力竭不留余地的声讨（估计应该能看到），肯定羞愧难当无地自容。洪先生如果是日本人，可能会选择剖腹；如果是韩国人，可能会声明永远退出学术界；如果是欧洲人，可能会虔诚地忏悔乞求宽恕。但洪先生是中国人，某些做错了事的中国人往往以三种方式应对：一是死猪不怕开水烫，爱咋样咋样；二是百般抵赖，发动亲信死党帮忙狡辩到底；三是良知未泯，无面目见人，一死以谢天下。洪先生傲骨铮铮，疾恶如仇，曾公开抨击社会不平等不公平现象，被称为公共知识分子和"时代的良心"，这种人断然不会摆出一副死猪相，更不会抵赖、狡辩。因此，他只会选择最后一种方式。在我来到菊溪镇之前便看到网上最新八卦新闻称，巴黎警方已经证实，有一名年老的亚洲男子一头撞死在巴黎的卢梭墓前，血肉横飞，惨不忍睹，他身上没有任何身份证明，面容全毁，一时无法辨认。但据知情人透露，死者正是在法国出席第十五届国际卢梭学术研讨会的洪流。传闻是否真实，后事又如何，我无从得知，因为镇上没有互联网，也没有报纸，况且，我哪有那么多精力浪费在这些百无聊赖的八卦新闻上？再说了，我与洪流素昧平生，没必要对此寻根问底。

然而，说与洪流素昧平生是不符合事实的。准确地说，我跟洪流有过一面之缘。多年前我还是记者的时候，在北京举办的第五届国际卢梭学术研讨会上见过洪流先生，会议正是由他主持。洪先生身材魁梧，西装革履，温文尔雅，神采飞扬，声音洪亮，颇具鸿儒之风。他对会议的把握张弛有度，应对自如，说话引经据典，信手拈来。令人印象深刻的是，他能用流利纯正的法语大段大段地背诵《论人类不平等的起源》，抑扬顿挫，声情并茂，引发阵阵喝彩。说实话，我对洪先生还是佩服的，像佩服卢梭一样。我远远地看着，为洪先生那口散发着特殊魅力的法兰西语着迷。我是临时替代同事宋仁采访会议的。宋仁对这种学术会议不感兴趣，我相信，我们报纸的读者对此也不会感兴趣。虽然我对哲学兴趣不大，但我对《论人类不平等的起源》感兴趣，因为大学时代我研读过此书，并有一次偶然的机会与一个哲学系女生激辩过其中的一些观点，后来，这个女生成了我的女友，最后还成了我的妻子，在很长的一段时间里，《论人类不平等的起源》成了维系我们爱情的纽带。本来，我想趁此机会请教洪流先生几个问题，是关于卢梭和《论人类不平等的起源》。但洪流先生正忙于决定话筒的去向，那些来自不同国度、有着不同肤色、满腹经纶的学者兴致勃勃踌躇满志，在会上争相发言，急于证明自己并非不学无术。在学术大厅的后排，端坐着清华、北大哲学系的学生，他们神情肃穆，全神贯注，也有跃跃欲试奢望发言者。屈指算来，那时候李瑞士已经离开 K 大学多年，如果还在 K 大学，这些旁听者中肯定有他。

应该是在这次会议的八九年前李瑞士便已经告别了 K 大学。宋仁对李瑞士似乎知根知底。后来我才知道，菊溪镇上几乎所有的人都知道李瑞士的根底。李瑞士被勒令退学，实际上是被开除了，那时候他已经念到大四第一个学期第三周。校方开除他的理由是他得了一种病，据说还可能传染。实际上，谁都知道，他被开除的原因是谈恋爱。那时候，大学生谈恋爱是违反校规的，是要被开除的。更深层次的原因是，李瑞士跟洪流先生的太太好上了。洪太太只比李瑞士年长五岁，是他的同门师姐。当然，这是洪先生的第三任太太。洪太太年轻漂亮，风华正茂，而且才华横溢，性情温和，落落大方。洪先生慈爱如父，对学生均有护犊之情，学生们也经常参加在他家里举行的卢梭学术沙龙。因此，洪先生家常常高朋满座，一屋朝气，弥漫着浓郁的学术气息，卢梭学术沙龙也逐渐声名远播，京城的或出差到京城的一些卢梭研究专家也常常慕名而来。举办沙龙的时候，洪太太总是热情周到地给每一个学生和客人倒茶、削水果，或站在洪先生的身后为洪先生揉背，并时机恰当地给洪先生递上茶杯或痰盅。她总是面带微笑地看着发言的学生，仿佛是在欣赏，在赞扬，在鼓励，这时候，她给学生们的勇气和激情要比洪先生多得多。三年多时间里，生性怯懦但聪明过人的李瑞士从一个连普通话都说不流畅的乡下娃成长为能用流利纯正的法语背诵《论人类不平等的起源》的青年才俊，而且成为一个狂热的"卢梭迷"。他不仅将自己的名字李大富改为李瑞士以此纪念卢梭的祖国瑞士，还常常在沙龙上就卢梭的一些观点与同学们争得面红耳赤，甚至敢与洪先生针锋相对。流传甚广的一个经典场面是，洪先生与他的一个学生就《论人类不平等的起源》争辩，互不相让，双方都不顾身份，开始是说汉语，后来双方都说法语，引经据典，言辞激烈，场面惊心动魄，最后谁也不知道谁是谁非谁胜谁负，是洪太太适时出手把这场争辩体面地轻轻平息了。洪先生毕竟是洪先生，他对学生锋芒毕露咄咄逼人的莽撞并不在意，还为自己有这样的学生而欣慰，事毕，他当场真诚地表扬了这个学生的不人云亦云敢于争辩的学术态度，并向学生们宣布，今后如果他不在家，卢梭学术沙龙就由这个学生主持——这是一个莫大的荣耀。在许多关于洪先生的传记或文章中都写到了这件学界轶事，成为了洪先生学术雅量和高尚品格的最好佐证。但没有哪一个版本提到这个学生是谁，只有在场者知道，这个学生便是李瑞士。他们之所以一直秘而不宣或刻意隐匿，跟李瑞士只是一介乡村野夫的低微身份有关，写出来玷辱了洪先生，但更主要的原因是后来发生了让同门中人羞于启齿的事情。

刚才说到了洪太太。这个在家里和公众场合永远穿着旗袍戴着珍珠项链，有着江南烟雨一般气质的女子让李瑞士深深迷恋了。李瑞士不止一次在同学面前说，洪太太简直就是华伦夫人再世！如果熟悉卢梭生平的话，肯定知道华伦夫人以及她对卢梭的影响。洪太太不仅有华伦夫人的高贵典雅气度，还有华伦夫人对人体贴入微、温柔善良的母性。跟华伦夫人一样，洪太太能歌善舞，还能弹一手好钢琴。李瑞士有事没事都要往洪先生家里跑，要跟洪太太学弹钢琴。然而，他的音乐悟性先天不足，他的手砍过太多的柴耙过太多的地，钢琴无法承受他手指的粗大和僵硬。他并不气馁，弹琴不成，要写钢琴曲，让洪太太弹奏。但他写出的钢琴曲乐理不通，即使最高明的钢琴家也无法演奏，当然也把洪太太难住了。洪太太并没有因此瞧不起李瑞士，她安慰李瑞士说，你的才华不在钢琴，也不在作曲，而在《论人类不平等的起源》——这是一部足够你消化一辈子的著作，是打开卢梭思想宝藏和世界智慧密室的钥匙，你是悟性最接近洪先生的人，洪先生靠它成名成家，你一样可以。洪太太的话如醍醐灌顶，让李瑞士彻底弄懂了自己的价值和努力方向。于是，李瑞士对《论人类不平等的起源》更加如痴如醉，无论见到谁，都必谈之，慷慨激昂，手舞足蹈，犹如耶稣描述天堂。法语是一种优美的语言，卢梭用法语写就《论人类不平等的起源》，也只有用法语朗读它才最有韵味。近乎狂热的李瑞士凭其罕见的天赋在短时间里掌握了法语，对此，连号称法语奇才的洪先生也大为惊讶并对他刮目相看。在洪先生的家里，如果只有洪太太在家，洪太太便坐到钢琴边，优雅地演奏贝多芬的《命运交响曲》，李瑞士则站在洪太太的对面，用法语深情而激昂地朗诵着《论人类不平等的起源》。此刻，李瑞士是卢梭，洪太太便是华伦夫人。

关于李瑞士与洪太太有悖师道的传闻被封锁得严严实实，只有少数学生和校方领导知道。实际上他们也并不知道真相，真相只有洪太太、李瑞士和洪先生知道，但他们没有告诉任何人。只有一次，洪先生跟别人痛心疾首地说到"红颜祸水，祸起萧墙"。李瑞士也没有过多申辩，只是说"发乎情，止乎礼"。洪太太则对此一言不发，出入穿着依旧雍容华贵，举止得体优雅，学生们非但没有鄙视她，还对她给予了足够的同情，私下不再称她师母，而亲切地称她师姐。洪先生五十多岁了，洪太太才二十七八，多别扭呀，这才是婚姻不平等的起源，他们说。但学生们觉得李瑞士配不上洪太太，李瑞士算什么东西？一个乡巴佬！除了研究卢梭，除了会几句法语，他还懂什么？他们瞧不起李瑞士，断言他和洪太太的爱情也不会有结果，身份差异是这场爱情不平等的起源，他们的判断是有逻辑的，也是准确的。校方以快刀斩乱麻的方式迅速平息了这起在他们看来是丑闻的感情纠纷。李瑞士被勒令退学，实质上是开除。按照校规，这个处分一点也不冤枉。李瑞士没有申诉，收拾东西，头也不回地离开京城，回到了乡下。从此，洪先生家里再也不举办卢梭学术沙龙，也不再允许学生踏入。洪先生闭门搞学术研究，声望越来越大，由于他的存在，成为学子们报考K大学哲学系的最重要理由。但校园里逐渐罕见洪太太的身影，三年后，也就是李瑞士搬到镇上修理钟表那一年，洪太太跟洪先生离婚，远走瑞士，再也没有回来。洪先生也再没有续娶，经常奔波于国内外各种学术会议，卢梭成为他在国际上行走自如的通行证，如果不是抄袭丑闻，《论〈论人类不平等的起源〉》将无可争议地写进他的墓志铭。

李瑞士被开除回乡，成为当年轰动一时的新闻。原先借过钱给李瑞士读书的亲戚，纷纷上门讨债。他的母亲无法接受现实，一气之下从山崖上跳下去摔死了。他的父亲是一个目不识丁的村夫，为了此事竟独自上京讨个说法，但一去再也没有回来。有两种猜测，一是他到了北京，无法为儿子讨回公道，没有脸面回来，成为京城乞丐或流浪汉；二是他死在路上，不是饿死，便是病死。据宋仁说，本来，李瑞士是可以重返大学校园的，只要他肯向学校忏悔，向校方写保证书。如果不愿意向校方屈服，他还可以重新参加高考，考取别的大学。当年省师范大学从惜才爱才的角度出发，愿意接收他继续读完最后一学期大学，而且给予他正规生的一切待遇，但都被他拒绝了，县长三番五次出面力劝也没有用，他就死心塌地呆在老家种地，砍柴，喂猪，结婚，生男育女，过着与普通农夫一样的生活。三年后才卖掉了家里的耕牛，在镇上修理钟表，一呆就是二十年。这二十年来，李瑞士从没离开过菊溪镇。他似乎早已经忘记外面的世界，像当年卢梭那样隐居于乡野。镇中学曾礼请他当教员，甚至县政府曾邀他担任秘书，等等，都被他一一拒绝。

在李瑞士搬到镇上的第一年，有一天，一个从菜市场回来的人告诉那些坐在钟表修理店前闲聊的人说，菜市场那边来了一个美妇人，穿着打扮不像我们乡下人，她穿着藏青色旗袍，胸佩珍珠项链，手戴玉镯，拎着一个黑色坤包，穿高跟鞋，皮肤很白，走路很好看。她说找李瑞士，我告诉她，我们镇没有李瑞士，只有李大富。自从李瑞士从K大学回来后，大伙便不叫他李瑞士了，叫他的原名李大富——他都不在K大学了，还配用那么文雅的名字吗？

李瑞士修理钟表的手只是轻轻颤抖了一下，双眼依然很专注地盯着手里的表，镇静得像刚从K大学回来时的样子。因为镇上很多人都拿洪太太来取笑他，说洪太太到了县城啦，请他去县城见面啦；在路上碰到李瑞士，便说洪太太已经在他家里守候多时啦……每一次捉弄，李瑞士都一笑了之，从不相信。那人继续说，那妇人说了，我从北京来的，我叫苏玉兰，麻烦你转告一声李瑞士，请他来见见我……傻子也看得出来，她就是传说中的洪太太。

我都说了，这里没有李瑞士，只有李大富。

那就请转告李大富……

那人继续眉飞色舞地说，一个美妇恳请我办点事情，我总不能无动于衷吧，我便装模作样地去叫李大富，实际上我是拐进了文化站的厕所里，拉了一泡屎出来，又装作气喘吁吁的样子跑到洪太太的跟前说，李大富说现在是日内瓦时间十二点整，是修理钟表的时间，谁也没空见，也不想见你。洪太太说，你带我去见见李瑞士——你们的李大富吧，我倒了七八趟车，走了一千多公里，路上晕头转向的，差点找不着地方了，到了菊溪镇，我就彻底迷路了。她说话的声音倒是好听，像钢琴发出来的（有人插话，你听过钢琴弹奏吗？那人争辩说，钢琴的声音估计就像洪太太说话的声音。众人哄笑。）那人继续说，洪太太说话的时候总是满面笑容地看着你，眼睛亮晶晶的，小嘴唇湿漉漉的，露出整齐洁白的牙齿，让人心里酥麻得难受。我说，怕路上的牛粪弄脏了你的鞋，又怕乱飞的尘埃沾满了你的衣服，还怕乡下人的目光吓破了你的胆，我不带路——我给一个妖精带什么路啊，即使要带，我也得先征得李大富同意吧，李大富，你说我做得对不对？

那人的话才说完，一个穿旗袍的女人已经站到了修表店的门外。众人皆惊，手足无措，纷纷散开，躲到马路对面的槐树荫下远眺。不一会儿，那边密密麻麻地挤满了从四面八方赶来看究竟的人。

洪太太仰望着修表店牌匾上的七个字：瑞士钟表修理店，似乎对这几个字饶有兴趣。她应该认得出来，这是李瑞士的手笔。李瑞士的毛笔字写得很差，镇上的人说顶多是小学五年级的水平，但他们都承认李瑞士有很高深的学问，比如钟表，无论什么样的坏钟表，到了他手上都能修理得好，电饭煲、电视机等电器他也精通，用他的话说，给他足够时间，从天上掉下来的飞机、卫星也能修好。修表店门前有一棵树，玉兰树，才长到三五米高，洪太太手抚着玉兰树，竟无故流泪。镇上的人原先并不知道，洪太太的名字叫苏玉兰，洪先生家的阳台上就有三棵玉兰树，全是李瑞士栽的，后来被洪先生拔掉毁弃了。这种玉兰树，是苏州品种，开花的时候，香气四溢，像巴黎香水一样醉人。修表店前这棵玉兰由于疏于照料，长得粗犷臃肿，但已经算是好看的了，只是还没到开花的年龄，不过，事后有人说闻到玉兰花的香味了，是从洪太太的身上散发出来的，像一万朵野菊花的香气扑面而来，冲得他人仰马翻，差点掉到臭水沟里去。

李瑞士猫着腰从里面出来，摘下残存半块镜片的眼镜，抬头便看到了洪太太。据那些闲人后来描述说，当时李瑞士窘迫得像骑在母猪的身上下不来。李瑞士的头发乱蓬蓬的，胡子像鸟巢，穿着上世纪农民才穿的土布衫，没扣子，露出鸡胸般瘦削的胸脯，那一双破损得不成样子的拖鞋无法掩藏脏黑的双脚。

你怎么真来了？李瑞士用责怪的语气说。

洪太太看着简陋的房屋和更简陋的家具，看着寒酸不堪的李瑞士，禁不住掩面哭泣。据镇上的人说，洪太太连哭泣的样子都是那么优雅、高贵、令人着迷。他们说，宁愿看洪太太哭，也不愿看镇上的女人笑。

李瑞士显然是手足无措，这时候，他的老婆回来了。这个看上去粗鄙庸俗又矮又胖的女人回来得不是时候，她上下打量着洪太太，斜着眼矜持地问，你就是……

洪太太点点头，止住了哭泣，轻轻擦去脸颊上的泪痕。李瑞士老婆放下背上的孩子，迫不及待地坐在门前喂奶。肥大的乳房以摧枯拉朽的气势把李瑞士和洪太太都镇住了。充足的奶水湿透了大块衣服，一股快要馊了的奶水的味道迎面扑来。镇上的人隔着马路远远地嘲讽李瑞士的老婆说，就算你的乳房比水缸大，奶水比屠猪场水沟的水充足，也不可能跟人家洪太太平起平坐——什么叫不平等，这就叫不平等！

此时已是黄昏，夕阳的倒影落在河里，山上涌来的薄暮悄悄蚕食着亮色，空荡荡的马路显得多余，小镇恬静得宛如梦境里的天堂。

李瑞士说，我们到河边去走走。他说话的时候看了妻子一眼，妻子不置可否，一手抱着孩子，另一只手托着乳房，像卢浮宫里的一幅圣母油画。洪太太微笑着向她致意，镇上的人点评说，那是向她的乳房致意。

李瑞士领着洪太太越过马路，绕过牌楼、电影院，拐过旧磨坊，走过码头，然后淹没在竹影里。有人看见他们沿着河畔一直往南走。这条河就叫菊溪，有着塞纳河的幽静、绵长和哀愁。这时候，青草蓬勃，菊花盛开，渐浓的暮色也遮挡不了它们的奔放。

镇上的人们并不知道李瑞士和洪太太到底走了多远，走了多久。后来人们向李瑞士的老婆探听情况，她说她睡着了，不知道李瑞士什么时候回来的。有人说那天晚上李瑞士并没有回来，他们也没有走多远，他们就在菊溪的银石滩坐到了天明。还有人说在梦里听到钢琴的弹奏和熟悉的《论人类不平等的起源》朗诵。人们反驳说，哪里来的钢琴弹奏？整个菊溪镇都没有钢琴，洪太太来的时候几乎两手空空，她的坤包里怎么可能藏着一架钢琴呢？梦中听到钢琴声的人坚称自己听到了，非常清晰，就像在她的窗前弹奏一样，而且整夜都听到了钢琴声，还有李大富用法语的喊叫。

我以为你们都听到了，那琴声像风又像雨敲打着玻璃窗，断断续续，虚无缥缈，李大富又哭又笑，又喊又唱，如果不知道真相，我还以为是狼嚎狗嗥……她说。

第二天，镇上的人们再也没有看到洪太太。有人说亲眼看见洪太太撑着一只小船离开了——其实，出了菊溪镇，菊溪河面便长满了水草，已经很久没有船行走。也有人说洪太太就在镇上某个地方藏起来了，李大富每天夜里都去跟她住在一起。有好事者夜里居然埋伏在李瑞士的家门口，试图跟踪他，弄清楚洪太太究竟藏在哪里，但李瑞士除了每夜上一趟厕所外，哪里也不去。偶尔，跟踪者还能听到修表店里李瑞士老婆同房时发出的杀猪般的尖叫。白天，李瑞士若无其事地修理他的钟表，他的老婆依然当众敞开乳房喂养孩子，脸上洋溢着性满足后的骄傲和惬意。别人问她，洪太太怎么样？她坚决地说，我从没看见过什么洪太太，谁是洪太太？

没有人知道那天晚上洪太太和李瑞士究竟说了什么。有人猜测，是洪太太要搬到菊溪镇居住了，要挤掉李瑞士现在的老婆嫁给他；也有人认为，洪太太要带李瑞士远走高飞，不再让李瑞士窝在这个小镇浪费青春；还有人说，洪太太生下了李瑞士的孩子，跟洪先生离婚了，恳请李瑞士跟她回北京……平常闲不住的时候，人们向李瑞士求证。李瑞士说，等你们理解了《论人类不平等的起源》，就知道那天晚上洪太太跟我说了些什么。可是，除了李瑞士，镇上有谁真正读过《论人类不平等的起源》？也许是他们要知道洪太太究竟和李瑞士说了什么，从那时候起，他们带着嘲弄和取乐的姿态跟李瑞士讨论人类不平等的起源。一方是虚情假意，胡搅蛮缠；一方是郑重其事，真枪实弹。

人类在猴子时代就不平等了，一些猴子变成了人，另一些猴子到现在还是猴子……他们说，因此，人类不平等的起源应该深挖到猴子时代，挖到猴子的祖宗身上去……

李瑞士启蒙说，人类不平等的起源跟猴子没有关系，是人类自身造成的不平等。

比如说，你和洪先生不平等的起源就与猴子无关……他们说。

我和洪先生……你们懂个屁！李瑞士愤愤地说。

那不说洪先生。有人生活在大城市的高楼大厦，有人只能呆在菊溪镇的瓦房里；有人吃香喝辣的，有人做梦才能吃上一顿肉；有人享尽荣华富贵，有人一辈子贫贱如狗……这也是人类的不平等吧？它的起源在哪里？它有起源吗？他们说。

世界上富有的和有权势的少数人欺骗了贫困和低微的大多数，这是人类不平等的起源之一。人们都被欺骗了，所以他们一辈子

当代中国最具实力中青年作家书系

呆在小地方，过着贫贱的生活，为吃上一顿肉必须流尽汗水，付出一百倍的艰辛。李瑞士满腹经纶，要对愚昧无知的小市侩进行必要的启蒙，把他们从小富即安的低级幸福感中解救出来，却经常被他们打岔，钻牛角尖，让他哭笑不得。

那是谁欺骗了我们？你那么聪明，难道也被欺骗了吗？如果你没被欺骗，为什么过得比我们还窝囊？他们咄咄逼人，在哄笑中让李瑞士无法施展他的雄辩口才。

没有谁能欺骗我……李瑞士说，我是见过大世面的人，博古通今，胸有雄兵百万，只是你们不知道而已。

那只能是你自己欺骗了自己。他们鄙夷地说。

我没有欺骗自己，我只是怀疑自己——我从怀疑世界开始，怀疑一切，最后怀疑自己——天才总是把自己放到最后一个作为怀疑对象的。李瑞士说。

你怀疑自己什么？他们追问。

我怀疑……人类不平等的起源就在每个人的身上。我的不平等，源于我自己。李瑞士沉吟道。

我们还是不明白人类不平等的起源到底是什么……他们摇摇头。

李瑞士说，总之，人类不平等的起源跟人类的起源一样复杂，我的祖师卢梭先生已经作了天才的论述，但他没活到现在，很多不平等的东西他没见过，因此，我继续替他寻找真理。如果你们有兴趣，可以读读我的著作。

李瑞士从箱底里搬出一堆稿纸，每页稿纸上密密麻麻地写满了字，只见首页上写着《续〈论人类不平等的起源〉》。众人一哄而散，说，李大富，你还寻找什么真理，你本身就代表了人类不平等的起源！你就是真理！

李瑞士打量着自己，无奈地笑笑说，是吗？

虽然他们跟李瑞士讨论人类不平等的起源大多是驴唇不对马嘴，且总是不欢而散，但他们仍喜欢跟他争论不休，因为这是小镇打发无聊的为数不多的途径之一。他们坐在钟表修理店前，如果不谈论人类不平等的起源，李瑞士从不搭腔，专心致志地修理钟表——无论多残损的钟表在他的手上都能修好，只要无话题可说了，又没到散去的时间，他们就会扯到人类不平等的起源，纯粹是为了逗乐。比如说，今天的猪肉涨价了，户口可以放开落户了，哪里的飞机坠毁了火车追尾了，北京的房价飙升得比火箭还快，哪个官吏贪污被抓了，哪个富人包养了十一个情妇，哪里拆迁的推土机半夜推倒了人家的房子，谁家的孩子在深圳的外资企业跳楼自杀了，等等。这是人类不平等的起源！他们理直气壮地嚷道，李大富，你说说，是不是？李瑞士笑笑道，你们只看到皮毛而已。而他们甚至把男盗女娼、夫妻房事、牲畜交配等最后都扯到人类不平等的起源上去，自然能带来无穷乐趣。但遇到李瑞士心情不痛快时，他会对他们吼叫，一群村夫愚民，一堆酒囊饭袋，不配跟我谈论人类不平等的起源！去，滚远点！他们对李瑞士粗鲁的不留情面的逐客令早已经习以为常，第二天如果不刮风下雨，或者菜市场那边没有更热闹的事情，他们依然会来，还会谈论到老生常谈的话题。

关于李瑞士的逸事趣事可以将菊溪镇填满。比如说：他从不关心北京时间，别人问他几点了，他说的时间比北京时间晚六个小时，明白人知道他所说的是日内瓦时间；被他修理过的钟表，时间总是被调整为日内瓦时间，顾客如果有意见，他就调整为巴黎时间——巴黎是卢梭生活过的最重要的城市——这是他最后的妥协了；他每天起来的第一件事便是高声胡喊着穿街过巷，到菜市场买菜，镇上的人知道他是用法语朗诵着《论人类不平等的起源》；人们说，那些来历不明的疯子口里念念有词，别以为他们胡言乱语，走近仔细一听，发现念的也是《论人类不平等的起源》。反正，在菊溪镇，要是不知道卢梭、洪太太和《论人类不平等的起源》，那肯定是外来不到三天的陌生人，要被怀疑是流窜作案的小偷的。有一次，镇上的一个药商从广州捡回来一条又老又丑的哈巴狗，颇为自得地炫耀说，这是法国良种狗，比我们中国的狗要高贵，不住中国的狗窝，不吃中国产的狗粮，不跟中国的狗交配，关键是，它从不吃人的粪便，它跟人是平等的，谁让它是法国的血统呢——这是狗不平等的起源。这条狗在菊溪镇引起了热烈的围观，它骨瘦如柴，浑身长满了癫疮，腥臭熏天，人们不知道它究竟高贵在哪里？最讨人烦的是它嘎嘎嗷嗷不停地吠了一整天，对谁都吠，样子凶恶，似乎要吃人，它嚷什么呀？好像有话要说似的。在广州有美国的狗、德国的狗，还轮不到它说话，到了菊溪镇它就是狗中王后了，发号施令了，发表演说了，你们听明白了吗？有人问大伙。大伙不明白，问狗主人。狗主人也觉得纳闷，抱到李瑞士跟前一本正经对他说，我弄不明白它说什么，我想到了你，因为我想它说的肯定是法语，你给我们翻译翻译。李瑞士已经喝得半醉，突然向那只哈巴狗当头吐了一口脏物，骂道，妈的，什么狗东西，你也配朗诵《论人类不平等的起源》？那条狗当晚羞愧而亡。

宋仁说，洪流先生的很多学生都功成名就了，单李瑞士混得最不景气，一个本来可以功成名就的人，结果一辈子贫困潦倒，碌碌无为，沦为与贩夫走卒、山野村夫为伍的庸人。洪先生身败名裂之前，他不敢说自己是洪先生的弟子，现在，洪先生身败名裂了，他更不会说自己是洪先生的弟子，都丢人哪。

研究了一辈子《论人类不平等的起源》，不知道他到底找到了答案没有？宋仁惋惜地说，他被误了大半辈子——看起来是被洪流所误，实际上是卢梭误了他。

我的剧本写得出奇的顺利，时间和进度都在自己的掌握中，因此心情也很舒畅。为了防止身心俱疲生出倦怠来，每到临近黄昏，我总要离开那幢小楼，沿着河畔到镇上去走走，看看居民的生活状态，看看流水，看看河边种菜浇水的妇女，什么都看过了，便想去看看李瑞士。宋仁说，李瑞士是怪杰，见到他的时候不要摆架子，不要有城里人高人一等的优越感，跟他说话的时候要认真，要坦诚。

这天黄昏，我来到了瑞士钟表修理店。这是一间普通的瓦房，低矮，狭窄，昏暗，灯光早早就从瓦片间穿透出来。房间的墙上挂满了形形色色的钟表，所有钟表整齐划一地显示着日内瓦时间。玻璃柜台里堆满了乱七八糟的钟表零件，那些已经被镗开了肚皮的钟表正痛苦地等待着骨肉团聚。门前这棵玉兰树已经长到大碗口那么粗了，枝繁叶茂，还散发着浓郁的花香。忽然想起，这正是玉兰飘香的时节。

首先见到的是李瑞士的妻子。像宋仁描述过的一样，果然像乡下屠户的女儿。穿着宽大的衬衣，胸前的纽扣显然无法或无暇扣上，奶子露出了大半。

李先生在家吗？我问。

她没有多看我一眼，朝屋里面嚷了一声，李大富，有人找你修理钟表。

我不是修理钟表的。我说。我手上的瑞士表戴了七八年了，从没出过毛病。

那你找李大富干什么？她狐疑地看着我。

我说，如果他有空，我想向他请教人类不平等的起源。

神经病！她低声地嘟囔，不知道是骂我还是骂李瑞士。

李瑞士从屋里出来了。满脸油光，满嘴酒气，暴露于唇上的牙缝里塞满了菜叶，整个人的样子跟当年洪太太到菊溪镇见到他时差不多，也许比那时候更猥琐，至少比那时候更衰老，头发乱而斑白，背也微驼，还不到五十岁，便像一个小老头。

我是宋仁的朋友。我自我介绍说，我就住在他的阁楼里，已经住了好几天了，早想来拜望你，向你请教。

请教个屌。李瑞士爱理不理地边说边清扫着地面上的垃圾，如果不是躲闪得快，那把脏扫帚便扫到了我的皮鞋。

吃了个闭门羹，我不知道如何跟他继续下去。他突然停下来看我。

听说宋仁是一个不错的狗仔队员，哪个明星和谁关起门睡觉也能被他拍到。李瑞士鄙夷地说，什么狗东西，他在外面败坏了菊溪镇的声誉——今天我还收到了他给我寄的一堆剪报，是关于洪流抄袭事件的。你知道洪流吗？

我点点头，有所保留地说，略有所闻。

他是我的先生，李瑞士坦然道，一个最有资格和我争论人类不平等起源的人。

我说，我早就听宋仁说起过你，你是一个学识渊博的乡贤，对人类不平等的起源和人类的生存困境思考很深……

一派胡言！李瑞士一扔扫帚，宋某人在外面说我模仿卢梭却像尼采，尼采是什么狗东西！尼采一辈子也没有弄懂自己，更不用说整个人类！他怎么能拿我跟尼采相提并论呢？他宋仁算什么东西！

在宋仁眼里尼采是一个疯子。但宋仁不是狗仔队员。他是有道义有担当的新闻记者，写过很多有分量的文章，还因为卧底黑煤矿被识破挨过痛揍，差点丢了性命，但他在新闻界一直默默无闻，直到最近第一个站出来揭露洪流抄袭内幕才声名大振，大快人心，一夜之间成为名记。虽然我早已经不当记者，但我对记者这个职业非常尊重，即使是狗仔队，他们的劳动也是有价值的。

在我面前，你不要提宋仁，他声称自己是一个记者，不去追问人类不平等的起源，却对追问人类不平等起源的人说三道四，胡搅蛮缠。狗仔队，狗东西！李瑞士痛骂宋仁。宋仁曾说过他跟李瑞士关系不错，每次回到菊溪镇总要跟李瑞士喝上几杯，但情况并不像他所说的那样。

《论人类不平等的起源》值得一辈子去研究。人类社会有太多的不平等，国与国之间，地区与地区之间，阶层与阶层之间，领域与领域之间，人与人之间，不平等无处不在，无时不有，没有人弄得明白为什么，它的起源在哪里？我扳着指头说，比如说，美国与伊拉克，波斯湾与索马里，房地产商和砖瓦匠，高尔夫和过劳死，权贵和底层，专制和民主，真和假，黑和白……我说。

你太肤浅了。你只不过是一个愤世嫉俗的人——跟宋某人一样，你比他强不到哪里去。我不愤世嫉俗，从不认为自己怀才不遇，你看看，我对世界、对社会没有什么不满，即使昨天有人往我店门口扔粪便、今早张屠户少卖给了我一块腐肉，我也不生气；

我不关心世事，不惹是生非，不干扰政务，不争权夺利，不与人结怨，我只娶一个女人，只住一间草庐，粗茶淡饭，苟避世事，但我从来不觉得不平等——平等是什么狗东西！李瑞士说。

我们不都一直强调和追求平等吗？权利的平等，机会的平等，法律的平等，尊严的平等，生死的平等，可是完全的平等和我们还有距离，你是对平等感到失望，对世界感到无奈，你选择逃避，独善其身，看起来你什么也不在乎，但实际上你内心波涛汹涌……我说的是实话。

你认为我在逃避吗？李瑞士抬头质问我，卢梭并没有让我们逃避。

当年卢梭在像菊溪一样清静的乡下隐居六年，写下了《民约论》《爱弥儿》，康德终生未离开家乡柯尼斯堡，他们虽然隐居，但并非逃避，而是用思想和文字改变世界……我侃侃而谈，听说你一直坚持写作，写了许多书稿……

我无力改变世界。我才没有这个雄心。李瑞士冷笑着指了指他的妻子。她正从椅子上拿起一把皱巴巴的纸给孩子擦拭屁股。李瑞士说，这是我的小孙子，我的三个儿子都在深圳建设社会，为这个平等的世界添砖加瓦。我赶紧看椅子上剩下的那些纸，上面写满了密密麻麻的蝇头小楷，与卢梭及人类不平等的起源有关，字迹工整，连引用、注释也十分严谨规范，可见他写得极其认真。

你怎么能毁了自己的手稿？我惊讶且惋惜。

一堆废纸。李瑞士若无其事地说，稿子写完了，我的思考也就完成了，还留下它干什么？就像你吃下的东西，消化了，你为什么要阻止它变成粪便呢？

这是《续〈论人类不平等的起源〉》吧？我问。

李瑞士吃惊地说，看来宋仁告诉了你不少——宋某人真不愧是狗仔队的，千里之外也知道我在干什么！

我们去河边走走？我诚意地邀请说。

我没空，我得把这棵树砍掉。李瑞士平静地说，然后从门角里拿出一把生锈了的斧头，径直去砍门前的那棵玉兰树。

先生，砍了可惜。我做出劝阻的姿势，李瑞士的斧头朝我一挥说，你不要管，你什么都不知道。

我不敢阻拦。李瑞士猛砍，气喘吁吁。

李大富，木屑都落到我的奶子里去了！李瑞士的老婆愤激地抖动她的衣襟，果然几块木屑从她的胸前掉下。

玉兰花的香气慢慢淡下去，花香里散发着淡淡的哀伤。

很快，一棵树轰然倒下。花香四散逃逸，受到惊吓的尘埃一哄而起。

从此菊溪镇再也没有玉兰树。李瑞士如释重负地说，世间再也没有苏玉兰！

李瑞士的老婆鄙夷地冷笑着，从椅子上拿起一把稿纸擦拭身上被木屑飞溅到的地方，然后把稿纸扔到门外的水沟里。

我想说点什么，李瑞士摆摆手对我说，我累了，要睡觉了。他确实累了，是从心里觉得疲惫。

我只好离去。身后，李瑞士的老婆正在用刀狠狠地砍树枝。那棵树枝繁叶茂，够她砍一个晚上了。

此后过了两三天，我再也提不起兴趣去找李瑞士。因为我似乎听到了前妻赶来菊溪镇的脚步声，我害怕在拱桥上与她不期而遇。当然，这只是幻觉，但足以影响到我的情绪。我只好闭门不出。其实，我到菊溪镇，一方面是为了赶写剧本，另一方面是借机摆脱前妻的"追剿"。

顺便说说我前妻。

我的前妻不是一个简单的人，这主要是指她显赫的身世。她的祖父打过淮海战役，跟傅作义谈判过北平和平解放，去世前是位将军；她的父亲是南方某市的市长，能呼风唤雨；她的兄长在商界叱咤风云。我虽然出身于革命老区，但我的祖辈、父辈寸功未立，因此从没沾过革命的光，也没有得到政府的特殊照顾，那时候我家一贫如洗。我跟前妻是大学同窗，她是哲学系，我是戏剧系，前面我说过了，我们的婚姻缘起于《论人类不平等的起源》。那时候，我们抹掉了诸如阶级、出身、身份、贫富、贵贱等世俗强加给我们的不平等的符号，开始了爱情。我们的爱情超越了一切，甜蜜而浪漫。在一起的时候，不是她给我讲西方哲学史，讲柏拉图、黑格尔，讲尼采、荣格，就是我给她讲荷马史诗，讲易卜生，讲莎士比亚，讲荒诞派戏剧。我们很少吵架，但一谈到卢梭的时候，我们的情绪就有些不对，往往故意找对方的茬，为了反驳而反驳对方，特别是说到人类不平等的起源的表现与原因、理论与现实，比如具体说到我们之间客观存在的差别悬殊的身份时，甚至会吵起架来。或许我们都没有理解卢梭，又或许我们都坦然接受卢梭。但不容回避的现实是，我的大学生涯是靠前妻暗中资助完成的。毕业后，我们理所当然结婚了。借助岳父的帮忙，我们留在了京城，她进入了一家效益奇好的公司，我在一所普通中学里当教师，虽然职业索然无味，但我还是在灯红酒绿、遍地奢华的世界里开始了婚姻生活。爱情能掩盖一切，但泡沫无法掩盖坚硬的石头。结婚以后，出身、身份、背景不对称的矛盾像暗藏在深海中的冰山一样开始显露出来，严重威胁着我们的爱情和婚姻这艘航船的和谐安全。结婚后我们才发现，我们的生活理念、生活习惯，甚至价值观、爱情观差异巨大，为此，我们小心翼翼地磨合再磨合，千方百计向对方靠拢，或忍气吞声地迁就对方，但事情并没那么简单，有太多的东西是骨子里血肉里的，永远也无法磨合。比如：她的享乐主义和崇拜丛林生存法则我无法认同；我谨小慎微、瞻前顾后，她颐指气使，独断专行；她先天具有高人一等的心理优势，俯视、强悍、漠视一切；在她显赫的家族面前我无法克服自卑感、压抑感——实际上，她无时无处不给我造成这种自卑感、压抑感；她的出手阔绰、寅吃卯粮，和我的精打细算、斤斤计较格格不入……差异本来是正常的，差异是一种美，但我们都体会到了差异带来的冲突和痛苦。孩子出生后，我们的差异也就更多更明显。差异变成了裂痕和鸿沟，差异变得丑陋而尖锐。随着小矛盾、小摩擦越来越多，像乱麻一样无法解开时，我们争吵和掐架的频率越来越高，言辞越来越尖刻，越来越像阶级敌人，此时，爱情和婚姻危机出现了。我相信，我和她之间的爱情已经荡然无存。我们试图挽救，像拯救大兵瑞恩那样，放下偏见和不满，不惜代价，把被遗弃在废墟中的爱情找回来。因此我们脱光衣服偎靠在床头，进行了一次心平气和、坦诚相见和通宵达旦的长谈。这次长谈，主要是寻找造成我们婚姻不和谐甚至危机的根源。如果找到了病根，即使它是最顽固的史前细菌，我们也要把它一举歼灭。我们不可避免地说到了卢梭和《论人类不平等的起源》，没有异议，没有争辩，谈得很愉快，笑声从窗户溢出去，飘散在京城的夜空中，我们仿佛找到了共同认可的答案，又仿佛什么也没找到。我们觉得疲惫不堪。第二天一早，她一醒来就对我说，我们离婚吧。于是，我们离婚了。离婚后，我听从

当代中国最具实力中青年作家书系

宋仁的指引，辞掉教职转行当了记者，和宋仁一起做事。但很快发现，我不适合干记者，宋仁比我能跑，胆子比我大，点子比我多，看问题比我深刻，在圈子里打滚了多年也没有出头，而我生性羞怯，缺少激情，断然成不了一名出色的记者，很快，我投奔到了一家师兄经营的影视公司，成了一名签约编剧。在影视领域，我如鱼得水，身心获得了巨大的自由，我的才华和激情一下子喷发出来，几年间完成了一部又一部的影视剧本，而且每一部都成了各大电视台的热播剧。我的知名度和物质生活也以几何级数的速度提高，毫无疑问，我实现了人生价值。而前妻的生活则出现了巨大的变故，一落千丈，走向了穷途末路。她的父亲因以权谋私、贪污受贿东窗事发，身陷牢笼，她哥哥的生意是依仗父亲的权势才得以维持，父亲一倒，自然树倒猢狲散，公司顷刻之间土崩瓦解，她哥哥为了躲债和逃避法律责任而逃亡国外。祸不单行的是，前妻供职的公司突然裁员，本来就专业不对口的前妻成为首批被裁的对象。岳父几乎将所有的违法所得都给儿子投入公司运营了，为了给父亲减轻罪状，前妻四处筹款退赃。可是，人一倒台，便是众叛亲离，世态炎凉，周围人都唯恐躲避不及，谁理会你？我感觉到了前妻的孤立无援和绝望，有一天，她给我打了一个电话。

你借给我一百万，我父亲就可以少坐十年牢，他那样的身子怎能在狱里呆那么长的时间？她在电话里低声下气地说，也许觉得分量还不够，她把手机递给女儿，女儿替她母亲用恳求的语气说，爸，你救救外公吧……

老实说，我痛恨贪官，不可能拿自己的血汗钱去给一个贪官赎罪，如果我的钱多得没地方花，我可以多给一些穷了一辈子的父母和亲戚，让他们到城里从容而体面地喝一回星巴克、吃一次肯德基和住一宿五星级宾馆，或者捐给家乡修建公路和学校，给孩子们每天一瓶牛奶。况且，我并没有一百万。我拒绝了前妻的请求。

我爸不是贪官，他是被别人陷害的，是人事斗争的牺牲品……前妻断然道，这个世界真他妈的不公平，有的贪官一生平安，而清官、好人竟然不得好下场。

法律是公平的，正义是平等的，你父亲到底怎么样，其实你心里什么都清楚。我对她说，如果你父亲是一个清官被冤枉了，不要说是区区几个钱，就算搭上身家性命我也要把他救出来，因为他毕竟是我的岳父，我跟你离了婚，我一样称他岳父。

前妻没有再说什么，此后沉寂了好长一段时间。从女儿的口中得知，前妻天天在外头跑关系，请人吃饭，给岳父原来的下属送礼，而岳母不合时宜地瘫倒在床，需要前妻照顾。我妈都快疯掉了。女儿说。但前妻的努力没有得到回报，岳父一审被判二十年，甚至超出了她的预期。强悍的前妻在现实面前终于弹尽粮绝精疲力竭。我对她说，你照顾好你母亲和女儿吧，你父亲的案子让我接手，或许有转机。我愿意帮忙，是因为我女儿。我不想让她误以为我是一个六亲不认的人。我能够帮忙，是因为宋仁为我引见了京城最有名的律师，而且我出得起律师费。事情果然出现了转机，二审改判为十一年。律师说，估计他只需要在牢里呆上五六年就可以出来了，甚至更早。二审那天前妻哭着给我打电话，说了一些感激的话。她在电话那头情绪激动，语无伦次。我知道她受了太多的委屈和羞辱，一辈子也无法将它抹去。为了放松一下，我对前妻说，过去的事情就算了，生活仍要继续——我们聊聊

《论人类不平等的起源》吧？

想不到前妻异常敏感，突然在电话那头大声吼道，你变成了拯救者和施恩者，你现在觉得我们平等了吧？不，你应该比我高一等才对，我现在一无所有，连乞丐都不如！你在得意是吧？你应该得意，世事难料，时运总会逆转，你终于得到了梦寐以求的平等——你现在终于可以居高临下地和我谈论《论人类不平等的起源》了！

我确实有点小得意，但远没有前妻所想象的那样。她误解我了，我也无从解释。但她从此跟我没完没了。常常是，半夜里我被她的电话吵醒，接着是劈头盖脸的质问——

你现在睡梦都得意了吧？卢梭告诉你，你现在跟我平等了，彻底平等了！

你再也用不着自卑、委屈、压抑了，你有心理优势了，你现在是不是站在世界的顶峰上俯视众生呀？

你起来呀，不要睡啦，我们继续谈谈《论人类不平等的起源》，如果你愿意，我们可以用法语争论。其实，我们都不会法语。

开始的时候，我以为她只是发泄一下情绪，缓解一下压力，慢慢就会回到正常状态的。但想不到的是，她变本加厉，一个晚上可以打二三十次电话，也没有什么事，就是反复说着上述的问题。事情在往不可思议的方向发展。

方娜，请你诚实告诉我，你的真实意图到底是什么？我不厌其烦地问她，想弄清楚情况，是为钱吗？是怨恨吗？是想复婚吗？

都不是，就只想跟你谈谈卢梭。前妻不紧不慢、不温不火地说。

与其说是我被前妻折磨，倒不如说是被卢梭折磨。我的新女友不堪其扰，摔门而去，再也没有回来。无论我怎样劝慰，前妻都要在夜里给我打电话。我终于愤怒了，骂她，她却在电话那头笑，笑得挺瘆人的。有一天，宋仁给我电话，忧心忡忡地说，我今早在地铁里看到方娜了，那样子不对劲，她说正在致力于一个伟大的事业，就是把全世界的贪官一个个都揪出来，让他们都得到报应——她手头上就有厚厚的告状材料，涉及全国数十个市长，说要到纪委、检察院、全国人大去告，我一看呀，她的材料全是从网上弄来的，无凭无据，全是妄想猜测之言，你是不是……

我突然意识到了什么。

我随即去看望岳母，见到了前妻。她疲惫、憔悴和苍老得厉害，头发也斑白了，眼神躲闪，表情木讷，我几乎不敢相信她是我的前妻。

你说我爸是贪官，应该坐牢，好，就算我爸是贪官，他坐牢了，他罪有应得了，那么是不是所有的贪官都被关进牢去才算平等？前妻对我说，对，我就为了平等。

我不想跟她争论这个问题，我说，我不是来争论平等不平等的。

那你来干什么？前妻傲慢地质问我，你难道觉得平等这个问题不值得争论了吗？还是开始觉得我不配跟你谈论平等的问题了？

女儿边劝边把前妻推出门去。

为了救她父亲，她受了太多的苦，精神出问题了，你要理解她。岳母对我说，我让她去看精神病医生，她死硬不去，还骂我神经病。她比她爸还固执，不听劝。

临走前，女儿拉着我的衣袖说，爸，我求求你，你一定要救妈妈！

此后的很长一段时间里，我想方设法医治前妻。我请了北京最好的精神病医生给她治疗，她却跟医生大谈人类不平等的起源，

当代中国最具实力中青年作家书系

谈卢梭，根本不给医生提问和发言的机会，医生不堪其烦，摔门而去。为了说服她配合医生治疗，我甚至许诺，等病情有了好转，我便和她复婚。

我没有病，我不会和你复婚，但我要和你谈人类不平等的起源……她依然不紧不慢地说。

我实在是无可奈何。但更糟糕的还在后头，我时不时会接到全国各地公安机关或维稳中心的电话——方娜是不是你的妻子？当我回答是时，那头便厉声命令我马上过去领人。原来，她到了别的城市，公开搜集该市市长贪污腐败的证据，被控制起来了。如果不是别人一眼便看出她的精神有问题，后果会严重得多。结果我得马不停蹄跑到那个城市去把她带回京城，然后推心置腹、不厌其烦地和她谈心，抚慰她，让她安静下来。但第二天，女儿电话里告诉我，妈妈又不见了。很快，我又接到了来自另一个城市的厉声的命令。我不能这样整天疲于奔命，我不去领她了。我告诉那边的人，她是精神病人，你们看着办吧。

有好长一段时间，前妻杳无音讯，不知所终。女儿焦急地对我说，爸，你得把妈妈找回来，她在外面很危险的，你不去找她，我自己去找。女儿才十一岁。我只好赶赴某市的一所拘留所，交了不菲的罚款并写下保证书，保证不再让她到这里添乱，才把前妻带回来。虽然保证书写得十分坚定，但我根本无法保证她不再惹事。然而，也许是在拘留所里吃了一些苦头，前妻害怕了，答应不再乱跑乱动了。回到京城后，她果然不再乱跑，也不再从事"揪"贪官的"平等、正义事业"。

我终于明白了一个道理，前妻靠近我的耳边阴阳怪气地说，只有在你身边才安全。

前妻率女儿回到了我的身边。我对女儿说，我只是为了方便照顾你妈才重新和她在一起的，这并不意味着复婚——你妈也不会跟我复婚。女儿说，你们对我是不公平的，我跟别人的女儿不平等。怎么不平等？你要什么样的平等？我惊讶地问。女儿没有回答，她知道我是明知故问。

跟前妻重新生活在一起简直是一场噩梦。她每天都缠着我，问这问那，谈这谈那，实在无话可说了，便说，你先别烦，我们谈谈人类不平等的起源……精神病医生说了，我的前妻患了"平等偏执症"。她跟着我一起外出，经常跟别人计较"平等"的问题，诸如：说话的平等、走路的平等、穿着的平等、讨论平等时的平等……在拥挤的地铁上，她要把坐在座位上的人一一拉起来，说，我站着，你们也得站着才算平等。我凭什么比你们低一等——不过也不一定我站着就比你们低一等，但是我就是要你们跟我一样站着……诸如此类，让我窘迫和尴尬不已。

凭什么让我跟在你的屁股后面？前妻一把将我拉住，走到我的前面。

凭什么你可以安静地坐在桌前写作，而我只能无所事事？当我写作的时候她将我从椅子上拖起来。

我终于忍无可忍地呵斥她，你究竟要干什么？

我要平等！前妻歇斯底里地叫道，目露凶光。

听起来很荒谬可笑是吗？是的，我也觉得不可思议。但在我的生活中，"平等"问题变得无处不在，无孔不入，像不散的阴魂纠缠着我，变成一个大问题。毫无疑问，前妻已经严重影响了我的工作，我思绪紊乱，心力交瘁，写的剧本毫无进展。公司已经劝诫、警告过我多次了，甚至给我下了最后通牒，不按时交剧本就解约、换人。现在新人辈出，而且过去红极一时的金牌编剧也都在等米下锅，竞争异常激烈。前妻、岳母、女儿的生活都得靠我，开销很大，还得供房，我的那些老本像迅速融化的冰山，一块块地变成水消失了。我得拼命挣钱。女儿也明白利害关系，对我说，爸，你别管妈了，你去工作吧，如果你不工作，我们一家可全完了。

于是，我来到了菊溪镇。

虽然暂时摆脱了前妻的纠缠，但我还是担心她，担心躺在病榻上的岳母。我已经留下一笔钱给宋仁，让他定期送给我的前妻。然而，我经常梦见前妻站在我的床前，没完没了地问跟我经常思考的相似的问题，如果没有卢梭，这个世界会怎么样？我们会相识吗？我们又会分道扬镳吗？人类真的越进步就越堕落吗……

有一天黄昏，我正在楼上写稿。楼下有人拍门。我赶紧下楼开门。

原来是李瑞士。

我们谈谈《论人类不平等的起源》吧。李瑞士说。他嘴里的酒气扑面而来。

好的。我说，很久没有人跟我谈了。

我们沿着河畔往南走。夕阳的余晖照在我们的身上。山上传来归林暮鸟的鸣叫。残菊的淡香随着河水流淌。远看小镇像一幅来不及着色的水墨画。

你想知道现在我心头的怒火是怎样熊熊燃烧吗？李瑞士压制着自己的声音，低沉地说，好几天了，我都快憋死了。我得找个人好好说说话。

我惊讶地停下来，看着他。他的脸红通通的，像一只火球。

有人出卖了洪先生！李瑞士说，宋仁是什么东西我最清楚，他怎么能看得出洪先生抄袭？他哪能写出如此有学术水准的文章？

我早就对此感到疑惑。作为一个非专业人士，宋仁确实无法察觉洪先生的抄袭行为。如果那么容易发现，二十多年来在那么多双专业的眼睛挑剔下早就被人发现了，哪会等到现在才被宋仁发现？

我不说话。李瑞士也没有主动往下说。似乎是想说但又不太愿意说，样子很纠结。一个挑水浇菜的农妇远远地招呼李瑞士说，李大富……李瑞士只是不耐烦地向她做了一个"去"的手势。

我等待他往下说。看得出来，他有一肚子想说的话。

告诉你吧，在这个世界上只有我才能发现洪先生抄袭的蛛丝马迹！最后一抹暮色见证了李瑞士的狂妄与自信。

我故作惊愕。

早在二十年前我就发现了洪先生的抄袭行为，他抄国外的著作，抄得很隐蔽，很小心翼翼，也很巧妙。当年，我是把他的著作当成权威和经典来崇拜的，有些精彩华章我能大段大段地背下来。李瑞士当即便背诵了一段，接着说道，后来我在洪先生的书房里读到了一些法文书籍，觉得一些论述很亲切，似曾相识，我反复研读，从字里行间发现了一个惊天秘密，那就是洪先生的著作存在抄袭痕迹。当时我很迷惘，洪先生在我心目中的形象一落千丈。但这个秘密我谁也没有告诉，也没有当面揭穿洪先生。在那次众所周知的沙龙上，就是因为心有芥蒂，很不爽，我才和洪先生进行了一次针锋相对的激烈争论，事后洪先生似乎是觉察到了我对他著作的质疑。有一次，他在书房里和我进行了一次单独

当代中国最具实力中青年作家书系

的谈话，内容就涉及他的名作《论〈论人类不平等的起源〉》。他说它是他人生的基石和生命的血液，不容别人玷污它……我明白他的意思，我向他保证，他永远是我的恩师，卢梭是我们共同的生命，在这个争名夺利、人心叵测的世界上，我们师生要同舟共济、相依为命。

李瑞士走在前面，说话时腰板挺得直直的，手舞足蹈，气势如虹。

直到我面临着被学校开除的最后时刻，我也没有拿这个秘密要挟洪先生。宋仁应该告诉过你，实际上是洪先生把我开除的。李瑞士说到"洪先生"三个字时语气是庄重的。我从没有向谁求饶。倒是洪太太跪求过洪先生，让他放我一马。但洪先生推托说是学校的决定，跟他没有关系，相反，他多次跟校方争取对我宽大处理。洪太太知道洪先生撒谎。你不了解洪太太，表面上她只是一个温顺、纤弱的女人，实际上她的性格要比她的外表倔强、坚韧得多。我离开学校后，不久她便和洪先生闹翻了。我无法理解的是，她为什么如此痛恨洪先生。后来她来到菊溪镇，向我诉说洪先生对她的种种折磨。

只有说到这个的时候，李瑞士才对洪先生稍有不恭。

洪先生为了从肉体和精神上控制洪太太，做了很多令人不齿的事情……就像现在我和你一样，那天黄昏我和洪太太沿着菊溪一直往南走，走到尽头又回来，她要我想办法摆脱洪先生对她的控制，她要离婚，要经济和精神补偿。那晚，我不记得她倒在我的怀里哭了多少次，我也哭了，并因此做了一件至今仍悔恨不已的事情。李瑞士狠狠地跺了跺脚说，我给了洪太太一份洪先生抄袭的证据，宋仁那篇所谓重磅文章中的大部分内容跟我给洪太太的证据毫无差别，简直是活生生地抄袭了我。当时洪太太答应过我，这份证据只作为摆脱洪先生的武器，绝不会拿去损害洪先生的声誉。她达到了目的，摆脱了洪先生，去了瑞士。但令我想不到的是，事隔那么多年，洪太太还是把洪先生出卖了——她违背了自己的诺言。

但洪太太怎么会跟宋仁联手呢？我问道。

宋仁很早便具备了狗仔队的潜质，当年我和洪太太在河畔散步，他竟暗中跟踪了我们整整一个晚上。尽管他根本就没有听清楚我们在谈论什么，但他肯定听到关于洪先生抄袭的只言片语。他一直挖空心思要在京城出人头地，高人一等，他等了二十年，终于捕捉到了一个好机会。李瑞士对宋仁既鄙视又痛恨，说道，但没有洪太太的帮忙，宋仁绝对没有这个能力……

关键是洪太太。我说，你给了她最危险最要命的武器。

我回到菊溪镇，是因为我要履行自己保守秘密的承诺。但我还是把秘密告诉了我最信任的人，苏玉兰……其实二十年来，我一直提心吊胆的就是这个事情，总觉得它是一颗定时炸弹——当时从洪太太的哭诉中我应该知道，她内心深处对洪先生的痛恨不会因时间流逝而消失，她等洪先生达到了名望的顶峰，甚至在他老无所依的晚年，釜底抽薪，猝不及防地给了他致命一击，世界上最残忍的事情莫过于此。李瑞士痛惜地说，洪先生膝下无儿无女，现在更是孤家寡人，跟河对面正在钓鱼的老头有什么两样？李瑞士指着河对岸枯坐在石头上钓鱼的老头说，那是一个五保户，"文化大革命"时呼风唤雨，人见人怕，他怎么会想到晚年如此凄惨，靠钓几条鱼明天到菜市场卖掉换几个酒钱，几乎天天如此，行尸走肉，苟延残喘，实际上是在等死——不过，晚年的卢梭也是在塞

当代中国最具实力中青年作家书系

纳河边上孤独地发呆、等死。一个人只有死到临头才能与世界平起平坐。其实，人就是这样，否极泰来，乐极生悲，幸福和痛苦相生相克，正如爱与恨，生与死，没有谁能独享其一，只有这样才众生平等。

我想到了前妻和狱中的岳父，还有乡下的老父老母，不禁深深地叹了口气。

你在幸灾乐祸？李瑞士突然质问我。

不是，还不至于。我赶紧解释说，洪先生罪不至此。

那些记者写的都是狗屎！都是在落井下石！洪先生有很多自己的思想，他比那些没有抄袭的所谓著名学者有思想得多，深刻得多，他们根本不懂，洪先生是当代中国最接近卢梭的思想家！李瑞士说得斩钉截铁，不容置疑。没有他，中国人根本无法真正读懂《论人类不平等的起源》。抄袭？他只是顺手牵羊拿了别人的一件衣服穿在自己的身上，但骨肉血液依然是他自己的。宋仁懂什么，宋仁被别人利用了，中国真正有思想的人本来就少，他却像疯子一样疯狂地斩杀了一个！如果他还有良知，他就应该采访我，我会给洪先生一个公平的说法。现在，洪先生和那些不学无术却掌握话语权的人是不平等的，一群乱吠的疯狗会把一头失去了舌头和牙齿的狮子咬死——宋仁就是一只冲到最前面的疯狗。李瑞士说道。

我无法附和李瑞士。因为我不同意他的说法。

卢梭说，人类的进步史就是人类的堕落史。可是，我只看到人类的堕落，却看不到人类进步的痕迹。李瑞士突然提高嗓门，几乎是嘶喊着说，这是一个沦丧的世界！一个不知廉耻的世界！一个散发着腐臭的世界！一个急剧堕落的世界！纵使卢梭再世也无法改变！

原先声称自己并不愤世嫉俗的李瑞士终于完成了一次压抑了多年的宣泄，痛快淋漓，声嘶力竭，仿佛要让全世界都听见。他走到了我的前面，越走越远。我故意放慢了脚步，或者说，我根本无法跟上他，有时候，夜色将他吞没，有时候，他又清晰地出现在我的眼前，无论我怎样躲闪，他激愤的声音都震动着我的双耳。

整个晚上，李瑞士像押解犯人一样牵着我，一直走到了河的尽头，返回镇上的时候，已听到河对面传来的鸡鸣。他仍意犹未尽，一直将我送至宋仁家门口。

你怎么会住进一个狗棚？李瑞士鄙夷地往屋里吐了口痰说，这是一个"左派幼稚病"患者的家。

我进屋去，快速洗了澡，刚要睡下时却隐约听到楼下传来哭泣的声音。从窗户往下看，一个人坐在街道旁边的电线杆下，背靠着电线杆，在昏暗的灯下呜呜地抱头痛哭。尽管哭声很低沉，但穿透力极强。

是李瑞士李先生吗？我轻声地问。显然是明知故问。

李瑞士向我摆摆手，让我别理他的意思。可我还是下楼去，走到他的身边，坐到电线杆的另一边，陪他多聊一会儿。

其实我比谁都痛恨抄袭！李瑞士比刚才平静了许多，声音压得很低，但依然言辞激烈，作为一个学者，抄袭比娼妓还可耻！你愿意拜一个娼妓为师吗？你愿意呆在娼妓身边吗？

我笑了笑，不知道如何直面他的问题。抄袭本身就是不平等的……我想说的是，一个终生研究人类不平等起源的学者怎么能做出对其他人不平等的事情来呢？我说。

平等是什么狗东西！李瑞士说，一钱不值！男盗女娼！

显然，李瑞士还在宣泄。

我说，人非圣贤……

卢梭也犯过错误，也有过丑闻……李瑞士争辩说，但三百年后我们仍然爱他。

那你为什么哭了？我问。

我是替他人难过。李瑞士早已经停止哭泣。

洪先生是咎由自取。李瑞士不会知道，在晚年，在抄袭丑闻还没曝光之前，因为性格霸道、固执、古怪和刻薄，洪先生在圈子内的口碑已经一日不如一日，他身边的人甚至他的朋友对他也颇有微词。

说实话，我不喜欢这样的人，刻意为他辩护，我做不到。

李瑞士说，全世界都唾弃他了，他连家都不能回了。

李瑞士的担心不是多余的。在中国尤其如此，谁会给一个身败名裂的丧家之犬提供庇护之所呢？接下来的事情肯定是，大学将他解聘（也许是他自己辞职），所有有他参与的课题组都将他的名字剔除，一切学术机构将他拒之门外，再也没有研讨会邀请他参加，同事和昔日的朋友表面上给他安慰但心里再也瞧不起他，家里的保姆可能已经收拾行李准备离开，邻居背后会对他指指戳戳……他的景况要比昔日的右派难过得多。

我沉默不语。我不知道自古以来有谁在身败名裂后还能过上好日子。

李瑞士也沉默了一会儿，忽然问，你知道华伦夫人吧？我笑笑说，岂能不知？

你知道卢梭当年为什么不娶华伦夫人？李瑞士说。

不知道，我想了想说，也许是因为她是有夫之妇吧。

非也，是因为华伦夫人并不可靠。李瑞士说。

我对此没有研究。但在我的想象中，华伦夫人是一个完美的无可挑剔的女人。

如果连女人都靠得住，人类就没有不平等了——卢梭跟华伦夫人是不平等的，我跟洪太太也是不平等的。李瑞士揩了一把鼻涕，苦笑道，但我跟洪太太乃君子之交，发乎情，止乎礼，从没发生过性关系，可是他们不相信，你也不相信，谁相信呢？连我自己也不相信，可是事实就是这样——事实与谎言是不平等的。女人，怎么能靠得住呢？

我们既然谈论到女人上去了，我便跟他说起了前妻。

连女人也需要平等了！李瑞士突然轻蔑地哈哈大笑，她们不已经得到平等了吗？你告诉她们，卢梭是靠不住的，平等也是靠不住的。

这一笑，竟把静谧的菊溪镇唤醒过来。老鼠和蝙蝠作最后的撤退。

李瑞士又安静了一会儿，才说，你不要取笑你的前妻，也不要取笑我，更不要取笑卢梭。在这个世界上，在任何时候、任何地方跟任何人谈论平等都不丢人。我们坐在街头谈论平等可笑吗？只有那些永远熟睡的人才可笑。你仔细听听，鼾声、磨牙声、咳嗽声、啼哭声、呻吟声，这些声音才可笑！可是，这个世界可以不谈论平等，但不能没有这些声音，这是庸俗、可悲的起源——万事万物我们都可以找到它的起源。

李瑞士还说了很多话，说着说着竟睡着了，我也睡着了，直到两只狗把我们分别舔醒。我睁开眼睛，发现很多人围着我们哄笑，笑声一下子让菊溪镇沸腾了。

当代中国最具实力中青年作家书系

这天下午，当我到钟表修理店要告诉李瑞士洪先生已经从法国回京的最新消息时，他却不知去向。他的老婆爱理不理地说，李大富出远门了。去哪里了？我愕然道。二十多年来他都没有离开过菊溪镇，现在却出远门了。

去北京上访了。她说，镇政府要扩大马路，要拆钟表修理店，说这店属于违章建筑，乱搭乱盖，非拆不可。二十年了没有人说它违章，现在说它违章它就违章了。拆了店，我们就得回家种地，李大富早就想回家种地了，我不愿意。妈的，凭什么他们住镇上我们回家种地？我宁愿死在马路上也不回家种地。

我还想告诉李瑞士的是，宋仁同意回来采访他了，准备就洪先生与卢梭跟他进行一次彻底的长谈，并保证把李瑞士的谈话原原本本地发表。这样一来，李瑞士会迅速成为媒体红人，命运也许立即会发生改变，"洪流抄袭事件"将再起波澜甚至峰回路转，毫无疑问，宋仁还将再火一把，一些不为人知的秘密都会成为娱乐版的头条。

镇上别的违章建筑，他们为什么不拆？李瑞士老婆质问我。

这是一个我无法回答的问题。她也不会期待我给她答案。我发觉修表店墙上的钟都修正为北京时间。

我准备离开时，李瑞士老婆叫住了我说，喂，听说你是京城来的知识分子，你们读书人谈论了那么多公平平等，你说说看，这个世界有公平平等吗？

这是一个一言难尽的问题，不比人类不平等的起源简单。我一时不知道如何回答。

我相信有。她说，然后拍拍双乳说，都在老娘这里，左边是公平，右边是平等。

没有李瑞士的菊溪镇是不正常的。镇上的人都已经习惯了李瑞士的奇谈怪论和古怪性格，以及给人带来的欢快的生活，仿佛李瑞士在，菊溪镇就在，李瑞士走了，菊溪镇将不复存在，至少给人以不适和不安。于是，三五成群的人，闲不住的人，在钟表修理店前来了一茬又一茬，打听李瑞士什么时候回来。李大富不回来了，去瑞士找洪太太了。李瑞士老婆豁达地说，他都等了二十年，我再不给他自由，你们要说我不近人情了。本来这句话应该由闲人们说出来的，却被李瑞士老婆抢先了，他们便觉得再拿洪太太说事已经失去乐趣。没有李瑞士，又不值得说洪太太，李瑞士老婆的大乳房便成了他们争相取笑的对象，他们也不直接取笑，只是指桑说槐，一语双关，暗藏玄机，像乡下遮遮掩掩的黄段子，虽然被草草地包着却一点即破，引发一阵哄然大笑。李瑞士老婆早已经不耐烦，动用扫帚将乱哄哄的人们轰走。好几天过去了，仿佛过了许多年，钟表修理店逐渐变得冷冷清清，只有墙上的挂钟证明李瑞士曾经存在过。而李瑞士不在镇上竟直接影响了我的创作，我心里空荡荡的，突然找不到状态，甚至出现幻觉，仿佛前妻老在楼下敲门，开门一看什么也没有，脑子里乱糟糟的，剧本进展缓慢，心里掠过阵阵的焦虑和慌乱。

　　又一天下午，我浑浑噩噩地穿过闹市，走过拱桥，来到钟表修理店。正好有一帮人在神秘兮兮地说着什么。我表现出了常人的好奇，他们压低声音对我说，菜市场那边刚来了一个穿旗袍的女人，身材高挑，胸佩珍珠项链，手戴玉镯，拎着一个黑色坤包，穿高跟鞋，皮肤雪白，样子很优雅，说是京城来的，要找李瑞士。我们乍一看，她挺像洪太太的，但走近一看，又不太像，照理说，那么多年过去了，洪太太不会还那么年轻呀，难道洪太太整容回来了？她找李瑞士，认不得路了，东张西望，迷迷茫茫的，不如当年清醒了，我们又不敢告诉她李大富住哪里，怕她缠死李大富——看她那样子，就是要把人往死里缠那种。

我半信半疑，以为这是闲人们取乐的方式，便说，洪太太早已经找不到来这里的路了。洪太太怎么会来这里呢？

此时，李瑞士老婆正好回来，对着我们嚷道，菜市场那边又来了一个穿旗袍的女人，要找李瑞士，神经病，什么李瑞士？我告诉她，菊溪镇没有李瑞士，李瑞士早就死了。

她不是洪太太吧？他们说。

我不认识什么洪太太。李瑞士老婆不屑地说。

大概是傍晚，赶集的人都散去了，我在楼上琢磨剧本，忽然楼下传来沉闷的敲门声，然后是叫唤我名字的吼声。我赶紧从窗口往下看，一个女人正在擂门，我"喂"了一声，那女人抬起头，我看清楚了，是前妻，她竟然找到这里来了！

接下来的事情被镇上的一些人看到了。前妻抓着我的衣领一把将我拉倒，用她的家乡方言大声地谩骂我。

你这个臭编剧，别以为混得人模狗样了，可以在京城里混饭吃了，成上等人物了，便嫌弃我这个丧家犬，我警告过你了，即使躲到地狱我也要把你揪出来！前妻恶狠狠地指着我骂道，转而问，李瑞士呢？你以为李瑞士能解救你？你以为宋仁是在帮你吗？你被宋仁利用了。宋仁安排你哄骗李瑞士到北京去，宋仁就可以挖到更多的新闻了……

我没有哄骗李瑞士。是他自己要去北京的。我说。

前妻说，你知道宋仁为什么不结婚不谈恋爱？他迷上洪太太了，他还是小屁孩的时候只见过一次洪太太就迷上了，一辈子也无法自拔。他给洪太太发了很多肉麻的情书，还飞到瑞士去纠缠洪太太，肯定跟那个老妖精上床了，否则人家怎么可能告诉他一个天大的秘密？——洪流占有苏玉兰，他恨洪流，这一点和苏玉兰是一样的。这个小人，为了虚名竟然不择手段，牲畜不如，他早就不是原来的宋仁了，他的下一个目标就是你，他已经掌握了你和姓童的那个著名女导演有一腿的证据，她有丈夫，也有女儿，你凑什么热闹呀？

前妻一副咬牙切齿恨铁不成钢的样子，劈头盖脸地训斥我。我无须争辩，我的脑子里迅速闪过自己身败名裂后的情形。然而，前妻所不知道的是，我正在偷偷地学习法语，在孤独漫步的时候，我经常想象自己在钢琴的伴奏中用法语大声朗诵《论人类不平等的起源》的情形。我还有一个更加热血沸腾的设想，就是要写一部《卢梭与华伦夫人》的话剧，北京人艺早就邀请我合作打造一部经久不衰的话剧，我想是时候了。我恨不得中断手上的剧本创作，马上回到北京去跟北京人艺商讨合作细节，与人艺进行一次平等的艺术合作。这些年写的那些电视剧虽然使我名利双收，但我突然发现它们一钱不值。为金钱写作是不平等的，我却为了金钱出卖了自己的才华，那不是等价交换。我要写一部与自己的才华相称的戏剧。我的才华需要平等。我迫不及待要动身的时候，前妻却拉住了我。

你不是喜欢世外桃源吗？我就陪着你，我不走你就不能走。前妻说，像你当年一样，我也需要平等。

现在我已经没有时间争论平等了，我只想逃离此地。

差点忘了告诉你，女儿已经能背诵《论人类不平等的起源》！前妻突然阴森森地说，用的是法——语。

当代中国最具实力中青年作家书系

我想挣脱前妻抓我的手，但她像绞绳一样死死地缠着我，让我动弹不得。从前妻癫狂的眼里我看到了狰狞。我无法离开。风光旖旎的菊溪镇此刻变成了一座地狱。

镇上的人都知道我是北京来的编电视剧的，见到我都笑嘻嘻地问我，大作家，又编了什么好故事呀？正在编呢。我说。那你前妻……他们吞吞吐吐地问。

她要等李瑞士回来。她没见过怪人，总想见一见。我说的是实话，她要跟李瑞士讨论人类不平等的起源。

三天后，宋仁突然出现在菊溪镇，两只手分别拖着一大一小两个行李箱。整个人失魂落魄的，异常沮丧，满面尘埃，像一个逃难者。对我说，我回来了。

我小心翼翼地问，你是回来采访李瑞士？

不是。宋仁说。我已经不是记者了。

我吃了一惊，问，怎么回事？

他们以莫须有的罪名迅速吊销了我的记者证！宋仁气愤难当，我想借洪流抄袭事件的声势，乘机将另一个涉嫌抄袭的学术权威拉下马，扩大战果，为学术界争取一个平等公正的学术环境，但想不到，我撞到了枪口，踩中了地雷，倒在了通往正义的路上。我有什么过错？如果不是他们，我肯定能成为今年新闻界十大杰出人物，可是，他们将我绞杀了，这个世界真黑！你知道吗，我才被吊销记者证，报社便连夜将我除名，我还接到不知道来头的人打来的警告电话，要我马上滚出北京，永远不准回头！我被这个世界驱逐了。

看来宋仁的记者生涯真的走到了尽头。宋仁脱下衣服，我看到了他身上的瘀伤。这是被不明不白的人打的，要不是跑得快，连命都保不住——我评估过了，菊溪镇才是世界上最安全的地方，我再也不离开这里了。宋仁说道。惊恐从他的眼里一闪而过。

我想安慰宋仁。宋仁摆摆手制止了我。他很疲惫，只需要休息，不需要安慰。

被开除了活该！伪君子。前妻冷嘲热讽道，宋仁，现在你可以和李瑞士平等地谈论人类不平等的起源了——但你不配。

我已经找到了答案！宋仁说。

前妻满脸鄙夷地看着宋仁说，每个人都说找到了答案，但没有一个答案是对的。我的答案也是错的，这个世界什么都是错误！我们都在捉迷藏呢。

前妻的精神看上去更恍惚了，脸上的皱纹和斑痕越来越多，那身不合身的旗袍显得不伦不类的，身上散发着难闻的酸臭。

她天天拿刀缠着我，要我告诉她你的去向，我心烦意乱的，便告诉了她。宋仁在说我的前妻。我以为她不会找到你的，菊溪镇那么偏僻，连地图上都找不到，她竟然找到了。他接着说道。

前妻呸了一口，朝宋仁说，我现在开始怀疑是不是你告发了我父亲，然后假惺惺地请律师救他……

宋仁摆出一副无辜相，也不和前妻争辩，把我拉到一边，意味深长地说，现在我真正羡慕李瑞士了，甚至开始妒忌他了。世人皆醉他独醒，他不属于这个世界，这个世界却在他掌握中！

老兄，不要太悲观，你也不是第一次遇到挫折。我说。

这是最后一次了。宋仁说，从此以后，不会再有挫折。

前妻每天都要拉上我到钟表修理店去坐上大半天，说是等李瑞士回来。李瑞士老婆对我们很不客气，说我们逃难到菊溪镇，想连累李瑞士，要我们别在她家瞎等。

我家李大富平平安安过了二十多年，都有孙子了，你们就别害他了。李瑞士老婆说。

前妻说，我们哪里是在害你家李大富，相反，是李大富害了我们。

我家李大富怎么害了你们呀？你们血口喷人，要谋财害命，大家快来给我家主持公道，他们要我家破人亡、株连九族……李瑞士老婆撒泼了，跟前妻争吵起来。镇上的人跟着起哄，说是"假洪太太"跟李大富老婆争风吃醋了。我尴尬得不知道如何收拾局面，倒是宋仁一声断喝将李大富老婆给镇住了。

严相凤，你一个杀猪的，撒什么野！

李瑞士老婆愣了愣，抱着她的孙子转身走了。前妻气势汹汹地要跟上去理论。我一把拉住她。我的面子从京城一直丢到了菊溪镇，已经够了。我斥责道，人家严相凤到底是一个善良的乡下女人，凭什么你京城来的就欺负人家呀！

我准备收拾东西携前妻离开菊溪镇。但前妻死活不愿意。你想怎么样？我吼道。

要走，你自己走！我不拦你了！你自由了！前妻说。

你要留就留吧，我可管不了那么多。我说。那天，我要走的时候，有人来楼下大声叫我说，你还不快去劝架，你前妻跟李瑞士争吵起来了，看样子还要动手打架，菊溪镇很久没看见女人打男人了，大城市的女人果然不同凡响啊。

李瑞士已经回到了菊溪镇！

我匆匆赶到钟表修理店。李瑞士果然回来了。但前妻已经停止了和李瑞士的争吵，或者说，李瑞士懒得和她理论，但他的左手臂上有明显的抓痕。前妻的高跟鞋和坤包被扔到了一边，身上那紧巴巴的旗袍显得过于累赘，这是前妻第一次穿旗袍示人，那不习惯和别扭程度只有她自己知道，但她不会知道她的样子看上去让人觉得可笑，简直是东施效颦。

李瑞士搀扶着一个老头走过马路，往河畔方向走去。前妻气喘吁吁地追上来，我用严厉的眼神警告她，甚至恶狠狠地挥起拳头才把她暂时镇住了。

无论如何明天我也要离开此地。我要向李瑞士告别。

你看看，我像洪太太吗？前妻摆出一个优雅的姿势说，这样吧，我们作个公平交易。如果你说我像洪太太，我就心甘情愿跟你回去。

我很不耐烦地吼了一声，像！你简直就是苏玉兰！那老头原来耷拉着的头突然抬起来，看了看我，并谦卑地向我笑笑。我也向他点头致意。他满头白发，一脸倦容，双手不住地颤抖，走路不稳，嘴巴像关不牢的水龙头，口水直流。李瑞士双手搀扶着他，小心呵护着，一小步一小步艰难地往前走。

他是谁？我问。

李瑞士轻描淡写地说，是我父亲，走失了二十年，在外面吃尽了苦头，我把他找回来了。从今天起，我什么事也不干了，就陪着他，让他安度晚年。

宋仁急匆匆赶到，看到了老头，样子异常惊愕，目瞪口呆，仿佛看到了外星人。等李瑞士和老头走远了，他才喃喃地说，那个老头就是洪流！前几天我还在北京见到他！

经宋仁一说，我忽然觉得那老头似曾相识。如果他真是洪先生，与那时相比，他已经完全变了一个人，气宇轩昂、风流倜傥、名士鸿儒的派头在他身上荡然无存，孤独，无助，枯瘦，黯淡，猥琐，生命之火渐熄，与河边钓鱼的那个鳏夫没有两样。

前妻心满意足地站到我的身边，双手挽着我的胳膊，温顺得宛如初恋。宋仁若有所失地搂着我的肩头说，兄弟，你先不要离开，我们放下一切身份、偏见、是非、价值观和私心杂念，竹林之中，河畔之上，一壶清茶，几颗星光，不管江湖庙堂、世间纷扰，跟洪先生、李瑞士平等地、心平气和地谈谈卢梭，谈谈《论人类不平等的起源》。

就像谈唐诗宋词一样。宋仁道。

我同意了。

附注：卢梭（1712—1778）出生于瑞士日内瓦一个钟表匠的家庭，是十八世纪法国大革命的思想先驱，启蒙运动最卓越的代表人物之一。成名前曾在年轻貌美的华伦夫人家长住，《忏悔录》前半部大都是卢梭对华伦夫人的追忆和忏悔。卢梭的名作《论人类不平等的起源》是法国大革命的灵魂。在该书中，卢梭指出人类每向前发展一步，不平等的程度就加深一步。该书阐发了卢梭的政治哲学思想，是一本充盈着智慧的书。它的每一行，都渗透着作者苦苦的求索，从各个角度逻辑清晰地阐释了为什么人类的进步史就是人类的堕落史。

驴打滚

　　我们的同事兼朋友马朵朵先生向来是一个善良的好人，这个无须论证，因为所有的人都是这么说的。本来，我们都不必要为身边存在这样的一个好人而忧心忡忡。可是，我的另一个同事，同时也是马朵朵朋友的闵良知先生并不这样看，因为他发现马朵朵近来很不对劲，有做恶人的冲动。

　　"他可能要干掉鹿小茸。"闵良知先生看上去忐忑不安的，甚至忧心如焚。

　　鹿小茸先生不是我们的朋友，因为他不是马朵朵的朋友。一个连马朵朵都憎恨的人，大抵不是什么好东西。鹿先生不是我们化学系的，而是中文系的，中文系也就罢了，他却不合时宜地是一个诗人。现在是什么时候了，我们以为诗人已经绝迹，实际上在生活中也并不多见，但听说还有一个诗人顽强地存在着，像远古时代的微生物（或曰细菌），这本来也没什么，只是令我们如芒在背的是，中文系就在化学系的旁边，两栋小楼一衣带水唇齿相依，那个诗人就像一头臭不可闻的驴站在我们的身边。闵良知先生对诗人的偏见近似固执，好像所有的诗人连李白杜甫都曾经是他的杀父仇人一般。他说，驴放屁也会分行，诗人和驴有什么区别呢？很显然，我们是不会跟驴成为朋友的，连心地善良、与人为善的马朵朵也不会。但话说回来，我们也并非尖酸刻薄到拒人千里之外，如果驴只朝着樱花和江水吟唱，我们是不会多管闲事的，甚至还会像向地铁卖唱者致意那样给它适当的尊重。然而，它却不自量力地对我们的朋友马朵朵先生不恭敬，并不止一次地把他得罪了。绵羊是不会咬人的，兔子也不会，但世界上哪有那么绝对的事情？闵良知先生说，这一回马朵朵生气了，要杀人了。

问题的严重性超出了我们预想。那头蠢驴要大祸临头了。

那天我和闵良知先生走在玄武湖的边上，沿着城墙一直朝南走。我们的中间，当然像平常那样夹着马朵朵，他瘦小的身躯像豆腐干一样，被我们夹得像被劫持。玄武湖本来不属于我们的，只有秦淮河才属于我们三个人。但秦淮河是我们讨论学术的地方，这次我们商讨的不是学术，而是杀人，不能让即将发生的血案玷污了秦淮河的高洁。马朵朵身材矮矬，却声音激越，喉咙里像安装了几个麦克风。

"这鹿小茸还活着，我却忍气吞声，苟且偷安。我对自己感到失望。他让我受了奇耻大辱，这是众所周知的，我应该杀了他。"马朵朵根本不顾忌隔墙有耳，对来来往往的行人熟视无睹。然而，他的话已经惊吓到别人，他们不再信任我们深度的眼镜和斯文的外表，惶恐地躲避着。我们的朋友马朵朵先生一生中除了恶骂过自己，从没对别人说过气话、粗话、硬话、恶话，他的嘴里只有豆腐没有刀子，可是现在他要拿起刀子了。

"我真的会杀了鹿小茸，决不能宽恕。我已经四十多岁了，是做一件有意义的事情的时候了。在此之前，我只不过是一具学术僵尸。"马朵朵说。

顺便说明一下，我们的朋友马朵朵先生二十六岁便获得了哈佛大学化学博士学位，回国多年，在学术上成就非凡，早已经成为化学领域内的权威，是我们这所著名大学的博导和学科带头人，如果不出意外，他今明两年内将成为中国最年轻的化学院士之一。除此以外，令人称羡的是，他父母双存，妻子漂亮贤惠且才华横溢，是有名的先锋实验剧作家，女儿在钢琴界声名鹊起，曾在维也纳金色大厅作专场表演……

"你将失去一切。"我和闵良知试图平息马朵朵的冲动。冲动是诗人的专利，我们化学系的人不跟他一般见识。我搂着他的左肩，闵良知搂着他的右肩，像兄弟一样，当然也像绑架。

"与杀掉鹿小茸相比，这些算得了什么呢？"马朵朵狠狠地做了一个咔嚓的手势，果断，坚决，痛快，干脆利落，像大革命时期的将军。瞬间，仿佛血飞溅到了城墙，血水迅速升高了玄武湖的水平面。我们面面相觑，觉得此时此刻的马朵朵不可强劝，不可逆其意志，否则他会将我们排除在知己队列之外——能成为马朵朵先生的知己，使我们有了许多光彩和乐趣，也长了见识，因此，我们不可能自绝于他。我们支支吾吾地说，鹿小茸该杀，可是杀了他以后呢？

"这是一个极大的烦恼。你们忧虑的正是我的困境——这也是人类生存的困境——自由与束缚的冲突。"马朵朵已经在想这个问题，说明他蓄谋已久，"我可不想束手就擒，坐以待毙。像所有的杀人凶手一样，出于求生本能，我必须逃跑，哪怕在逃跑的路上被击毙。特别像我这种有身份有地位尤其是高智商的人，不可能坐在审判席上丢人现眼，更不可能让绞绳套在我的脖子上，或温顺地等待子弹穿过头颅。逃跑是我唯一的选择。但现代社会的警察要比古时候的捕快厉害得多，逃跑并非容易的事情，况且在这方面我并不比城市角落里的小混混更内行。不过，我相信只要准备充分，加上我的天分，从天罗地网中逃脱也是有可能的，因为无论天衣多么细密，总会给聪明而勇敢的人留下脱逃的缝隙。"

我们部分地赞同"缝隙说"。按照宇宙学家们的说法，时间和空间都存在着无数的"缝隙"，即使一块铁板也是有缝隙的，更不用说我们生活的空间。"关于宇宙，无论昨天还是前天，"马朵朵还着重引用了天才物理学家霍金先生的理论说道，"宇宙正在无限扩大，而且，宇宙之外还有宇宙，时间和空间无穷到连诗人都无法想象，这说明了一个问题，即使在一个无穷小的空间里，聪明的人也能找到生存的天地。"

"我早就开始观察蟑螂，看它们怎样在危机四伏的环境中得以生存。它们就是利用了缝隙生存，因此它们比人类更早来到地球，也将比人类更晚一些灭绝。世界上到处都是形形色色的逃亡者，他们在刀锋上行走，在缝隙中生存，那是另一种生存状态，却并不见得比正常的生存状态坏，我们痛恨或同情他们是因为我们不理解他们，就像别人不理解我为什么非要杀鹿小茸不可。理解一个人，你得理解他的生存意义。"我们的朋友马朵朵在说服我们，而不是我们在说服他。

"如果你们愿意为朋友两肋插刀，就应该帮助我远走高飞。"马朵朵说，"不过，如果你们因害怕成为同谋、从犯而离我而去，我也无话可说，祝你们像往常一样幸福、安全。"

结果并不意外，我们被我们的朋友马朵朵先生绑架了。

事实证明，史上有过太多阴谋和杀戮的玄武湖不适合思考。南京发生过的多次屠杀都是从玄武湖开始的，在那里我们像被杀气腾腾的兵匪围困，想不出任何可行的逃亡方案，往往是一方刚提出构想，便在另两个的驳斥下漏洞百出，结果发现彼此在这个方面是多么弱智。我们只好迁怒于玄武湖，回到常常使我们灵光闪烁的秦淮河。从此以后，我们冥思苦想的不再是学术，而是脱逃术。每天黄昏，我们三个在秦淮河边散步，把脱逃术上升到学术高度加以研讨。这条河对我们意义非凡，因为它环境幽静，穿越古今，适合思考杀人技巧和逃亡法则。再顺便说一句，与马朵朵相比，我和闵良知先生虽然稍逊一筹，但亦非等闲之辈，在化学领域都是佼佼者，我和闵先生合作的论文曾多次上了《自然》《科学》等杂志的头条，论成就和影响我们迟早也将是中国科学院院士的有力竞争者。我们现在是马朵朵的左膀右臂，化学界将马朵朵、我、闵良知并称为"秦淮三杰"，或"秦淮河边的三驾马车"。三个臭皮匠尚能与诸葛先生等量齐观，何况三个准院士？

　　休闲锻炼时间，只要都在南京，我们几乎风雨不改，穿老北京布鞋，一身运动装，不带通信工具，从大学侧门出发，步行半个小时到秦淮河畔。在这半个小时里，我们往往一言不发，严肃得像公众场合的高官。穿过喧嚣，到了河畔，我们沿着河岸往西，先是听马朵朵对逃亡的种种设想，然后我们挑刺，寻找漏洞和破绽，提出假设，再充分论证。为了开阔眼界，借鉴古今中外的逃亡经验，我们还剖析从网上或电影上得来的千奇百怪的逃亡成败案例，给马朵朵启发。我们的目的只有一个，就是集中我们的聪明才智让他的逃亡方案天衣无缝，无懈可击，换句话说，他干掉鹿小茸后，成功脱逃，警方永远无法找到他，他能在无处不在的

当代中国最具实力中青年作家书系

"缝隙"中逍遥法外。

当然，这一切都在绝密中进行，即使是秦淮河上的鬼神也不会知道我们在谈论什么。

经过半个多月的雕琢，被我们命名为"秦淮计划"的马朵朵脱逃方案趋于完美，我们可以负责任地向他保证，它能使他远走高飞。

然而，我和闵良知先生均非茹毛饮血之流，我们也像尊重马朵朵先生一样尊重每一个生命，哪怕对方是一头驴或一个诗人。我们希望马朵朵能在最后时刻放弃他的血腥行动，让鹿小茸苟且活在世上。

我说，"不值得为一头驴铤而走险。"

闵良知先生也劝道，"杀一头驴，你修行了十三年的佛性将毁于一旦，都快得道了，何必呢？"

"替天行道的事情，佛祖也干过。"既然马朵朵固执己见，那我们就为他祝福吧。

如果马朵朵先生把杀死鹿小茸的想法深埋心底，然后神鬼不知地付诸行动，鹿小茸死了，最后不知道凶手是谁，就成了令警察蒙羞的无头案。众所周知，化学家杀人的方法要比其他人更丰富更隐蔽，凭马朵朵的智商应该能做到杀人于无形。问题是，我和闵良知先生已经知道了他对鹿小茸动了杀心。这样，如果鹿小茸真的死于他杀，我和闵良知先生会守口如瓶吗？不能，明知而不说，这不符合法治精神和正义准则，也不符合我和闵良知先生作为知识分子的良心。我们肯定会向警方提供信息，马朵朵先生便不能脱离干系。况且，马朵朵先生说，他要在大庭广众之下正大光明地杀掉鹿小茸，只有这样才能给世人一个交代。但他杀了人后并不想马上被捕或被警方击毙。他得逃命，而且不让警方抓住，这个案子拖得越久影响越大。在证据确凿不可能洗脱罪名的情况下，马朵朵先生要想得以逍遥法外，只有逃亡，躲藏。

如果你了解南京，就发现要逃离这个城市并非易事，即使你逃离了南京，也未见得万事大吉。出了中华门或中央门，甚至离开了机场或火车站，你还会感觉到草木皆兵四面楚歌，因为周边几乎全是大城市。众所周知，对一个逃犯来说，城市是最危险的，因为警察和监视器无处不在，通缉令张贴到古老得早已经让人遗忘的小巷和渡口。然而，对像马朵朵先生这样的知识分子，除了在城市生活外别无选择。马先生没有经历过上山下乡，既没有刀耕火种的技能，也没有在黑煤矿下生存的能力，甚至连洗衣做饭的基本家务活都会让他的弱势原形毕露。那他只能在城市里开始他的逃亡生涯。我们一致认为，虽然南京是一座防备严密、天网恢恢的城市，但并非没有漏洞，正如前面所说，空间是无限的，南京主城区面积约四千七百三十平方公里，人口密度每平方公里二万八千一百人，建筑物五十六万幢，地下通道一千二百八十九条，防空洞三十八个，桥梁涵洞七百八十六个，地下出租屋十二万间，招工来者不拒的黑工厂三百六十七家，建筑工地一千三百处，假证办理从业人员五百余人，整容美容院三百五十一家，听说还有专为逃犯而设的地下避难所。我们坚定不移地认为，马朵朵先生其貌不扬，扔到人群里像一滴水掉进了大海，偌大的南京城足以藏得下一万个马朵朵。因此，"秦淮计划"的第一条明确指出，"逃犯"要绝地逢生，就必须认同霍金先生的宇宙学说，承认空间的无限性。这一点马朵朵先生已经确认，因为他历来是霍金先生坚定的支持者。好像前面或者以前我们也

当代中国最具实力中青年作家书系

已经说过，凶手逃离现场甚至远走高飞都不足为奇，很多普通人都可以做到，连稍一慌乱便找不着北的闵良知先生也拍着胸脯说，他也能做到。那么，也就是说马朵朵先生不必担心杀了鹿小茸后逃离现场或藏匿的问题，他考虑的重点是第二条，怎样在警察和熟人的眼皮底下生存，甚至还从事他酷爱的化学研究工作。"秦淮计划"的第二条非常关键，也就是说逃亡者必须熟悉和掌握"蟑螂生存法则"。所谓蟑螂生存法则，简单地说，就是"夹缝生存理论"加上"下水道寄生法"。蟑螂这个古老的物种，它在险象环生、极度肮脏的环境中求生存的经验值得马朵朵先生借鉴。马先生也表态，蟑螂能做到的事情，他也能做得到。

"秦淮计划"是我们三人共同完成的作品，它太有创意太完美了，可以用天才的构想来形容，我们恨不得马上投给《自然》或《科学》杂志，他们也许会破例刊登这篇看似与学术无关但实际上是一篇能极大启发人类智慧的学术论文，当年谁又把爱氏的相对论当作一篇传统意义上的学术著作呢？

我和闵良知先生都以为，马朵朵先生不会丢下如日中天的事业和让人眼红的名利，他的杀人计划和逃亡计划都只不过是纸上谈兵，泄一下愤，或给单调的生活平添一些乐趣而已。然而，有一天他非常认真地跟我和闵良知先生说，"你们掌握了我的一切，我可以相信你们吗？"

这是一个他早就应该警觉的问题。

我说，"我可以让你相信，我以人格担保，绝对不会供出'秦淮计划'！"

闵良知说，"为朋友两肋插刀，我宁愿成为你的共犯！"

还有什么可说的呢，风雨同舟，与马朵朵先生共存亡！

附录：1."秦淮计划"总纲（略）

2."秦淮计划"详细方案（略）

对于鹿小茸，我和闵良知先生是同时认识的，我对鹿诗人的所知并不比闵先生多多少。大概是"秦淮计划"出炉的半年前，或许更早一些，从浦口校区回主城区的校车上，我和闵先生坐在一起，马朵朵坐在我的前头，我和闵先生低声猜测本年度的诺贝尔化学奖花落谁家，马朵朵对这类话题兴致不高，一个人看窗外的风景：杂乱无章的建筑，沾满尘埃的树木，田野里饿得发慌的鸟群，险象环生的公路。那时候，校车还不把学生与教授分开，满满的一车人，教授们在学生面前都不好放开说话，一路上有些沉闷。在过长江大桥的时候，突然有一个瑞典的留学生从座位上站起来向所有的人发问，女的，身材和面容都代表了欧洲的水平，后来听说是历史系的研究生，名叫让·沙娜，她的导师是德高望重的柳叶海老先生，他正端坐在车头的第一个位置——如果戏剧系的蒙晓芳女士不在车上，那个位置永远是留给他的。

她一本正经地问道，"你们中国人为什么把男人的生殖器称作鸟？"

众人皆惊。继而引起一阵哄笑。车里的气氛顿时变得热烈，但接下来是异常的尴尬。因为那个瑞典女留学生还站在那里等待答案，而车上没有谁给她回答。柳叶海老先生耳朵不好使，不知道大家在笑什么，但应该猜得出来，是他的学生在提问。

"沙娜，你问什么问题？"柳叶海老先生也充满了好奇，随即戴上了助听器。

"中国人为什么把男人的生殖器称作鸟？"问题被重复了一遍。哄笑再起。柳叶海老先生窘迫得无地自容，"我不回答，这与我专业无关，谁要回答谁回答去。"随即生气地摘下助听器，不理会车内的事情。

显然，这个问题还轮不到化学系的教授回答，生物系的人回答也不合适，医学院的教授也推辞，说那是中文系的活儿。说实话，虽然他们学富五车，但未必能利索而体面地回答这个问题，因为它跟文学有关，是形象思维，是一个比喻句。车上有我们认识的四名中文系的教授，包括古文字学泰斗韩少平老先生，学界新锐郭颐文，文学批评家方仁义，二十年后或许问鼎诺贝尔奖的小说家银邦克。韩老先生一向严谨，此时正襟危坐，当没听到一样，孤傲得像一只仙鹤；郭颐文先生近年疏于学术，频繁客串于电视选秀节目，名气很大名声却不太好，尽管以他雄辩的口才足以将芝麻大的小问题瞬间化作乌有，但看到恩师韩老先生不发一言，他也只好微微一笑；银邦克先生或许觉得现在跟瑞典人套近乎为时尚早，他高筑城府，明哲保身，沉默不语；只有近年来大声疾呼"良心批评"的方仁义先生挺身而出，当仁不让，勇挑重担，要为中文系争口气。他回答说，男人的生殖器，从形状上看，像鸟，仅此而已。然而，这个答案虽然又引起一阵哄笑，而且有一定道理，但不足以使让·沙娜满意。她争辩说，鸟是有翅膀的，而男人的生殖器只有羽毛。方先生在更轰隆刺耳的哄笑中下不了台，颜面尽失。那些对中文系有成见的人士开始冷嘲热讽，甚至与人为善的马朵朵先生也说话了，他落井下石地说，全系欺世盗名之辈。方仁义先生不高兴了，说，你凭什么说我欺世盗名？马朵朵先生意识到说错话了，但那天他跟平时不一样，有点反常，说话特别尖刻。

"我不仅仅说你！"马朵朵顶了方仁义一句。

"那你是骂整个中文系喽？"方仁义先生引蛇出洞。

"你可以这样理解。"马朵朵说。显然这不是他的本意，但他的话显然把中文系都得罪了。

方仁义兄终于从刚才的尴尬和激愤中解放出来，因为他可以和韩老先生等人同仇敌忾了。

我们都在为马朵朵先生担心。因为吵架不是马朵朵的强项，况且以他的口才远不能舌战群儒。

"我同意马先生的观点，中文系就是乌合之众，就是欺世盗名的鸟人！"车后排座位上有人说话了，"我是中文系的副教授鹿小茸，我也是一只鸟，但我跟你们不一样。"

众人皆惊。他是被忽略了，因为他永远孤傲地坐在车尾巴的角落里，不与任何人说话，长发披肩，脸如马面，嘴唇薄得让人担心，鼻梁与国情不符地高耸着，容易挑起别人一拳打过去的冲动。我们都懒得跟他打招呼，因为在此之前我们都不知道他的名字，马朵朵还以为他是搭乘顺风车的小商贩。

中文系起了内讧，个中复杂性在此暂且不提。那天在车上中文系的教授们吵得面红耳赤，后来德高望重的韩老先生突然觉醒，迅速出手平息了内讧，"祸起萧墙啊，你们还吵什么鸟！"顿时鸦雀无声。但他们的沉寂给了让·沙娜再次发难的机会，"中国知识分子遇到丑恶和不合理的事情大多不敢拍案而起，往往说'不关我鸟事'，你们的鸟不是鹰，是鸵鸟。现在我终于印证了这个事实，你们只善于窝里斗和争名夺利，而没有责任担当，根本不能成为中国的良心！你们老是为不能获得诺贝尔奖而觉得憋屈，但鸵鸟怎么配得上诺贝尔奖呢？"

中文系的教授欲站起来反驳这个留学生的无礼和恶意，但又被韩老先生劝阻，"让别人说去吧，咱们中文系不蹚这趟浑水——反正我们中文系不争诺贝尔奖。"

然而，鹿小茸先是放了一个响屁，然后嘲笑说，"谁说中文系不争诺贝尔奖？银邦克先生不同意，我也不同意。但你们不是中国的良心，我是！"他啪的一声撕裂衬衣，露出左胸膛，指着心口说，"中国的最后一颗良心在这里跳动，呼之欲出。"

虽然鹿小茸的表演迎来了无数的鄙夷和蔑视，但让·沙娜却向他鞠了一躬，"我先向你鞠一躬，但你得用事实证明你是。"

"我的存在就是证明。"鹿小茸先生气势如虹。

这场因鸟而起的争论戛然而止。我和闵良知先生都看得出来，瑞典人是有备而来，也可以说是蓄谋已久，故意在众人面前让教授们丑态百出。闵良知先生一直庆幸当时没有抢答，否则出丑的不仅是他，还有化学系。

然而，瑞典女留学生提出的经典问题被本校师生在茶余饭后奉为"让·沙娜之问"，还被添枝加叶地增加了"中国人为什么总与诺贝尔奖无缘"的内容，后来我看到N大学的校史研究专家把它与著名的"钱学森之问"相提并论，在外头津津乐道。至于"让·沙娜之问"意义有多大，中国知识分子是不是鸵鸟，这些问题我们都懒得管，因为洋溢着自由光辉的大学里面永远充斥着无聊和没完没了的争论或是非，为这些东西用掉一分钟时间都是愚蠢和得不偿失的。但校车上发生的"鸟"事件的意外收获是让我们认识了鹿小茸先生。

开始的时候，我们对鹿小茸先生充满了尊敬，因为他关键时刻为我们的朋友马朵朵因失言而面临的危局挺身而出出手相助，还为此不惜得罪了中文系的所有教授，以及保安、设备维修工、收发室的门房、厕所清洁工等。我们也好奇于最高学历只是聊城师范学院本科的鹿小茸先生，是怎样在中文系清一色的博士和海归中立足，鸡立鹤群的，难道说中文系额外承担起保护和圈养诗人这类珍稀动物的义务来了？后来据闵良知先生考证，情况是这样，"旺鸡蛋"（注：即鸡还在蛋中，不鸡不蛋，是南京风味小吃）嗜食者鹿小茸先生是国内著名诗人，虽然国际影响与北岛比尚有一定差距，但与北大清华的牛×诗人们比却是半斤八两，是著名的"下半身"派诗歌的代表人物和集大成者。又，虽然鹿小茸先生的名声并不是很好，离过三次婚，与七个女人同居过，还传出过换妻的丑闻，但不能像要求化学实验数据那样要求诗人的生活作风，不疯癫，不狂狷，不放浪形骸，不醉生梦死，那还叫诗人？中文系的博士教授们纵使再看不惯此兄，也得容纳他，用中文系的话说，虽然我们也不喜欢狼，但在一群羊的身边安放一只狼，有助于生态平衡和保持危机意识。问题是，鹿小茸先生是狼吗？在马朵朵看来，他不是。

马朵朵在广州路一家格调高雅的西餐馆宴请鹿小茸。我和闵良知作陪。为了给晚宴增加庄重感，马朵朵先生携夫人出席。我们对马夫人十分熟知，她是中国驻美国某前参赞的女儿，母亲是国内著名的小提琴手。马夫人是一个剧作家，无论你对中国话剧多么陌生，也应该知道享誉国际话剧界的《午夜地铁》，她就是该剧的作者。马朵朵就是在美国观看《午夜地铁》时认识了马夫人。听马朵朵描述，《午夜地铁》在美国异常受欢迎，在纽约一连演了十三场，马朵朵每场必到，看到第八场的时候，他已经能背下剧中所有的台词，第九场时，他听出了一个演员的口误，以为是剧作者修改了台词，他觉得没有原来的好，散场后就径直去后台找剧作者，便认识了马夫人。此后的好多天深夜，马朵朵都约她到时代广场，站在广场的中央仰望星空。马朵朵告诉马夫人，这是世界的中心。马夫人说，在我心中哪里都是世界的中心。马朵朵对这句话印象深刻，觉得她的思想像她的剧作一样深邃，而自己显得肤浅。在离开美国的前一天，马朵朵吻了马夫人，是白天，在时代广场。那天马朵朵刚好获得了哈佛大学的博士学位。我和闵良知也无法理解，漂亮的马夫人为什么接受了相貌平平的马朵朵。后来我们从马夫人的话中看出了端倪。她看中的是马朵朵对爱情的纯真，像一个孩子，而才华和身份都不是主要的。我们常常说，马夫人对中国的贡献不仅仅是写出一部经典话剧，她还为祖国从美国手中抢回来了一个化学博士——一个将来完全有可能填补中国诺贝尔奖空白的人。鹿小茸先生昂着高贵的头颅姗姗来迟。他不仅带来了一阵久不洗澡导致的体臭，还带来了一首刚刚写完的诗。马夫人超凡脱俗的气质显然惊呆了鹿小茸先生，还使这个有些猥琐的诗人突然精神抖擞，完全不顾及我们的辘辘饥肠，要把这首《致爱情》的诗献给马夫人。还没等马夫人来得及反应，他便当即亢奋地朗诵起来：

……
愿我的爱情像一只鸟
不仅有羽毛，还长出翅膀
绕树三匝，无枝可依
只能在女神的裙底下辗转缠绵！

此诗洋溢着赤裸裸的溢美之词，极尽阿谀奉承之能事，对一个女人的美貌与才华赞美得如此铺张奢华我还是第一次见到，虽然不能粗暴地将它称为艳诗，但比艳诗有过之而无不及。令马朵朵更不能接受的是，此诗并非巧合，而是早有预谋，专为马夫人而作。平心而论，诗写得不错，鹿小茸先生也非浪得虚名，但在大庭广众之下，在诗人几乎绝迹的世界里接受一次诗的洗礼并不是荣幸的事情，旁人怪异的眼神和服务员嘲讽的脸色让我们觉得难堪。我和闵良知先生按捺不住，几次要动筷子夹菜以暗示鹿小茸先生赶紧结束朗诵。但我们发觉鹿小茸先生并不把我和闵良知及马朵朵还有旁人放在眼里，他的眼里只装着马夫人。马夫人穿着藏青色旗袍，银色耳环大而得当，看起来比以前更具大家闺秀的气质。马朵朵三次让服务员给各位倒酒，试图以此提醒鹿小茸先生该坐到饭桌前了，而马夫人却颇有风度地听鹿小茸把诗念完。

"这是献给马夫人的诗。"鹿小茸再一次强调，"世界上没有几个女人配得上我的献诗，马夫人是其中之一。"

马夫人微微一笑说，"鹿先生很有才华，朗诵也颇有天赋，可以到话剧团试试身手。"

鹿小茸眼睛发亮，开始一改过去的孤傲和沉寂，像泄洪一样打开心扉，对自己的才能自吹自擂，"大学一年级时我演过《雷雨》，二年级时演过《等待戈多》，三年级时扮演过哈姆雷特，四年级我当导演排演我自己创作的剧本《死亡是爱的一种方式》，但我的才华更多地是在诗歌领域，他们说我像里尔克，我觉得更像兰波，但如果说我像切·格瓦拉也许更准确一些……"

马夫人优雅地说，"其实我觉得你像金斯堡，也有点像波德莱尔……"

鹿小茸说，"虽然我不喜欢这两个傻×，但我还是感到非常荣幸。"

接下来的时间，纯粹是诗人鹿小茸的个人诗歌朗诵会，从《嚎叫》到《恶之花》，从里尔克到博尔赫斯……亢奋起来的鹿小茸先生手舞足蹈，口沫横飞，狭窄的餐厅无法满足他狂狷的表演需要。我们除了佩服和妒忌鹿小茸先生的记忆力和表演艺术外，还为我们完全成了局外人而沮丧。由于担心他的心理承受能力和对设宴的懊悔，我和闵良知不得不不断向马朵朵敬酒。然而，马朵朵先生的气度要比他的酒量大得多，他自始至终没有表现出一点不耐烦和醋意来。马夫人不愧是外交家的女儿，在一个疯子面前也能表现出彬彬有礼、虚怀若谷的风范，还不时给鹿小茸轻轻鼓掌，大度和淡定得像中世纪欧洲的贵妇人。

"像驴打滚。"马朵朵凑近我的耳朵，笑嘻嘻地对鹿小茸的表演做出了评价，"不过也挺有趣。"

鹿小茸先生并不是永动机，他终于像一头超负荷奔跑的驴，累了。但酒菜都已经被我们喝光吃光，马朵朵先生并没有继续上酒和加菜的意思，更重要的原因是，马先生晚上有一个讲座，马夫人得修改一个剧本，我和闵良知要回到实验室去发现可能存在的新大陆，我们都起身告辞。鹿小茸先生肚子空空的，更没有尽酒兴，对服务员嚷道，"能给我来几只旺鸡蛋吗？"

话音刚落，对旺鸡蛋有着本能反应的马朵朵哇的一声呕吐了，把刚才吃下去的全倒了出来。鹿小茸不解道，"旺鸡蛋是好东西……"

马朵朵在我和闵良知的搀扶下落荒而逃。

鹿小茸对远去的马夫人说，"我将在学院迎新晚会上再次朗诵《致爱情》，这首诗将很快传遍全世界。"

闵良知曾讥讽说，一头驴要走遍全世界不太可能，因为驴出了中国就不太受人欢迎，然而，一头驴朗诵的诗要传遍全世界是可能的。后来，《致爱情》被鹿小茸先生在各种晚会上、宴会上、课堂上、研讨会上、学术论坛上、校园的小树林里等场合反复表演，终于传诵开来。而真正走向世界的是，鹿小茸先生的朗诵视频和音频像牛皮癣一样张贴到各大网站，引起了无数天生喜欢猎奇逐臭的网民围观。但他们热爱的不是鹿小茸先生的诗，而是诗献给的对象——马夫人。他们挖地三尺，终于找到了不同时期、不同场合、不同表情的马夫人的照片，果然引起了更大的围观。他们对马夫人品头论足，从脸容到胸脯，从额头到鼻梁，从牙齿到脖子，从嘴唇到脚趾，从仪态到肤色，煞有介事地推测她的婚姻生活乃至性事频率。我的一个远在加勒比海多年、从未关心过祖国兴衰的朋友突然打电话给我亲切询问，说听说你们学校的马夫人——康香小姐貌若天仙、宛若皇妃？虽然相隔千山万水，但我的朋友声音依然热得发烫；还有一个肯尼亚的化学同行，黑胖子，先后给我发了十七次电子邮件，恳求我帮忙让我们的学院给他发邀请函，此兄十分坦诚，就是希望一睹马夫人的真容……闵良知先生也接到类似的恳求，他像我一样断然拒绝，以表达对朋友马朵朵的坚定支持，并为他分担忧愤，共度时艰。而我们的朋友马朵朵先生早已经被潮水般汹涌而至的纷扰搞得焦头烂额，不堪重负。关于他的消息和传闻在坊间和网上此起彼伏。那些对马夫人想入非非的好色之徒通过马朵朵家的窗台或门缝往里张望，每天都有长枪短炮般的摄影器材对着教舍九号楼三单元。短短一个月，马朵朵先生收到了无数封"马朵朵转康香小姐"的信。马先生在世俗中的知名度已经远远超过在神圣的化学界，但在世俗中，他是作为康香的丈夫而存在，好像是，如果有一天他不再是康香的丈夫，他的知名度、关注度甚至存在的理由都将瞬间消失。显然，在专业领域雄心勃勃的马朵朵无法消受如此庞杂、不邀而至和无孔不入的纷扰，他想躲藏起来，不回家，不上课，不参加学术研讨会，不出席任何会议，不接受任何宴请，不与父母女儿之外的任何人交往，不上网，不打开邮箱，不接受来路不明的信函，不接听陌生和可疑的电话，除了跟我和闵良知在秦淮河边散步外，不到其他可能引起不快的地方，不谈论与化学无关的话题……但马朵朵最终发现无处可藏，似乎是，陌生而庸俗的眼睛无处不在，时刻盯着他，让他不自在，哪怕他拉下实验室的窗帘将光线遮蔽，也无法阻止穿透力特强的风言风语。马先生变得狂躁了。

然而，更让马先生窝火和忍无可忍的是，鹿小茸像一只蟑螂一样随时随地伺机接近马夫人。无论马夫人的戏在哪里演出，他都会坐在离舞台最近的地方，并耐心地等到剧组全体成员出来谢幕，他会绕过演员和导演，把一束康乃馨送到编剧的手上。有时候，他守在马夫人所在的南京青年戏剧团的门口，一看到马夫人出现便迈开无数条腿扑上去，给她递上一束廉价的玫瑰。有时候，在马朵朵家的楼下，在夜深人静连鸟都已经沉睡的晚上，或连鸟还来不及醒来的清晨，鹿小茸先生就张开喉咙朗诵《致爱情》，将昨晚做实验到半夜才躺下的马朵朵惊醒。有一次，马先生正跟马夫人做爱的时候，鹿小茸先生突然站在对面的楼台上对着马先生的卧室朗诵诗歌。马先生怒发冲冠，赤着身子走到阳台上对鹿小茸先生破口大骂，还对着鹿小茸先生抖动蔫萎了的生殖器。鹿小茸先生对马先生的举动根本不屑一顾，在谩骂声中把诗朗诵完，然后扬长而去，决不纠缠。还有一次，鹿小茸在学校的小树林里举办诗歌朗诵会，来自五湖四海的对爱情有着强烈渴求的诗人云集在那里，诗人数量第一次超过了树木，地上撒满了诗歌的垃圾和酒瓶。围观者来去了一茬又一茬。每一个诗人都朗诵了一遍《致爱情》，有深情款款的，有歇斯底里的，有虎啸狼嚎的，但怎么看也像一群驴在狂欢或悲鸣。马夫人应邀出席，坐在树林中间的石凳上，像一尊女神般被诗歌和渴望爱情的驴群包围，她神态自若，保持着合适的矜持和孤傲。最后，他们表演了《午夜地铁》里的片断，以此向马夫人献媚，马夫人以微微一笑将所有的暗含着交配乞求的狂乱化为乌有。马朵朵深入驴穴，藏在槐树的背后目睹了那些疯子令人作呕的表演，他几次唤来保安，请保安驱逐这些流氓分子和性饥渴之徒。

"他们在大庭广众之下朗诵关于乳房、性交、肛门、精液的诗歌，比男盗女娼下流一百倍，扫黄打非的来不及管，你们为什么不管？"马朵朵质问保安科长。

但令马朵朵想不到的是，保安科长竟然是位前诗人，当保安前在县报发表过诗歌，现在成了鹿小茸的崇拜者，他理直气壮地拒绝执行马朵朵的命令。

"诗人都被逼得躲到世界的角落里去了，你还要怎么样？"保安科长大义凛然地反诘马朵朵，"你心里容得下整个世界，怎么就容不下诗歌呢？"

马朵朵第一次感受到了时代扭曲的力量。怪不得那么多声音在批判道德滑坡，连诗歌都这样了，还有不坍塌的吗？

马先生找到了行将退休的中文系主任霍友邻先生，对他说，"兄弟我本来对你们中文系没有成见，但自从你们养了一头驴以来，严重影响了学校的声誉和本人的生活工作秩序。如果你们舍不得一头驴，那么请你们把它圈养起来，别让它出来践踏庄稼和

当代中国最具实力中青年作家书系

半夜吓人。"

霍老先生是个明白人，知道马朵朵所指，可是他并不同意马朵朵把他手下的一个副教授比喻为一头驴。霍老先生说，"马教授，你指鹿为驴，可见你对鹿小茸先生的误解之大远远超出了对人与驴之间差距的误解，驴是不懂得爱情的，但鹿小茸先生需要爱情，他爱慕马夫人是他的自由，兄弟你是见过自由女神的，你一向叫喊自由和民主，但你为什么不能给鹿小茸先生自由和民主呢？"

"霍主任，你老昏头昏脑，看不出鹿小茸是一头地地道道的驴，但你不能纵容他，否则你跟一头老秃驴又有何异？"马朵朵先生毕竟是学化学的，不懂得修辞，致命的是他的直性子，冒犯霍老先生了。霍老先生年少成名，早被公认为学界泰斗，担任中文系主任已有二十年之久，地位无人能撼动，虽然早已经秃顶，但从没有人敢当面以"秃驴"讽之，马朵朵竟犯了忌讳。好在霍老先生向佛已久，宠辱不惊，更无怒气，对马先生之言报以宽容之笑，说，"兄弟我跟鹿小茸先生说过了。我对他说，人家说你是一头驴，马夫人是一匹马，驴跟马不能在一起，因为驴跟马交配生下的是骡。骡就是怪胎，马夫人怎么会接受一个怪胎呢？但鹿小茸先生说他不在乎，他说骡有骡的好处，骡不见得比马差到哪里去，彼此彼此。他就是一头犟驴，我拿他也没有办法。"

"你们是一丘之'驴'！"马朵朵听不出霍老先生的话是什么意思，不敢跟一个老谋深算的老头有过多的交锋，嘟囔了几句便拍马而去。其实，马朵朵对中文系的指责是多余的，而且有点冤枉了中文系。因为鹿小茸在中文系早已经成为害群之"驴"和众矢之的，没有人能容忍一个离经叛道、放荡不羁的"下半身"派诗人。我们首先要弄明白什么叫下半身派诗歌。闵良知向银邦克先生讨教过。银邦克说，你读过恶俗浅薄地、赤裸裸地描写生殖器、性交、淫乱的分行文字吗？如果你读过，恭喜你，你已经不幸成为下半身诗派的读者了——时代堕落得太快，下半身诗派已经登堂入室，在高校里攻城略地占山为王了。文学本无罪，何必互攻讦？本来嘛，诗人和小说家是一丘之貉，但听说小说家银邦克与他形同水火，因为鹿小茸也对诺贝尔文学奖虎视眈眈，欲抢在银邦克的前面前往瑞典文学院领奖。银邦克说，中国文学还没强大到有两个人可以同时问鼎诺贝尔奖的地步，因此，他把鹿小茸先生当成了最大的对手。诗人和小说家的争斗就像一头驴与一匹马的比赛，胜负已定但过程异常可笑。中文系没有人站在鹿小茸一边，因为鹿小茸先生跟银邦克先生处理可能即将到手的诺贝尔奖奖金的方式不同，他说不会拿出半分钱请他们吃一顿，而银先生愿意跟他们平分，就像平分那些轻易到手的课题经费一样，甚至他可以一分不拿，二人的慷慨与吝啬日月可鉴。

闵良知提醒马朵朵，其实此事跟其他人没有关系，关键看马夫人的态度。如果一只鸡蛋严丝合缝，光滑和坚硬得像一块鹅卵石，你会担心区区苍蝇吗？

马夫人和马朵朵先生在事业上各有追求，感情很好，相敬如宾，我和闵良知先生都没见过他们吵架，倒是他们夫妇经常为闵良知夫妇劝架。有一次，闵良知被他的夫人操着扫帚从教舍三号楼七楼一直追杀至大学生活动中心，闵良知先生抱头鼠窜，混在学生堆中试图脱逃，但失道寡助，时刻渴望婚外情的闵良知得不到学生的庇护，闵夫人在万军中直取上将之首，将闵良知打翻在地，要给他致命一击，在千钧一发之际是马朵朵和马夫人拍马赶到才帮他脱险。人高马大的闵良知怎么就不是老婆的对手呢？难

当代中国最具实力中青年作家书系

道闵夫人正是传说中的柔道高手或跆拳道黑带？在对待夫人的问题上我也无计可施，我夫人跟闵夫人一样有强烈的女权意识，争吵时绝对不轻易服输，哪怕鱼死网破。我跟我夫人打架的时候，马夫人和马朵朵也挺身而出，将愤怒的公羊和撒泼的母羊分开。知识分子打架和猫狗打架毫无二致，一样丑态百出，但那是必须的，我和闵良知先生都是俗人。马朵朵本来也是一个俗人，性格率直还有些急躁，喜欢钻牛角尖，一急起来经常暴风骤雨，连我和闵良知都害怕。但马夫人真有吞吐日月的胸怀，从不和马朵朵顶撞，而是以柔克刚，能瞬间将一头发疯的公牛驯服，那是母性的力量。因此，马朵朵将她与维纳斯相提并论是有道理的。与我和闵良知对异性有非分之想不同的是，马朵朵从不接近其他女性，不会与她们有过多的往来。因此他们夫妻都全力以赴地爱着对方，像两块死死相吸的磁铁。鹿小茸先生不自量力地横插进来，犹如以头撞墙，除了增加笑柄外，能得到什么呢？我对闵良知先生说。闵良知先生赞同我的说法，他说这确实是蚍蜉撼树，螳臂当车。但问题在于，马夫人并没有急于拒绝鹿小茸先生。

　　马夫人不是一般的女性，在对待男人的问题上她比其他女人游刃有余得多，像一个外交官一样不会轻易跟别人脸红脖子粗，她永远是一副贤淑和落落大方的样子，男人们对她赞美，她只是微微一笑，对她贬损，她决不跟对方计较，对那些空穴来风的传言和关于她或马朵朵的绯闻、是非，她总是不屑一顾。可以这样说吧，她是我们化学系乃至整个 N 大学的夫人楷模。从她对待鹿小茸先生的求爱态度上就可以看得出她的气度和风范。鹿小茸每一次给她送花的时候，她都会微笑着接过去并真诚地说声谢谢，让你破费了，但除此之外再无多言。每次听到鹿小茸先生给她朗诵《致爱情》的时候，她并未做出反感和厌恶的表情，而是从他身边款款而过，并向他点头致意。如果她正好和马朵朵先生在一起，她会对鹿小茸说，你下次能不能换一首新诗？审美疲劳啊。鹿小茸先生回答说，一首诗可以改变世界，更多的诗会毁灭世界。马朵朵代夫人回敬说，你说得有道理，因为如果化学家不出手相助，垃圾也是可以毁灭世界的。马朵朵本想说些更尖刻的，但马夫人及时制止他，不让他失态、失言、失气度。

"你不能对诗人太残忍。"马夫人规劝马朵朵，"这个世界如果没有诗歌，我们将变得很可怜。"

马朵朵不能苟同夫人的说法，就像不同意少了驴动物园就不存在的说法一样，但他知道夫人之所以没有断然拒绝鹿小茸的自作多情，是因为出于对珍稀动物的怜悯。为了打消马朵朵的忧虑，马夫人用了一个浅显得连化学家也能听明白的比喻：诗人的爱情像母驴撒尿，来势汹汹，去势更汹汹，撒完便完，当膀胱的尿涨了，又会重新找一个地方撒去，驴决不在同一地方撒两次尿。马朵朵半信半疑，找到了生物系的教授请教。生物系的教授说，他们都在研究生物工程，不研究驴很久了，因为驴的习性太顽劣，简直无法改良——驴跟驴交配生出来的依然只是驴；但驴跟马杂交嘛，生出来的竟叫骡了，像橘逾淮为枳，无奈也。马朵朵不甘心，专门请南京市畜牧兽医局的两位权威专业人士吃饭，讨教，得到的结论是：如果有一个地方值得撒两次尿，无论走到哪里，驴都会回头找到那个地方。马朵朵无端地沉重起来，忧心忡忡。他多次善意地提醒夫人，驴之所以蠢，是因为它可以无数次往同一个茶壶里撒尿。马夫人明白马朵朵的意思，但不愿意跟鹿小茸先生了断，哄他到别处撒尿去。她觉得她跟鹿小茸的关系像两个没利益瓜葛的邦交国那样正常，纯洁得就像两盆清水，即使混在一起仍然只是一盆清水，而不可能变成污泥浊水。马朵朵急了，却不敢跟马夫人争吵，因为他知道，即使争吵也不会改变马夫人的观点和处事方式。因此，他才动了杀戮之心。

"杀了他，一了百了，就像多年前那起校园分尸案一样。"马朵朵说。他所说的分尸案是指五年前一个年轻的女教授被奸杀后，尸体被分成三百六十五块分别寄给了三百六十五个陌生人的事件，案件轰动一时，虽然惊动了公安部，动用了一切手段，但至今仍无法破案。这个案件曾经成为我们制订"秦淮计划"的重要参考。

于是，我们一起密谋，才有了干掉鹿小茸的杰出方案。

从日常的言行举止看得出来，马朵朵随时都可能要动手了。

"杀一个人跟做一次实验是一样的，成功和失败都有价值。"马朵朵说。可是他很久都无法集中精力放在实验上了。

马朵朵心起杀念令我们忧心忡忡。但我们对这颗即将爆炸的炸弹束手无策。炸药是诺贝尔先生发明的，马朵朵说过，每个人都有可能成为炸药桶，诺贝尔本人就是一个炸药桶，每年以发放奖金的方式爆炸一次。马朵朵要爆炸了。

"如果马朵朵逃亡了，"闵良知说，"我们这个实验仍将继续下去，那篇论文也将完成，只是马朵朵的名字没必要再出现在论文的作者里，你知道的，逃亡者不需要荣誉……"

我明白闵良知先生的意思，他是跟我协商，如果理所当然的第一作者突然消失了，那么这篇有可能引起轰动的论文应该谁是新的第一作者？我，还是他闵良知？

这是一个问题。我很在乎这个。因为也许这篇论文会使我功成名就流芳百世，甚至将我送上瑞典那个举世瞩目的领奖台。我犹豫着。闵良知先生看得出我的纠结，无奈地说，最好马朵朵不要逃亡，这样的话，我们就无须重新讨论署名先后的问题了。

我的愿望也正好如此。因为我和闵良知先生必须依靠马朵朵的声望和才华才有可能站在世界之巅。诺贝尔奖有个规定，同一个奖项，至多可以有三个获奖者，而且，三人同时获奖已经成为趋势。

事情终于往好的方向发展。

这一天晚上，马朵朵和夫人正要上床睡觉，有人敲门。马朵朵打开门一看，竟是鹿小茸先生，一股淡淡的旺鸡蛋的味道迎面扑来。

"正好，"马朵朵倒退回来，远距离对鹿小茸说，"我，我夫人正要跟你谈谈。"

鹿小茸先生头发乱七八糟的，身上的夹克皱巴巴的，浑身臭味。

"夫人，我是来告别的。"鹿小茸忧伤地对马夫人说，并不响应马朵朵要求谈谈的倡议。马夫人穿着性感的睡衣，曲线柔和，像母羚羊那样散发着馥郁的清香。

"你要去哪里？"马夫人关切地问，并示意鹿小茸坐下来。马朵朵觉得屋子里没有适合鹿小茸坐的地方，"你还是站着吧，说完赶快离开。我们得休息了。"

"你知道我经常游走四方。我的四方指的是世界各地。"鹿小茸悲壮得近似烈士，"现在，我要到伊拉克去，美国入侵伊拉克，我要去帮助伊拉克人民。"

马朵朵差点儿没笑出来，但马夫人笑了，笑得大方得体、恰到好处，赞赏、激励，充满柔情。

"这是我的护照和签证。"鹿小茸掏出一个本本，果然是他的护照和伊朗使馆发的签证，"我先到德黑兰，然后想办法潜入伊拉克。伊拉克的诗人朋友会给我提供枪支弹药。"

马朵朵说，"这是一个好办法，也许多了你一个帮手，伊拉克就能战胜美国。"

鹿小茸激情地说，"陀思妥耶夫斯基说过，美能拯救世界。爱情诗是最美的事物。诗歌是我最重要的武器，我准备在巴格达中心广场举行一场和平与爱情诗歌朗诵会，到时将会有一千个诗人和一万名伊拉克民众同时朗诵我的《致爱情》，声震云霄，情动波斯湾，唤醒沉睡的木乃伊，所有的士兵，无论是美国的，还是伊拉克的，都会暂时放下武器聆听，他们会被爱感动，化干戈为玉帛，战火纷飞的战场将变成载歌载舞的友爱之海……"

马夫人始终微笑着，没露出任何轻蔑和讥笑的神色，像一尊女神，让鹿小茸先生心潮澎湃。

"缪斯引领我们前进！胜利属于我们！"鹿小茸先生振臂说。

马夫人起身送客，抚了一下鹿小茸的肩头，叮嘱说，"要小心点，但愿你的伊拉克朋友能给你提供防弹衣。"

"我不需要防弹衣，那是懦夫的衣裳。"鹿小茸先生说。

马夫人说，"防弹衣，穿总比不穿好。"

鹿小茸先生突然生气了，"我不需要！你见过诗人穿防弹衣吗？让诗人穿防弹衣跟强迫他舔驴屁股一样，是种侮辱！"

马夫人笑了，说，"既然这样，不穿也是可以的。"

"我不但不穿防弹衣，我还将祈求子弹穿过我的胸膛，让我在最爱……的时候死去。"鹿小茸慷慨激昂地说完，然后头也不回地走了。

马朵朵暗暗地窃笑，但被马夫人看出来了。

"你不应该鄙视一个有正义感的人。"马夫人说。

"我不仅没有鄙视他，还恨不得送他一支枪。"马朵朵最终没能够控制住自己，狂笑不止。

几天后，鹿小茸先生从德黑兰打电话向马夫人报喜，"我终于到达中转站，正跟伊朗伟大的导演和诗人阿巴斯·基亚罗斯塔米先生在一起，我终于当面称赞了他的杰作《樱桃的滋味》和《橄榄树下的情人》，那是两部可以与我的诗歌相提并论的电影。"

马夫人惊喜地说，"是吗？真好！"

"你还记得那个到处找人将他埋葬的男人吗？你还记得哈山跑过一大片橄榄树林，追正要回家的塔荷莉吗？"鹿小茸兴奋地喊叫着，像一头驮着红衣女人从高原上走过的驴。

马夫人被鹿小茸调拨得也跟着兴奋起来，"是吗？真好！一九九七年，不，一九九八年，我和阿巴斯先生在戛纳电影节上见过……"

"他用波斯语大声朗读了我的《致爱情》，你听……"电话里传来一个浑厚的声音，听起来是波斯语，虽然马朵朵听不懂，但从节奏就可以听得出来，是在朗读诗歌。此时的诗歌跟化学一样是不分国界的。

"中伊两颗最巨大的心脏终于碰撞在一起！"鹿小茸先生意味深长又铿锵有力地说，"……明天，也许是后天，我将乔装打扮成穆斯林战士择机潜入伊拉克，与伊拉克人民一起并肩作战，伟大的真主和伟大的阿巴斯都将与我在一起！"

马夫人挂了电话，对马朵朵耸了耸肩说，"我也喜欢阿巴斯。"

马朵朵迫不及待地打开电视，选定中央电视台国际频道，听张召忠先生解说如火如荼的伊拉克战争。那些装备精良训练有素的美国大兵正跟在坦克的屁股后面涌入巴格达。那些坦克，看起来像一头头任人摆布的驴，但比驴跑得快。街头除了残垣断壁还有尸体横躺，奔跑的逃亡者找不着方向……巴格达在快速沦陷，那些钢铁制造的驴快要到达市中心。电视镜头再次转到总统府的记者招待会现场。萨达姆政权的新闻发言人萨哈夫先生镇静自若地对记者说，萨达姆总统还与我们在一起，局势还在掌握之中。马朵朵也确信，萨达姆能支撑到鹿小茸先生的到来，这个即将再次沦陷的文明古国能够得到拯救。

此后的几天，马朵朵一边密切关注伊拉克的局势，一边焦急地等待鹿小茸先生的消息。可是，伊拉克局势不断恶化，号称铁壁铜墙的共和国卫队面对美国军队一触即溃，作鸟兽散，很快总统府换了主人。尽管萨哈夫先生依然镇静自若地对记者说局势还在掌握之中，但连马朵朵都相信了萨达姆政权灭亡的现实，因为美军在巴格达找不到萨达姆。与萨达姆同时失踪的还有鹿小茸先生。鹿小茸先生从不用手机，也不写博客，平时就难以捉摸他的行踪。马夫人担心鹿小茸的处境，在家里坐卧不安，手机一响就以为是鹿小茸打来的，但鹿小茸杳无音讯。

马朵朵迈着轻松的步伐和我们漫步在秦淮河畔，欢声笑语。我们不再谈论杀人或逃亡方案。现在想起来，那些方案多么可笑，多么多此一举，它浪费了我们谈论学术的精力，甚至拖延了我们获得诺贝尔奖的时间。在这里我可以负责任地说，中国虽然还没有学者获得过诺贝尔奖，但请你们相信，我们一直在努力——连中文系的人都说胜利在望了，诺贝尔奖离我们还会远吗？

闵良知说，鹿小茸肯定会死在伊拉克，校方很快会接到中国驻伊大使馆的关于鹿小茸被流弹击中身亡的通知。

马朵朵也是这样想的。"只是时间问题,"马朵朵像政治家那样有信心,像哲学家那样有深意,"时间会帮我们解决烦恼,包括生老病死。"

秦淮河恢复了她的妩媚和曼妙。这是生机勃勃的夜晚,河畔灯光闪烁,南京城金碧辉煌,根本看不出这里曾经发生过多次屠杀。清彻的天空显得苍远而宁静,即使在伊拉克,如果鹿小茸先生还活着,也应该能看到洁白如雪的月光。

美军开始清理战场,清除那些顽抗分子和潜在威胁。鹿小茸生死未卜。马朵朵三番五次到校办打听有没有中国驻伊拉克使馆的电文。校办的人告诉他暂时还没有。"你们知道鹿小茸在伊拉克吗?"马朵朵问。校办的人回答说,"不知道。"马朵朵对此回答很不满,"你们不是声称要保护濒危动物吗?为什么就不关心它的安全?"马朵朵的责难是没有道理的,因为校办确实已经动用一切手段,但仍无法查知鹿小茸先生的下落。

"难道确认一个人的死亡有那么难吗?"一向善良温和的马朵朵厉声质问校办的人。但校办的人觉得他是猫哭耗子假慈悲,对他冷眼相看,"死讯不需要确认,它会不请自来。"

这就是大学里的衙门作风,即使你是一个诺贝尔奖获得者,在这些小吏面前也得低头。

"你们不能找伊朗的阿巴斯吗?"马朵朵语气尽量温和地提醒校办的人。

"阿巴斯也下落不明。"校办的人说,"连中国驻伊朗大使馆也找不到他。"

"看来那头蠢驴在劫难逃了。"马朵朵自言自语道,"我们就当

当代中国最具实力中青年作家书系

他已经死了吧。"

然而，就在美军在提克里特抓获萨达姆的第三天，鹿小茸突然出现在马朵朵的家里。

那天晚上，马夫人听到了微弱的敲门声，打开门一看，她惊叫起来，"鹿小茸！"

马朵朵正在洗澡，连衣服也来不及穿上便跑出来，看见一个头发糟乱满身灰尘散发着尸臭的人站在门口，马朵朵好不容易才认出这个消瘦得如同木乃伊的人便是鹿小茸。看得出来，这是一个从战场归来的人。

马夫人情不自禁地上前给了鹿小茸一个拥抱。鹿小茸木讷地站着，一动不动，像惊魂未定，又像是傻了。

"我战败了。这是我的滑铁卢。"鹿小茸说，"我刚到达巴格达战争便结束了。我未能阻止巴格达的沦陷，我的诗歌还没朗读便被美国人驱逐出境。但我把《致爱情》贴到了美军的坦克上，让他们减少了杀戮，他们果然停止了炮击。爱情和诗歌能使炮弹安分地呆在炮筒里。但仅此而已，我还是一个战败者，我不配接受你的拥抱。"

说完，鹿小茸先生要转身离开。马夫人拉住他说，"你坐一会儿……活着回来就好。"马夫人眼里早已经饱含泪水，像朵雨后的海棠。马朵朵失望至极。

"我无颜见你。"鹿小茸对马夫人说，"我是一个多么无用的人，跟中文系那些沽名钓誉的驴没有区别。"

马夫人要安慰他，但鹿小茸执意不留，毅然走了，留下一屋子臭味。

马朵朵一下子蔫在沙发上。美国的炮弹宽恕了一个疯子。那一刻，他鄙视美国。

从第二天开始，马朵朵故态复萌，实验室里经常无端响起摔试管和金属材料的声音。秦淮河边又响起了激愤的叫骂声，弥漫着杀气腾腾的氛围。

似乎是，马朵朵要重新启动他的"秦淮计划"了。

然而，奇怪的是，自从鹿小茸从伊拉克回来之后，就再没有纠缠马夫人。鹿小茸的沉寂比他对马夫人的纠缠不休更令马朵朵揪心。因为他看不见对手，看不见的东西才具有可怕的力量，这使得马朵朵常常心神不宁。终于有一天，马朵朵先生光顾古老得像欧洲城堡一样的中文系大楼，感到有些荒芜和沧桑。鹿小茸先生的办公室在五楼东边尽头，对面是厕所，门口堆满了来不及清理的垃圾：快餐盒、鼻涕纸、鸡蛋壳、旧《诗刊》、撕毁的诗集、扔掉的信封和女人的裤袜，弥漫着旺鸡蛋的腥臭。门牌上写着"世界先锋诗歌研究所"。马朵朵捂着鼻子敲门，很长时间没人开，正要离开时，鹿小茸光着身子站在门口。

"欢迎光临'世界下半身派诗歌研究所'。"鹿小茸说，"系办的蠢材把我的牌子写错了，先锋不等于下半身——你知道下半身吧。"

屋子里脏乱得如同垃圾场，臭不可闻。鹿小茸收拾好折叠床，从一箩筐乱七八糟的衣服中好不容易才找到一件干净的穿上。墙壁上贴满了诗歌和曾经获得过诺贝尔文学奖的外国诗人的照片。

"我想和你谈谈。"马朵朵说。语气冷若冰霜。

"我也想和你谈谈马夫人。"鹿小茸说，"坦白地说吧，我很喜欢她。"

"但她不喜欢你。我已经警告过你，不要干扰我的婚姻家庭生活。"马朵朵说,"你知道我不是特别能忍耐的人。"

"所以我得忍耐。我们总有一方需要妥协。"鹿小茸说,"怪只怪世界上只有一个康香。"

"如果你不知难而退,也许会发生流血事件。"马朵朵说,"你完全明白我的意思,也听得出来我是认真的。"

鹿小茸冷笑着说,"我从来都不怕流血。在伊拉克我用我的身体堵截过美军坦克。"鹿小茸露出他胸膛上的一个伤疤,圆圆的,跟坦克的炮口大小相当,"只要美军一开炮,我就灰飞烟灭了。"

在气势上,外表并不强悍的马朵朵落了下风,面对一个疯子显得束手无策。

"你听说过'秦淮计划'吗?"马朵朵的话冷得像冰碴。

"没听说过。"鹿小茸说,"跟诗歌有关吗?"

马朵朵说,"跟诗歌无关,但跟你有关。"

鹿小茸莫明其妙,问,"要喝茶吗?"马朵朵摇头。"咖啡?"还是摇头。

"给你朗诵一首诗吧。"鹿小茸先生从废纸堆里翻出一张皱巴巴的纸。

"我不需要诗歌。"马朵朵冷冰冰地回答。

鹿小茸先生颇感失望,突然悲愤和绝望地说,"连一个化学家都不需要诗歌了,我活着还有什么意义!"

马朵朵说,"只有中文系还在养驴。"

"马先生对诗人充满了傲慢和偏见。既然你把诗人比作驴,那么,你见过驴打滚吗?"鹿小茸说。

马朵朵真没见过驴打滚,甚至从没见过真正的驴,只从书本上知道"黔驴技穷""卸磨杀驴"。驴打滚仿佛是一种食品的名称。

鹿小茸突然躺在地上，在狭窄的地面上来回打滚，身上沾满了污秽之物。鹿小茸滚到了马朵朵脚下，马朵朵无处可避，只好退了出去。

"这就叫驴打滚。"鹿小茸满身尘埃和垃圾，要让马朵朵见识驴打滚。但马朵朵走远了。

马朵朵的焦虑与日俱增。他终于忍不住问马夫人，"你不会爱上鹿小茸吧？"

马夫人正坐在沙发上看阿巴斯的诗集《随风而行》，没有抬眼看马朵朵。

"我会吗？"马夫人把问题交回给马朵朵。

"不会。"马朵朵说。

马夫人不再作声。她的新剧本《赶往巴格达》已经完成初稿，明年准备在美国曼哈顿首演。

"你听说过'秦淮计划'吗？"马朵朵板着脸问。

"没听说过，是不是与南京大屠杀有关的计划？"马夫人仍然没有抬眼看马朵朵。

"不是。"马朵朵说，"但差不多。"

马朵朵打听鹿小茸近期都在忙什么。有人告诉他，鹿小茸一直在埋头写诗，写炮火纷飞的巴格达，还忙于向联合国和海牙国际法庭递交要求公正对待萨达姆的请愿书。但他的努力还是没有好的结果。萨达姆被送上绞架，脑袋戴上黑罩，蒙住了眼睛，世界一团漆黑，绝望得让人呕吐。马朵朵目睹了这一令人战栗的镜头，当萨达姆脚下的木板突然断开，马朵朵禁不住心脏一缩，发出呀的一声惊叫。这比枪毙更惨不忍睹，马夫人自始至终不敢看，那会让人做噩梦。

"那一刻，我真希望什么都没有发生，真希望鹿小茸当初能阻止这一切。"马朵朵说。那一刻，马朵朵先生有着兔死狐悲的伤感，第一次期待诗歌能拯救世界。但马夫人对此不感兴趣，她压根就不关心伊拉克和萨达姆的命运，却对美军坦克充满了兴趣，在电视画面上仔细辨认坦克的型号和外壳上的涂装，以及一些细微的装饰。

"你是在寻找鹿小茸的《致爱情》吧。"马朵朵冷冷地说，"他压根就没有贴到美军的坦克上去。"

"或许他是用墨水写上去的。"马夫人说，"有什么不可能的呢？十年前谁会料到萨达姆会被吊死？"

"那首诗对你就那么重要？"马朵朵忍不住了，跟马夫人摊牌。

"诗歌对这个世界很重要。"马夫人不置可否地说，"你想想，如果在炮火纷飞的战场上，在冰冷的坦克上看到一首诗，一首关于爱的诗，是多么激动人心！它不能阻止战争，但能减少杀戮。"

"幼稚！荒唐！不自量力！"马朵朵感到妻子不可理喻，此时他才觉得学校把一个诗人养起来是因为他们跟马夫人一样，也是热爱幻想和心灵幼稚的人。马朵朵感到了孤独，那是智者的孤独。

"康香已经出轨了。"马朵朵说。

闵良知反对他的猜测，无凭无据的怎么能冤枉马夫人呢？

"她的心已经贴到了鹿小茸的胸膛上。肉体是否出轨倒不是最重要。"马朵朵说，"一首诗阻止不了战争，却毁了我的爱情。"

闵良知劝慰说，"事情并没有坏到那种地步，局势还在掌握中。"

我赞同闵良知的判断。

"不，我要下手了。"马朵朵严肃地说，"我的判断比你们准确，因为她是我的老婆。"

我们知道马朵朵先生对马夫人的爱像大海一样宽阔、汹涌和深沉，没有任何东西能取代马夫人在他心目中的位置，即使诺贝尔奖也不能。说通俗一点，如果失去马夫人，马朵朵宁愿死一百次。这才是问题的严重性所在。对能否说服马朵朵放弃"秦淮计划"，我和闵良知毫无把握。他的固执既成就了他在化学界的地位，也使他的个性和生活变得充满不确定性。因此，我和闵良知先生除了尽力劝阻马朵朵不要冲动和鲁莽之外，还得告诉鹿小茸先生：现在你危机四伏，生命随时可能会被结束。

我和闵良知约鹿小茸先生在新时代咖啡馆坐了一个下午。

鹿小茸先生没有跟我们谈诗歌，也没有炫耀他的伊拉克之行。他在沉思，一直没动面前的那杯咖啡。我们谈什么呢？我跟闵良知先生对"下半身"派诗歌一窍不通，对现代诗的鉴赏水平还停留在"有的人已经死了／有的人还活着"的层次上。驴唇不对马嘴，我们不敢对诗歌多言。那就直奔主题吧。闵良知先生说，"鹿小茸先生，我们的朋友马朵朵先生制订了一个秘密计划，名曰'秦淮计划'，他跟你提过，是针对你的，充满了危险性，虽然你能在伊拉克侥幸脱逃，但未必能躲得过'秦淮计划'，虽然我不能吓唬你说，你已经死到临头，但危险正无限逼近。"我附和说，"我的朋友马朵朵先生是为了爱情不计后果的人，一根筋，死倔，杀人的事情也能做得出来，关键是，他已经动了杀念。"

鹿小茸先生没有回应我们，反而问起了另一个不是我们专业领域的问题。

"驴有罪过吗？"

我和闵良知面面相觑。

当代中国最具实力中青年作家书系

"我问的不是宗教问题。"

闵良知张嘴要回答，但话到嘴边又强咽回去。

"那让我回答吧"。我说，"驴没有罪过，折磨驴的人有罪过。"

鹿小茸再也没有吭声。因此我们不知道他对我的回答是否满意，也无从得知他是否意识到死期将至。

闵良知认为，这次咖啡馆约会没有瞎忙，至少已经将危险的信息送到了鹿小茸的内心深处。

"我察觉到了鹿小茸的手在颤抖。"闵良知在回去的路上对我说，"当初在绞架前，萨达姆的手也是这样颤抖的。"

有一天，闵良知在北京参加学术研讨会，突然接到一个电话，说南京 N 大学刚刚发生一起凶杀案，一个教授用手术刀将另一个教授的喉咙割断，光天化日之下提着一颗脑袋往秦淮河方向奔逃，那血一路滴在中山路上，像一条散落的红丝带。闵良知当即中止了正在进行的精彩发言，心急火燎地给我打电话。我正在给学生上课，介绍本年度诺贝尔化学奖获得者的学术成就。

"出大事了，你知道吗？"闵良知惊慌得语无伦次，"未征求我们意见，他就鲁莽实施'秦淮计划'了！"

我撒腿就往教室外跑。外面的气氛看上去很紧张，午后的阳光重重地压在地上，行人的脸色凝重，步伐像逃命一样快。我拉住刚好经过的中文系教授银邦克先生。他走路很匆忙，很快，我差点一把将他的左臂膊拉脱臼了。

"出大事了？"我问。

银邦克先生揉着疼痛的臂膊，不满地说，"什么大事？除了诺贝尔奖，这个世界还有什么大事？"

看来小说家银邦克先生对刚刚发生的凶杀案并不知情。他埋头走路，步伐急切，仿佛正在赶往瑞典的路上。

我想给马朵朵打电话，但怕泄露了他的行踪。此刻，他的手机肯定被警方监控着。而且，我的电话他不得不接，一接电话就影响了他逃跑的速度，我的惊恐或许还会影响他实施"秦淮计划"的周密性和镇静性。

校园里听不到警笛的尖叫，除了篮球场上传来的吆喝，没有更多的声音。我给校办打了个电话，"学校里是不是刚刚发生了大事？"

"是呀。"一个女人的声音，可能是郭美艳，也可能是张晓娴，听上去激动人心，"我们的校长刚刚当选为省××（此处听不清）的副主席！"

我给马夫人打电话。马夫人正在苏州修改剧本。

"出了什么大事呀？"马夫人平静地问，"你能让我把剧本修改完再说吗？今天晚上就可以修改完了。"

我说，"那到了晚上再给你电话吧。"

"你代我向你夫人问好呀，我都半个月没见着她了，她的黑眼圈消失了吗？"无论什么时候，马夫人说话都八面玲珑又善解人意，"过几天我携几只阳澄湖大闸蟹给她补补身子，到了我们这种年纪的女人，都得补补。"

我往中山路跑。中山路上没发现血迹，可能是被太阳蒸发了。一只头颅能有多少血啊，洒到几公里长的路上，太阳一晒就没有了。我跨过隔离带正要往北走，一辆红色法拉利差点将我撞飞。一个小脑袋探出来，对我破口大骂。我仔细一看，说，"你不是萧小山吗？"那脑袋愣了愣，说，"方老师呀，失敬失敬。"萧小山把车靠到一边，让我上车。

萧小山是马朵朵的学生，南京市一个房地产集团公司董事长的儿子，在校时就没正经读过书，整天要找我下围棋，学习成绩奇差，被马朵朵训斥过无数次。

"我去秦淮河。"我对萧小山说。

"你想去美国也成，我送你去。"萧小山说。话没说完，车已经飞翔起来。

"你知道马老师出事了吗？"我说。

"出了什么事？"萧小山说。

"他杀人了。"我说。

"他终于杀人了？"萧小山笑嘻嘻地说。

"我说的是真的。"

"我没有说不相信呀。"

"那你为什么笑？"

"好玩呗。"

……

秦淮河边上没有马朵朵，也没有警车。寂静得如同梦境。

"我们来一盘围棋如何，三年了，现在你未必能赢我——如果我输了，这辆车归你。"萧小山坐在河畔的长椅上，向我挑战。

"也许我也需要一辆法拉利。"我跟萧小山下棋。从午后一直下到黄昏，杀得难分难解，直到马朵朵的电话打进来的前一分钟，我终于将萧小山的一条大龙围住，他几乎没有逃生的可能。我在想象着我开着法拉利回家时老婆目瞪口呆的样子，如果她对红色不感兴趣，我可以改为银色。然而，此时马朵朵的电话打进来了。

"你在哪里呀？"马朵朵急切地问。

这个问题本来是我先要问的。

"我们到秦淮河边散步去。"马朵朵说，语气像平时那样不容商量。

"我已经在秦淮河边。"我问他，"没发生什么事情吧？"

马朵朵兴奋地说，"事情发生了……在下午的实验中我有重大的发现，肯定是属于世界上的第一次发现。"

电话持续了五分钟，这五分钟里，一辆几乎已经到手了的法拉利得而复失。萧小山成功脱逃，反败为胜。作为失败者，我得向萧小山交出三年前的"王者"牌。这是我身上最有尊严的东西，它证明我是 N 大学的围棋之王。我沮丧地给闵良知先生打电话，"事情已经发生，一切无可挽回！"

事实上，什么事情也没有发生，我却白白丢失了百万宝贝。

又，事实上，今天确实发生了一起如闵良知描述的凶杀案，但地点是 D 大学，凶手是医学院的教授，死者是他的情敌。凶手没有逃往秦淮河，而是逃往长江，提着别人的头颅跳到了江里，当时没有警察追他，甚至没有人注意到他，目击者说，因为他手里的头颅太小，头发遮蔽了脸，还以为他提的是一只面具或木偶。既然他跳到了江里，水面没起波澜，那就当什么事情也没发生过。

马朵朵没有激动多久就被自己否定了，那次实验发现的东西根本就不是重大发现，只是一个假象，一文不值，都白忙了一场。

此后的日子反倒风平浪静。原因是鹿小茸在埋头写诗，因为银邦克又出版了一部长篇小说，他的前两部小说刚刚在英国出版，获得了很大的成功，被提名"布克奖"。更令鹿小茸睡不着觉的是，瑞典文学院的汉学家们正着手将它们翻译成瑞典文。鹿小茸先生称他的下一部诗集首发式将在瑞典文学院举行。这部诗集的书名已经定为《致爱情》，爱情是不分国界的，甚至不分阴阳界。诺贝尔文学奖需要爱情。届时拟邀请参加首发式的国际知名人士

当代中国最具实力中青年作家书系

包括所有还活在世上的获得过诺奖的诗人，各国著名持不同政见的作家，或许还包括美国总统。总之，一定要在声势上压倒银邦克。马朵朵似乎也在跟鹿小茸较劲，钻图书馆、泡实验室的时间明显比我和闵良知加起来还多，我们共同研究的课题由他承担了大部分工作。我和闵良知有点过意不去，而且我们已经跟不上他的思路和步伐了，那我们就多为他的生活分担一些吧。因此，我和闵良知努力寻找马夫人不会爱上鹿小茸的证据。比如说，我们通过一些小恩小惠，买通了马夫人单位收发室的老沈，让他留意马夫人都收到什么信件，有没有字体像鸟爪的寄信人。闵良知每天都装作办事的样子悄悄混进中文系大楼，看收发室分发信件，凡是鹿小茸的信都要辨认一下字迹，看是不是马夫人的手笔。结果还比较乐观，他们没有书信往来。闵良知甚至跟踪起马夫人来，剧场、茶馆、咖啡馆、西餐厅、半坡村、夫子庙、莫愁湖、燕子矶、奥体中心、先锋书店、紫金山，等等，凡是马夫人独自出入的地方，闵良知先生都悄然尾随而至。她会过各式各样的人，包括男人，但没有鹿小茸。

马朵朵如释重负，一副沉重的枷锁终于解除了。

"今后，谁也不要跟我提'秦淮计划'了，无聊，幼稚，极端主义。"马朵朵说。

马朵朵确实过上了一段风平浪静、心安理得的日子。

这段日子也许很长，也许很短，这样的日子我们都没有太在意。搞化学研究的都知道，实验室一日，世上已千年。时间风干一切，掩埋一切，淡忘一切。

然而，有一天早上，马朵朵还在梦中，那个旺鸡蛋嗜食者便敲开了他的家门。马夫人睁开惺忪迷离的双眼迎接鹿小茸先生。

鹿小茸先生长发披肩，背着行囊，穿着军靴，一副出远门的装束。

"巨著已经完成，伟人还须锻造。现在，我听从内心的召唤，要向阿富汗出发了。"鹿小茸先生说，"朋友，再见，这是最后的告别！我已经拟好我的墓志铭……巨著和伟人将在正义的战火中获得不朽！"

马朵朵从温暖的被窝里跳起来时，鹿小茸先生已经离开。马夫人怔怔地看着门口。马朵朵说，"我明明听到了驴的声音……"实际上，他是闻到了旺鸡蛋的气味。

马夫人裹紧身上的睡衣对马朵朵说，"其实你可以多睡一会儿。"

马夫人单薄的睡衣无法遮掩丰满柔媚的乳房，因为没戴文胸，那两只粉色奶头得到了久违的自由似的，像火焰在跳动。

一向沉迷于实验室的马朵朵开始关心国际时事，对基地组织和伊斯兰教产生了兴趣。办公室里，在他座椅对面墙上居住了数年的居里夫人终于被一幅阿富汗地图取代。他跟我们谈论的话题转移到了阿富汗混乱的局势、崇山峻岭、错综复杂的部落和宗教，半月之内他竟成了阿富汗问题专家，他在地图上标出了一百三十六个本·拉登可能的藏身之处。其实，我们都知道，马朵朵心里是估算着"巨著和伟人"什么时候"在正义的战火中获得不朽"。

但"巨著和伟人"的锻造比想象中漫长得多。鹿小茸先生自从与马夫人告别后便音讯全无，既没有他还活着的消息，也没有他已经"不朽"的噩耗。反常的是，他也没有兴奋地打电话给马夫人报告他在阿富汗的情况，大概是因为他还没有找到阿富汗诗人的缘故吧。他还会不会把诗歌贴在美军坦克的屁股后面？马朵朵觉得会。他还会联络阿富汗的诗人举办诗歌朗诵会，如果他还活着的话。马朵朵想象一头驴在崎岖荒凉的阿富汗深山中跋涉穿行的图景，"看鹿小茸走路的姿势简直就像一头直立行走的驴。"马朵朵笑道。闵良知善意提醒，不要人身攻击，不要污辱动物，驴虽滑稽却能忍辱负重，没有驴人类也没法走到今天。马朵朵不以为然，轻薄地说，"黔之驴而已。"但马朵朵异常关心鹿小茸的安危，因为马夫人也很关心。

"他已经葬身阿富汗。"马夫人强忍住悲痛说，"昨晚我梦见他死在一条干涸的河床里，一颗子弹穿过了他的左胸膛，他仰面倒下，洁白的诗稿散落在河床上，流沙正轻轻将他掩埋。"

马朵朵假惺惺地劝慰马夫人，"那只是梦，阿富汗不相信梦。"

"你得帮我证实梦的虚实。"马夫人说，"鹿小茸是我们的朋友，如果他死了，我们得为他举行追悼会，他值得悼念。"

马朵朵试图联系到阿富汗的诗人，但隔行如隔山，我们都不知道哪个阿富汗人会写诗，况且，我们与阿富汗人素昧平生。闵良知咨询了中文系诸君，他们也不认识阿富汗的诗人，但银邦克告诉闵良知，有一部著名的小说《追风筝的人》，后来改编成电影，风靡一时，小说作者就是一个阿富汗作家，叫卡勒德·胡赛尼，他也许有自己祖国的诗人朋友。只可惜，卡勒德·胡赛尼已经成为美国人，生活在曼哈顿，舒适而自由。马朵朵想通过美国的朋友找到卡勒德·胡赛尼先生，让他通过阿富汗的朋友查找一下鹿小茸的下落。但美国朋友问马朵朵先生，"你站在哪一边？"马朵朵斩钉截铁地说，"我站在你的祖国一边。"美国朋友颇为失望地说，"很遗憾，我们政见不同，我没法帮助你。"

马朵朵很无奈，又请在联合国难民署工作的朋友帮忙，但依然没有人伸出援手，他甚至动身前往上海会见《泰晤士报》的一名记者，请她帮忙，她答应了，"即使鹿小茸先生被流沙埋葬了我也能帮你找到。"

那一天，马朵朵从上海兴致勃勃地赶回家里，发现夫人不在，她书房里的电脑还开着，桌面上有一张字条：

　　朵朵：当你看到这张字条时，我已经在去巴基斯坦的飞机上。祝我一路平安吧。

马夫人娟秀的字迹像子弹一样穿透了马朵朵的心脏。电脑显示屏上是马夫人已经登录的电子邮箱，上面是她与鹿小茸先生的三百二十八封通信。当然，日期是两三个月前，那时候鹿小茸先生还没有去阿富汗。显然，这些秘密邮件是马夫人故意让马朵朵看的。她觉得是该让马朵朵知道的时候了。

马朵朵随便看其中的几封邮件，便被马夫人对鹿小茸炽热的爱压迫得无法喘息。他们早已经是一对爱得死去活来的恋人。但他们爱得很痛苦，因为马夫人只是爱，还没有和鹿小茸发生过性关系，没有性的爱是痛苦的，他们的痛苦撕心裂肺。马夫人坚守住了底线，这让绝望中的马朵朵稍感欣慰。

我和闵良知看到失魂落魄的马朵朵是在马夫人远赴巴基斯坦后的第三天。他把自己关在实验室里三天三夜。当他打开门的时候，我们看到他整个人都像变了形，惊魂未定，目光呆滞，孤立无助，如果他说他刚刚杀了人，我们绝对相信。

"我应该怎么办？"马朵朵问。

"我们一起想办法吧。"我和闵良知一时也无法想到好的办法。

"我想去巴基斯坦。"马朵朵说。

我和闵良知断然否决了他的想法。

"一个女人去追求她的爱情，被遗弃的男人在她身后穷追不舍，既于事无补，又尊严尽失，何必呢？"闵良知说，"你唯一要做的事情，就是等她迷途知返。"

马朵朵觉得闵良知所言有理，但又于心不甘，"我们不是还有'秦淮计划'吗？"

闵良知笑了，"秦淮河离开南京就不叫秦淮河了。就像鹿小茸离开中国就不叫鹿小茸，而叫国际主义战士。"

马朵朵瘫软在楼梯的台阶上，像一堆烂泥无法扶起来。

在马夫人突然不辞而别的不太短的时间里，马朵朵先生做了四件不同寻常的事情。

第一，给新当选的美国总统奥巴马写了一封信。据说信写得很长，从化学研究为人类进步做出的巨大贡献说到核武器与世界和平，然后是阿富汗局势与中国的关系，能源与环境，战争与人性，文明的冲突与融合，等等，他直截了当地质疑美军的作战策略和作战能力，甚至动用了奥巴马先生并不懂的诸如"窝囊""笨卵""傻帽"等词语，以及南京方言"蠢得EB"。如果不能歼灭他们，你们至少不要让他们把诗歌贴在坦克的屁股后面。他说。他还将标出了一百三十六个本·拉登可能的藏身之处的地图作为附件一起寄到了白宫。马朵朵说，这是一封可以载入世界史册的信，多少年后你们的子孙可以在美国国家博物馆的醒目位置看到它。

第二，竞选校长。我们的校长还没有死，甚至任期尚未结束。

校长还高高在上，马朵朵先生便秣马厉兵，明目张胆地窥视校长宝座。他已经将竞选声明和竞选纲领发表在他的博客上，引起了校内外的轰动。我们的系主任曾找他谈话，劝他收回声明，就说是一时冲动闹着玩的，等等，以挽回影响。但遭到了马朵朵的拒绝，他还建议校长竞选要采取全校师生投票产生的直选方式。系主任非常恼火，但不好对马朵朵有冒犯之言，转而批评我和闵良知，责怪我们知情不报，以至于让一个对政治一窍不通的学者闹出了荒唐事，让兄弟大学和其他系笑话。对于此事，我和闵良知虽然有燕雀焉知鸿鹄之志的疏忽，但马朵朵说他是突发奇想还来不及跟我们商榷，因此我们完全不知情，怎么能责怪我们呢？系主任很快对我们的过失做出了制裁，我们的研究项目经费被紧急削减了三分之一。马朵朵一气之下，揭发系主任跟一名女研究生私通，引起了轩然大波，系主任灰头土脸地到处辟谣，他的老婆大闹化学系，和那名女研究生扭打成一团。真是乱七八糟。

第三，宣布"解雇"我和闵良知先生。理由是我们名义上是他的助手，实际上对他的工作毫无帮助，对他甚至是一个累赘。他要将累赘割除才能轻装前进。这件事情我和闵良知始料不及，因为在任何人看来，我们都是牢不可破的"铁三角"，是黄金组合，即使不是三驾马车，也是马车上的三只轮子，而且成功近在咫尺，他一脚把我们踹掉，既不合理也不人道。我想不通，不知道在哪里得罪了马朵朵先生。但闵良知劝我忍气吞声，忍辱负重，因为我们和马朵朵先生确实并无不可调和的矛盾，或许这只是他的一时意气，很快会改变决定，重新召集我们归队，天才必然有其独特的个性，我们断不可与其斗争，常人与天才的斗争往往是常人获胜，但会导致天才的凋谢。我们都是爱护天才的人。

第四，成立秘密的"冲刺诺贝尔奖三人组"。从名称上就知道这个小组使命崇高，而且应该列入"机密"范畴，但我们还是知道了名单上没有我和闵良知，而是马朵朵、银邦克和物理系的萧萧鸣。他们制订了集体冲刺诺贝尔奖的"长江计划"，有纲领，有计划，有经费，近期正在争取从学校的蓝图上升为国家战略，据说如果升格成功，每年可以得到巨额的经费支持。还听说，踌躇满志的银邦克先生正在草拟即将在瑞典文学院颁奖会上使用的演讲词，这也有一定道理，因为银邦克先生的英文水平确实不成，面对那么庄严的大场面，他总不能说曲高和寡的中文吧。但也有人反对他在那种神圣的场合说英文，而应该把中文独一无二的优美、高贵和准确展现在全世界面前。大江健三郎一篇《我在暧昧的日本》的演讲便使汉语的儿子——日语赢得了世界文坛的尊重。大江能做到的事，银邦克为什么做不到？正如日本人能做到的事，中国人一定要做到那样，尤其是在南京。

真是世事纷扰，众声喧嚣，使人无法安静。闵良知先生走在寂寥的秦淮河畔，无法掩饰强烈的失落感，但他不谈化学，也不谈马朵朵，只谈诗歌。

"其实，我也喜欢鹿小茸的《致爱情》。我能背出来。"闵良知对着潺潺流水，果然能背诵出《致爱情》，抑扬顿挫，感情饱满。

我禁不住轻轻地为他鼓掌。

"这个世界真的需要诗歌。"闵良知说，"我有点想念鹿小茸先生。"

我看得出来，其实，他还有点想念马夫人。

我早就看出闵良知先生对马夫人动过心，那是鹿小茸先生在餐厅里第一次给马夫人朗诵《致爱情》的时候，马夫人楚楚动人的样子让闵良知产生了一瞬间的迷乱，他看着马夫人，一不小心走神了，向马朵朵敬酒时错拿了我的酒杯，还将烟灰缸当成了味碟。

马朵朵与我们渐行渐远，我们不再一起散步，一起聊天，甚至无缘见上一面，他似乎是在故意避开我们。实验室是他的实验室，我和闵良知进不去。化学系大楼里鲜能听到马朵朵的声音，他的办公室门也是紧闭的。他的研究生也找不着他。他显得异常神秘起来。

直到有一天，传来九个中国公民在巴基斯坦被基地组织绑架的消息，马朵朵才出现在我们的面前。我们有些生疏和隔阂了。

"你们也听说了吧，他们是中国桥梁工程师，是在离阿富汗不远的边境被绑架的。"马朵朵说，"但又不全是，有一个女的混在其中，且女的身份不明。"

"不会是马夫人吧？"闵良知惊慌地问。

"我也正在通过外交部和公安部核实。"马朵朵说，"我一直没有她的消息。可能她要通过巴阿边境进入阿富汗寻找她梦中的河床。"

闵良知说，"有最新的消息吗？"

"绑匪要三百万美元赎金。巴基斯坦方面正在营救。"马朵朵说，"但很危险，绑匪经常收了赎金后将人质杀害。"

闵良知显得异常焦虑，关切地询问近来马夫人是否跟马朵朵联系过，有什么线索。马朵朵说，"没联系过，音讯全无。""我们一起去巴基斯坦吧。"闵良知说。我表示支持。但我们去巴基斯坦能帮上什么忙？马朵朵否决了我们的提议。巴基斯坦是中国最铁的盟友，除了相信他们别无选择。对于远在千里之外的异国，我们无能为力，但马朵朵愿意跟我们商量，说明他对我们恢复了有限度的信任。

"你们的支持对我很重要。我孤立无援，我不被理解，我走投无路。"马朵朵绝望地说，"一切都比你们想象的艰难。"

我们不明白马朵朵想说什么。当然，马夫人"叛逃"对他打击甚大，这个我们能理解。但除此之外，他显得强势呀。在校长的干涉下，系主任撤销了对实验室削减经费的决定，学校正在张罗为他申报国家科技进步奖。化学系主任更适合担任后勤处长，校长已经向马朵朵暗示，像他这样的栋梁之材应该挑栋梁之担，而校长之位，先由校长暂且替他占着，时候一到，便会交给他。现在系主任还没有离任，他已经在系里发号施令，甚至对校务说三道四。

尽管外交部和巴方已经竭尽全力，通过官方和非官方渠道与绑匪谈判，但中国公民绑架案解决得出乎意料的艰难。直到案发第五天，绑匪才答应释放那名女人质。凤凰卫视最先播放了女人质获释的画面。

"果然是她。"马朵朵表情怪异地说。闵良知如释重负，狠狠地在我的肩头拍了一巴掌。

三天后，马夫人悄然回到了南京。她没有直接回家，而是在金陵酒店住了下来。据追踪而至的记者透露说，与她一起回来的还有一个乱发披肩、面黄肌瘦的年轻人。毫无疑问，这个年轻人就是鹿小茸。

马朵朵躲在实验室里。我和闵良知劝他放下架子，拉下脸皮，去酒店迎回马夫人。如果他不主动，她就会变成鹿夫人。

"我不去。"马朵朵坚决地说，"她要回家，她认得路。"

我们反复劝说也无法打动马朵朵。

"那我替你去接她回家。"闵良知自告奋勇地说。

马朵朵没有反对。闵良知来到了金陵饭店十七层，敲开 1723 房。

只有马夫人一个人。经此一劫，惊魂甫定的她，花容失色，憔悴不堪，额头和臂膊上还有伤痕，眼神没有了往日的妩媚，但她穿着吊肩式粉色裙子，戴着铜色大耳环，高雅、雍容华贵的气质仍在，即使她坐在空旷的角落里，仍然是房间最明亮的存在。

"怎么是你？"马夫人故作惊讶。她坐在椅子上，给闵良知先生倒上了一杯咖啡。

"马朵朵先生委托我接你回家。"闵良知先生说，"马朵朵先生正在做一个重要的实验，走不开。"

马夫人沉默了一会儿，叹息道，"不知道我家阳台上的那盆海棠枯萎了没有。"

"你女儿很关心你，在法国每天给她爸打几个电话，你应该向她报平安。"闵良知说。

"刚才我已经告诉过她。下周她在凡尔赛有一场演出，如果可能，我想去看看。"马夫人说。

"我帮你提行李，车在下面等着我们。"闵良知先生热心地说，"我先告诉马朵朵先生，说你半小时后到家，今晚我们为你接风洗尘。"

马夫人猛然站起来，有点粗暴地阻止了闵良知，"你别打电话，也别动我的行李箱。"

闵良知吃了一惊，把手机放进口袋里说，"好的，不急……我们先聊聊，先聊聊。"

闵良知先生竭尽全力也没能说服马夫人回家。马朵朵早已经预料到了结果，平静地说，"没什么，真的没什么。"

"我也没看到鹿小茸，事情也许没有你想象中那么糟。"闵良知说，"马夫人是有道德底线的……关键是，他们还没有发生性关系的机会。"

闵良知试图论证他的观点，但马朵朵说，"没什么，就算发生了性关系也没什么。"

闵良知对马朵朵的豁达大度感到不妙。因为马朵朵不是豁达到那种程度的人。闵良知建议我去劝劝马夫人。我说不去，但可以让我爱人去。我爱人见到了马夫人，结果也是无功而返。

"问题不在马夫人身上，而是在马朵朵身上。"我爱人明察秋毫。

马朵朵并不接受我爱人的劝告。我只好再次劝马朵朵，"你亲自去接马夫人回家吧。"

马朵朵断然拒绝了我的建议，斩钉截铁地说，"没有女人，人类同样会进步！"

闵良知安排了马朵朵和鹿小茸的一次历史性会面。时间：下午。地点：新杂志咖啡馆。生怕发生不测，我和闵良知在相隔不到三米的厢子，密切关注他们的一举一动。

鹿小茸先生神态自若，枯黄而糟乱的长发没有诗意，但写满了沧桑和磨难，与过去的形象不同的是，他鼻梁上横贴着创可贴，说话的时候能清楚地看到他本就不整齐的牙齿如今又少了一颗门牙。闵良知评论说，那颗门牙像受尽了屈辱的女人终于逃亡了，再不会回到他的嘴上。

我们无法听清马朵朵和鹿小茸说话，不知道他们究竟在谈论什么。马朵朵喝了一杯又一杯的咖啡，而鹿小茸一口也没有喝。他曾说过，只有在写诗的时候才喝咖啡，天才诗人兰波也是这样。庆幸的是，整个下午新杂志咖啡馆风平浪静，连马朵朵也没有闹出什么乱子来。暮色降临时，马朵朵起身主动跟鹿小茸握了握手，准备离开。鹿小茸这时候才引用了陀思妥耶夫斯基的关于普希金的演讲对马朵朵说，"顺从吧，骄傲的人，首先摧毁你的傲气！"但马朵朵还是傲慢地消失在咖啡馆的尽头。

鹿小茸从我们身边走过时，微笑着向我们致意。闵良知多此一举地起立与鹿小茸握手，当他的手收回来时，发现多了一样东西。是一张信笺。信笺上头印着一行红色的波斯文。信笺洁净，中间只写着三行诗文：

祝福我的爱人
在别人的床上幸福
……安全

这三行诗不是鹿小茸先生的原创，我记得是多年前一个叫花枪的诗人写的，我曾抄录在笔记本上给自己的心灵疗伤。

晚上，在实验室里，我们试图从马朵朵嘴里知道一些他和鹿小茸谈话的内容，但是一无所获。我们无法理解他为什么对此秘而不宣，也不理解他为什么冷落马夫人。

三天后，马夫人离开了南京，飞往法国，从此再也没有回来。

据我们所知，在马夫人离开南京前的一天晚上，马朵朵曾在金陵饭店门口徘徊片刻。他的两个女研究生无意中看到了他。她们不知道导师为什么要在那里惆怅独徘徊，拉着他要他进去喝酒，他好不容易挣脱了，逃之夭夭。

不久后，马朵朵突然醒悟似的对我说，"那天闵良知到金陵饭店劝马夫人回家，实际上他说了相反的话，在她面前献尽了殷勤，

当代中国最具实力中青年作家书系

鹿小茸比他光明正大，他比鹿小茸更可恶！"我质疑道，"闵良知先生不是这种人吧？"马朵朵说，"你不知道金陵饭店里藏着多少秘密和阴谋，闵良知的脑袋瓜子相当于十个金陵饭店！"

金陵饭店是南京最好的饭店，马夫人曾经在那里住了数天。关于它，我就只知道这些。化学家往往把自己并不知道的事情统称为秘密，把自己没有直接参与的事情都误解为阴谋。闵良知是一个值得我们共同信赖的朋友，尽管他有很多小毛病，尽管他暗地里喜欢马夫人——我也喜欢马夫人——这根本算不上问题，就像我们都喜欢居里夫人一样。我们经常庆幸马夫人是马朵朵而非其他男人的夫人。

"算了吧，兄弟。"马朵朵感慨地说，"幸好我们还有化学。"

既然如此，事情终于可以告一段落。

鹿小茸先生仍然留在 N 大学，但由于我们所不知道的原因，诗集《致爱情》无限期推迟出版。出乎意料的是，听说马朵朵将他列入了秘密的"冲刺诺贝尔奖三人组"，本来应该改作"四人组"，后来听说银邦克先生不屑与鹿小茸先生为伍，主动退出了，结果还是"三人组"。但据闵良知调查，情况不是银邦克所说的那样。前段时间诺贝尔文学奖某位评委公开了一些秘密，其中有一条与中国作家有关，说中国某小说家给他寄去小说集的同时也给他汇去了美元。这是一则让中国作家在世界文坛丢脸的丑闻。虽然马悦然先生没有说破是谁给他寄美元，但坊间猜疑四起，有人暗指风头正劲的银邦克。银邦克大喊冤枉，老羞成怒，为洗脱强加在他身上的污蔑之词，宣布从此不再参与文学圈子的一切活动，不参评任何奖项，即使诺贝尔奖砸到他的头上也拒绝接受，显示了正气凛然的决断和决裂。而此时，诗歌与小说的地位产生了逆转。几乎与此位评委同时公布秘密消息的，是诺贝尔文学奖委员会前任主席卡耶尔·艾斯麦克，他在上海和中国诗人交流时说"中国有世界级的诗人"，并且透露了一个内部机密：诺贝尔文学奖的评委们"已经在关注，并且正在阅读他们的作品"。这给中国诗人注入了一针兴奋剂。由此看来，中国诗人距离诺贝尔奖的距离估计比小说家更近一些，因此马朵朵跟校长说，鹿小茸的诗歌从过去只关心下半身发展到关注上半身，从而开辟了一个诗歌的新时代，使他成为了世界级的诗人。校长对马朵朵"举贤不避仇"的胸襟和气度感到吃惊并大为感动。因此我们可以轻易理解鹿小茸先生为什么补了银邦克留下的空缺。

从阿富汗回来后，地球上仍然战火纷飞，鹿小茸先生却突然没有了拯救世界、把诗歌张贴到坦克屁股后的热情。我们的理解是，他怕死。听他说，在阿富汗的时候，他差点被美国的阿帕奇直升机炸死。还有一件秘而不宣的事，鹿小茸在阿富汗曾经被美军俘虏，还被关了几天，但他口袋里的诗歌救了他，关键是，他口袋里除了诗歌没有别的，连一把刀子也没有。一个塔利班分子曾送他一颗炸弹，但他嫌它太笨重扔掉了，幸好扔掉了。美军对诗人还算仁慈，没有送他到俘虏营，只是勒令他限期离开阿富汗。就在他离开阿富汗前往巴基斯坦边境的时候，听到了中国工程师被绑架的消息，而且他看到了被绑架者的照片，马夫人赫然其中。据鹿小茸自己吹嘘说，是他通过塔利班的关系率先救出了马夫人。

"你们不知道，塔利班里有我的诗人朋友！"鹿小茸先生说。

但没有几个人相信鹿小茸所说。人质的获释完全是外交部努力的结果，跟鹿小茸没有丝毫关系，至多他只是在一旁看了热闹，

当代中国最具实力中青年作家书系

还恰好身无分文，便冒充马夫人的亲属什么的，跟在她的屁股后面回来了。

对于国人的不信任，鹿小茸很不以为然。他发起了"诗歌美化城市"活动，曾经尝试将诗歌张贴到南京的大街小巷，但刚一开始即被禁止，城管的理由是：禁止诗歌污染城市。在城管看来，诗歌跟汽车尾气是一样的，喷出来自己好受，却让别人受苦。鹿小茸才在电线杆上张贴了几首诗，便被城管抓到，罚他清洗了半条青岛路的"牛皮癣"。鹿小茸觉得委屈和无奈，"我在坦克屁股上张贴诗歌，美国大兵也没有罚我清洗坦克。"他说。为此，他创作了一首谩骂城管的诗，张贴到城管大队办公楼前，结果别人将他痛打了一顿。据校办的人透露，自从鹿小茸从阿富汗回来后，先后已经有五部门十七批次的人来对他进行调查、约谈，看上去后果很严重。后勤处埋怨说，单此项就额外增加了十五万元的接待费。校方要对他动真格了：今后如果再给学校增添麻烦，即使是诺贝尔奖获得者也要驱逐出门。马朵朵为鹿小茸被警告和威胁愤愤不平，好像被警告和威胁的是他本人，"我真不明白，偌大一个学校曾经容下了数十个汉奸，怎么容不下一个未来的诺贝尔奖获得者！"

他所说的汉奸，那是许多年前的事情，那时候，日本人还占领着南京。

有一天，在湖南路上突然有人拍打我的肩头，"兄弟，装作不认识我啦？"我仔细端详了一番，才从他的闪亮的门牙得到启发，原来是鹿小茸先生。他披散的头发剪掉了，胡子也刮了，装上了一颗金色门牙，一身黑色唐装，精神焕发，但显得更加精瘦，唯一不能改变的是他身上经久不去的旺鸡蛋臭味。鹿小茸把我控制在马路中间，与我闲聊一些芝麻蒜皮的事。"我再也不吃旺鸡蛋了，身上的臭味都是过去遗留的，现在我洗心革面了。"他说。由于我们阻碍了交通，那些行人和车上的人对我们怒目而视，鹿小茸不管他们，好像有说不完的话，但没有一句与诗歌有关，也没有一句与马夫人有关。

"不去阿富汗啦？"我说。

"算啦，不去了，诗歌拖了我的后腿，诗歌将我束缚在祖国大地上。"鹿小茸说，"我跟诗歌妥协了，下半身死了，但我的上半身还要吃饭。"

"我没记错的话，你说过要在南极举办诗歌朗诵会，对企鹅朗诵《致爱情》，融化千年古冰，这个想法不错，明天有一艘南极科考船从南京下关码头出发，你不跟随前往？"我说的科考船是真的。

"装不下了。"鹿小茸说，"这个世界已经装不下诗歌了。"

"世界装不下诗歌并不重要，重要的是你心里要装得下整个世界。"我说，"说实在的，我蛮喜欢诗歌的，包括你们的下半身派……"

"从此以后，我再也不写下半身诗歌了。"鹿小茸说。

"怎么说变就变呢？"我说。

鹿小茸跟我说话心不在焉的，眼馋地看着一个美少女从身边款款而过，唐突地喊了一声，"爱人。"

那少女回头惊愕地看了鹿小茸一眼，鹿小茸笑呵呵地说，"我叫的就是你。"少女突然震怒道："爱你妈的 ×。"

鹿小茸若无其事地说，"我也爱我妈的 ×。"那少女骂了一句神经病便走了。我的脸火辣辣的，生怕那少女就是我们学校的学生，哪一天坐在我的课堂里。

当代中国最具实力中青年作家书系

"我们谈到哪里了？"鹿小茸又拍了一把我的肩头，另一只手扬了扬手中的手机，"我开始跟世界妥协了、沟通了。"

"我们谈到……有没有马夫人的消息呀？"我说。

"没有。她从这个污秽的世界消失了。"鹿小茸说。

"你不追求她了？"我笑道。

"算啦，不管她了。镜中花水中月。"鹿小茸无奈地说，"只可惜她没有成全我，让我在最爱她的时候死去！"

"只有永恒的诗人，而没有永恒的爱情。"我惋惜道，"可惜呀，马夫人，多好的一个女人。你们在巴基斯坦发生了什么事情呢？一回来便形同陌路，以致让她远走他乡。"

鹿小茸摇摇头，长长地一声叹息。没有了长发虚张声势，他的头显得特别小，像一只倒置的小葫芦。

"不谈感情。多不合时宜呀。"鹿小茸叼起了一根烟，嘘的一声说。

我们的谈话戛然而止。鹿小茸这才意识到我们阻塞了交通，赶紧往一边靠，而我往另一边躲，很快我们就互相看不到对方。等行人和车都过完了，他也消失在对面。因此，这是我和鹿小茸先生的最后一次谈话，尽管此后我经常能在湖南路看到他闲逛，有时候他俯着身子，跟一个烤羊肉串的维吾尔族姑娘瞎扯；有时候他在避风塘餐馆一个人自酌自乐；还有时候他跷着腿坐在街头的长椅上看报纸，还自顾自地笑。

有一次，闵良知气冲冲地告诉我，他看见鹿小茸搂着一个妖艳的胖妇在秦淮河边东张西望，像乌衣巷里的觅食的鸟。

"那女人玷污了秦淮河！"闵良知生气地说，仿佛秦淮河是他家的一样。

我说，"那个'妖妇'是不是鹿小茸先生的新女友？"

"她只是鹿小茸诗歌里的一个感叹号！"闵良知不屑道。

马朵朵先生一直没有等到美国总统奥巴马的回信，感觉事情不太圆满，自然有些沮丧。系主任调到后勤处当处长了，比在化学系的油水更足，他的只有初中学历却在图书馆享福的老婆比过去更丰乳肥臀，也不跟丈夫吵闹了。只是马朵朵先生迟迟未见提拔，申报国家科技奖也没见结果，甚至铁板钉钉的院士居然也没有选上。"长江计划"申请升格为国家战略的事情也没有下文，听说是因为有人抗议说那是骗取国家科研项目经费的伎俩，马朵朵对"蜀道难"感慨万端。至于竞选校长的事情早已经被人忘记，他自己也没再提起。令闵良知失望的是，马朵朵最终没有重新召他和我归队，我和闵良知也各自开辟自己的研究领域，"秦淮三驾马车"最终分道扬镳，秦淮河畔星光暗淡，重陷沉寂。

让我们意外的是，马朵朵和鹿小茸先生的关系迅速升温，成为一对良友知己。他们经常从朝阳门登上南京古城墙。一个化学家和一个诗人像一匹马跟一头驴，在暮色中并肩行走，指点江山，欢声笑语。他们在谈论什么呢？

闵良知经常跟他的留学海外的学生联络，似乎是在打听马夫人的情况。有一次，我在实验室的门外见到他喜形于色地跟谁通电话。

"请你代我向康香老师问好！"在他挂电话前说了最后一句。

康香过去是马夫人，现在依然是马夫人，因为她跟马朵朵还没有离婚。

"她的话剧《赶往巴格达》在曼哈顿引起了轰动！她不仅是编剧，

还是导演！"闵良知兴奋得手舞足蹈，比发现了新元素还要兴奋。

"她的才华不容置疑。"我说。

"她的女儿马元元在剧中担任了一个重要角色，也很成功。"闵良知说，"她有这样的一个女儿太幸福了。"

闵良知也有一个女儿，但智商和天赋都不高，还没成年便经常在酒吧夜不归宿，他根本管不了，"有时候我恨不得杀了她！"他提到女儿曾经绝望地说。

闵良知尝试将马夫人在美国的近况告诉马朵朵，但又觉得多此一举，马朵朵对自己夫人的近况难道不知道吗？即使马夫人本人不告诉他，他的女儿也会告诉他嘛。但闵良知还是亦步亦趋地跟在马朵朵的身后，笑呵呵地说，"你不祝贺马夫人？"

"祝贺她什么？"马朵朵装作吃惊地说，"她嫁给外国人了？"

闵良知说，"不是，她的话剧在美国首演取得了成功！很快会在全世界取得成功！"

"是吗？我怎么不知道？"马朵朵冷淡地说，"我也不想知道。你说的是话剧？我对话剧早就没兴趣了。"

闵良知自讨没趣，既感到失落，又暗自得意。几天后，在半夜里，我突然接到他的电话，"我正在纽约歌剧院看话剧《赶往巴格达》，你听听观众经久不息的掌声……"电话里果然传来雷鸣般的掌声，还有夹杂着操英语的议论声。

"康香出来谢幕了。"闵良知激动地说，"我要跟她合影……"
通话戛然而止。

我觉得闵良知有点疯狂。

两天后，闵良知出现在我的办公室，神情没有我想象中那么飞扬，相反，还有几分沮丧。

"那是一部专为某人而作的话剧。"闵良知说，"与我们无关。"

这在意料之中，单看剧名就知道。闵良知一脸醋意，何必呢？

"我要离婚了。"闵良知说，"我跟一头骡实在过不下去。"

这在我第一次听到闵良知把自己的老婆贬损为"骡"。我一想到骡的样子就发笑。

"你笑什么？"闵良知说，"你不相信？"

我说相信，可是马夫人毕竟还是马夫人，而且可能永远都是马夫人。

"我没有说我要娶她，鹿小茸追不到的，我更追不到——你把我当什么人？"闵良知装作很无辜，以为我什么也不懂。

"我给你带回来了一件小礼物。"闵良知递给我一张照片，"康香的签名照。"

是马夫人在剧院谢幕时的照片，背面有她的签名。她依然是那样落落大方，端庄秀雅，富有东方韵味。

"但我不需要。"我把它退还给闵良知。

"你这是什么意思？"闵良知以为是我不愿意与他分享快乐，实际上是我不愿意与他分担风险。

"她是马夫人。"我反复强调了这一点。

一个月后，闵良知果然离婚了，房子和车子及女儿都给了前妻，他自己在湖南路的一个旮旯里租了一间民国时期的破旧房子安了新家。与离婚前不同的是，闵良知喜欢上了喝酒，像和尚爱上了女人一样不能自拔。有好几次晚上喝了些酒，他竟然找不到回家的路，要打电话给女房东让她引领才能回到家，而且很快就传出他借酒壮胆调戏又老又丑的女房东的消息。有时候，实验室里没酒，他竟然用酒精勾兑水喝，差点儿把自己喝死。然而，正

当代中国最具实力中青年作家书系

如炮火不能吓阻诗人一样，酒同样不能阻挡一个优秀化学家前进的步伐。闵良知抢在马朵朵之前发表了一篇关于"核糖体的结构和功能"研究的最新成果的论文，在化学界引起了热烈反响，令马朵朵大为光火。

"这是趁火打劫！这是公驴干母猪，乱套了！"马朵朵气急败坏地破口大骂。

我也觉得闵良知有些不够厚道，这个课题本来是我们三人共同研究的，虽然已经分道扬镳，但我们做了大量共同研究，他不能将成果窃为己有呀。损失最大的当然是马朵朵，这意味着他现在所做的研究基本上前功尽弃。除了激愤、悔恨，马朵朵觉得可疑的是，闵良知怎么会在那么短的时间内就得到了相关的实验数据？而且，闵的分析怎么会跟他的推理如此相似？马朵朵仔细勘察了他个人实验室和电脑及办公桌，感觉被人动过，就连他的椅子上也残留着那个人的痕迹。马朵朵马上报案，但派出所说，你的实验室和办公用品完好无损，没有什么可查的。马朵朵说，闵良知入室盗窃！警察说，那得有证据，你的电脑和实验仪器都没有他的指纹。马朵朵马上想到了实验室的监控录像，可是要调出来看的时候才发现它已经年久失修，蛛网都厚厚地把它包裹起来。马朵朵一下子枯蔫了。

闵良知先生有意躲避我。但我抓住了一次机会将他逮住。

"马朵朵很生气。"我说。我也很生气。

"你们可以告我的，现在学术也可以上法院论理的。"闵良知变得厚颜无耻，"马朵朵也可以主动跟我谈合作嘛，现在我的研究走在他的前面了。他还神气什么呀？是他先把我们抛弃的，你不怪他，我可咽不下这口气。"

"可是我并没有得罪你呀，闵良知先生。"我说。

"你是受害者。我可以补偿，你可以当我的助手，我们合作，谁说我们就不能获得诺贝尔奖？"闵良知说。

我说，"我再也不跟谁合作了，我已经开辟新的研究领域。"实际上，我正在考虑改行，我的一个学生在昆明办了一家大型化工公司，邀请我去当总工程师，不仅给我高薪，还承诺给我巨额科研经费，关键是，这个项目是世界首创，前途广阔，我可以技术入股，占公司百分之十的股份。下个月，我就打辞职报告。

就在这个月的最后一天，康香回到了南京。她率她的《赶往巴格达》剧团准备在南京举行国内首演，海报已经张贴满 N 大学的醒目之处。南京的主流媒体对康香等主创人员进行了全方位采访报道，对该剧在美国取得的成功也作了大肆渲染。本来我对话剧兴趣不大，但闵良知喜冲冲地送了两张票给我，"兄弟，不容错过。"

"你不给马朵朵送票？"我略带嘲讽地说。

"还有鹿小茸，我都送了。"闵良知慷慨地说，"今晚，我请康香吃饭，下个月，她就不是马夫人了。马朵朵终于提出离婚诉讼。"

那天我没有去看话剧《赶往巴格达》，因为那天晚上闵良知的老婆把我缠住了，罗列了闵良知数十箩筐的罪状（或者叫罪恶）：从不做家务，从不教育女儿，从不关心老婆的乳房（她患乳腺增生），从不在老婆需要的时候跟她做爱……虚伪、做作、势利、自私、粗暴、利欲熏心，等等。其中最罪恶深重的是，他竟然效仿鹿小茸给康香写了三百首诗。那些诗，有的是模仿徐志摩，有的是抄袭聂鲁达，更多的是改写自鹿小茸的《致爱情》。那些诗，肉麻，自作多情，每一句都散发着对性的渴望。

当代中国最具实力中青年作家书系

"一条最后一次发情的老公狗！"闵良知的老婆用一句精辟的话结束了那晚的控诉。等她说完，那边的话剧已经散场。这是我缺席的原因。

　　然而，就在这一晚，发生了一件震惊南京的大事：著名化学家马朵朵在 N 大学校园的一条幽静的林间小道上被袭击，头部受重伤，生命垂危！

　　我是在半夜得到的消息。马朵朵是在《赶往巴格达》首演结束后被袭的。听说，首演盛况空前，激动人心，所有的观众都被一个凄美的爱情故事所感动，没有一个观众不落泪，甚至有人看见闵良知在剧院里号啕大哭。

　　我赶紧赶往鼓楼医院看望马朵朵。但他在重症室里，除医生外谁也进不去。走廊外站着不少带着哀伤面孔的人，有我们的校长，原化学系主任，还有其他同事。康香和她的女儿坐在长椅上，相互偎依在一起。我走上前去，向她们打招呼。康香抬头看了我一眼，说了声谢谢。我不好多言，退出了众人的视线。

　　第二天，我便知道了全部的真相。

　　原来，那晚在剧院里号啕大哭的闵良知被坐在旁边的观众嘲笑了。

　　"你又不是鹿小茸，你哭什么呀？"

　　一语惊醒了矫情人。闵良知仿佛才明白，这部戏是以鹿小茸为原型，作者对他倾注无限深情，那是作者与鹿小茸的爱情颂歌，他闵良知确实只是一个局外人，一个为别人爱情喝彩的人。这是闵良知痛苦和疯狂的根源。

　　一场爱情悲剧刚刚落下帷幕，另一场现实悲剧悄然开始。

　　剧终人散，闵良知在剧院外头遇上了马朵朵。马朵朵手里捏着票，却一直没有进剧院。此时的闵良知要与马朵朵一笑泯恩仇。

"你还记得'秦淮计划'吗？"闵良知拉住马朵朵说。

"你想干吗？想干掉我吗？"马朵朵故作警惕地说。

"我们干掉鹿小茸！"闵良知阴险地说，"如果刚才你看了戏，你也会干掉鹿小茸。你为什么不敢看戏呀？"

马朵朵说，"我看了，我心里看了一百遍……"

闵良知说，"那你还等什么呀？要不要叫上方昌吉？"

方昌吉是我的名字。马朵朵说，"我在等我女儿元元。"

闵良知突然大喝一声，"你还等什么！"

马朵朵发现闵良知目露凶光，不像是虚张声势。他有点害怕了。

闵良知搀扶着马朵朵上了的士，回到了Ｎ大学校园。马朵朵要回家。闵良知说，"你怎么能回家呢？"马朵朵不能回家，鬼使神差地听从了闵良知的指使，给鹿小茸打了一个电话。大概是十分钟后，鹿小茸来到了这条偏僻的林荫道。此时，闵良知手中抓住了一根坚硬的木棒，躲在黑暗里。

鹿小茸睡意还在，问马朵朵，"有啥急事？"

马朵朵说，"你没看《赶往巴格达》？"

鹿小茸说，"没看。我对过去的事情没有兴趣。我告诉你吧，那些东西都是假的，我从没到过巴格达，连伊拉克也没有到过，当然，也没到过阿富汗，可是你们都相信了，是康香最先发现了我的秘密，所以她恨我……"

鹿小茸的话一下激怒了闵良知，他从黑暗中斜冲出来，举起木棒向鹿小茸砸去。马朵朵一把将鹿小茸推开说，"快跑！"木棒重重地砸在马朵朵的头颅上。鹿小茸还没看清袭击者的面目便撒腿逃跑，高度近视的闵良知在追赶中掉了眼镜，看不见没入黑暗中的鹿小茸。但闵良知并不解恨，对着马朵朵的头又砸了几下，然后逃之夭夭。

好一会儿，惊魂未定的鹿小茸带着保安和警察返回案发现场，将马朵朵送往医院。警察从现场遗留下来的眼镜断定了此案的凶手。警察全城搜捕，可是闵良知不知所终。

如果马朵朵永远不醒来，那么只有我知道，闵良知已经启动了"秦淮计划"。那意味着，警察很难将他捉拿归案，而且，我将面临着生命危险。但我不能将"秦淮计划"告知警察，因为我是它的缔造者之一，它会使我身败名裂。况且，即使我说出"秦淮计划"，警察也未必能抓到闵良知，因为它严密得连我们也无法找到破绽。

好在，马朵朵很快就脱离了危险。他只是脑震荡，只有少许颅内出血，并非想象中那么严重。康香和马元元都忙于话剧的演出，《赶往巴格达》在南京连续演出了十七场，场场爆满。因此，她们很少到医院来探视。马朵朵格外孤独，只住了一个星期便吵嚷着要出院，如果不是女儿安抚他，他在医院一秒钟也难呆下去。在这期间，我去医院探望过两次马朵朵。第一次是去看看他的生命能否继续下去，第二次是去和他谈谈闵良知，这一次，当然只有我们两个人在说悄悄话。

"也许我们能找得到闵良知。"我说，"'秦淮计划'再严密也是我们制订的。"

马朵朵反对我泄露天机，说，"让他永远逃亡吧，祝愿他快乐、幸福、安全。"

鹿小茸成了惊弓之鸟，生怕闵良知在半路上将他截杀，躲在办公室里不敢出门，甚至不允许送外卖的人进门，他从门缝把钱给送外卖的人，等脚步声走远了才敢开门，小心翼翼地取饭，然后关上门狼吞虎咽。

有一天夜里，妻子起来小解，突然惊叫一声。我猛跳起来，抄起床头的钢管，戴上头盔，虚张声势地喊，"闵良知！我跟你拼了！"我冲出房门，妻子惊恐万状地说，"卫生间里有一只耗子！我家好多年没出现过耗子了。"

"你看清楚没有，是耗子还是人啊？"我举起了钢管，严阵以待。

"只是一只耗子……不过，看上去像人。"妻子语无伦次。

我重新检查了一遍门窗和下水道，觉得不可能有人进来才放心地脱下头盔。

妻子说，"昨天我在楼下好像遇到了闵良知，他浑身脏兮兮的，好像从下水道钻出来的。"我惊讶地问，"你不会看走眼吧？"妻子犹豫了一下说，"我……好像是梦里见到的。"

半个月后，马朵朵出院了，精神焕发，兴致勃勃地来给我一家钱行。我要远赴昆明，投身实业。马朵朵劝我留下来与他继续做研究，"没有闵良知，我们的研究会更纯粹。"我婉拒了他。

"如果可能，你还是把闵良知找回来，冰释前嫌，再次牵手，他是一个蛮有才华的人。"我握着马朵朵的手说。

马朵朵想了想说，"这是一个好建议。"

大概是半年之后，闵良知还是杳无音讯。马朵朵说，他曾经多次去寻找闵良知，但一无所获。但我和马朵朵都知道，他还在南京，可能变成了耗子，也可能变成了蟑螂，在那些缝隙中苟且偷生。马朵朵和康香离婚了。康香跟北京的一个诗人兼出版商结了婚，听说在诗人丈夫的运作下她已经被提名角逐诺贝尔文学奖。马朵朵问我是否知道那个诗人。我说这个世界上我只知道一个诗

当代中国最具实力中青年作家书系

人，那就是鹿小茸。鹿小茸已经变得精神错乱，经常在湖南路当众表演"驴打滚"，严重影响了学校声誉，终于不适宜呆在 N 大学，但 N 大学并没有将他赶尽杀绝，而是安排他到一个偏远的分校当图书馆管理员，他只上了几天班便不辞而别乃至销声匿迹。我终于认为，世间再无诗人，诗歌再也无从谈起。大概又过了两个月，有一天，我接到一个国际长途，原来是马朵朵从美国打回来的，他出国了，在曼哈顿一所化学研究所工作。

"先当几年访问学者。"马朵朵踌躇满志地说，"等成大事了再回去，到时地位才更高，这也叫曲线救国。"

在美国的马朵朵有两种业余爱好。第一，喜欢上街示威游行。他有时候手持"驴"旗支持民主党，有时候手持"象"旗支持共和党，政治立场很不坚定，他只把上街游行当成一种娱乐和健身活动。他发了几张参加示威游行的照片给我，有一张是被警察踢倒在地上的照片，下面写了一行字：好爽，好发泄！就像一次驴打滚。有一张是他额头上缠着红布在白宫的草坪上抗议美国的金融政策，手里抓着的鸡蛋随时准备扔出去，手持盾牌和警棍的警察在一旁虎视眈眈，下面还是写了一行字：好酷，好刺激，就像大象发情。还有一次，他给我发来了一张他与奥巴马握手言欢的照片，下面依然写了一行字：就这样吧，我终于和美国讲和了。

"兄弟我在美国什么都好，只是缺少一点点爱情。"马朵朵感慨美中不足，但听起来爱情对他并没有那么重要和迫切。

远在他乡，我们都想念秦淮河，想念 N 大学，想念实验室，想念梧桐树，想念古城墙，也想念闵良知。

"南京，就靠他守护了。"马朵朵意味深长地说。看起来，他对仍下落不明的闵良知已经心无芥蒂，毕竟，那并不算什么血海深仇。

他从没主动提起过鹿小茸。只有一次，我提起了。

"他是一个懦夫和变节者！"马朵朵在美国那边吼道，听起来像咆哮。从此以后，我再不敢提起鹿小茸，就当他已经死了。

不可逆转的是，马朵朵跟我的联系逐渐少了，他的音讯也逐渐趋于无。很久后的一天，我在报纸上无意中看到一则与他有关的消息：著名化学家马朵朵实验数据造假令美国蒙羞。从此我再也无法联系上他。

好像所有认识的人突然间都消失了，我顿时觉得无比孤独，像黄土高原上一头无家可归的驴。

米河水面挂灯笼

一

别人的椒苗像步兵师一样向自己的田地逼近的时候，阙大胖终于孤注一掷，要把水稻全部割掉。阙老董双手穿着木鞋沿着纤细而松软的田埂爬到现场，也许过于激愤或一时要表达的东西太多，他的喉咙竟出现临时性堵塞，张开嘴巴却半个字也吐不上来，便用木鞋拼命地拍打青草蓬勃的地面。阙大胖完全能理解木鞋传递过来的强烈信号，但没有停下手中的镰刀，而用高高翘起的屁股对着父亲说，我哪里是割青苗？我是割掉狗尾草改种摇钱树，说得更明白一点就是种钱票——你整天躺在床上不知道天下大势，一亩灯笼椒十亩优质稻，我家种上五亩灯笼椒就等于阙鸿禧养了五个女儿！

受此鼓舞，九凤割得更加坚决，顷刻之间一大片禾苗倒在她的裙子旁边。阙大胖提醒九凤，"你慢一点，别伤了自己。"九凤装作没有听见，手中的镰刀比刚才更快了，那些无家可归的蝗虫暂时居住在她的脸上，她也满不在乎。水稻尚未吐出谷子，还在向上生长，镰刀在她们的瘦腰上发出哗哗沙沙的响声，像割肉时发出的呼喊。

阙老董要爬过去剥夺阙大胖的镰刀，但田里泥泞得进不去，气急之下，双手使劲地抠着泥土，塞进嘴里，硬往肚子里吞，啃一口看一眼阙大胖。九凤的尖叫惊醒了阙大胖。阙大胖不理解阙老董的愚蠢，他说，"你这是干什么？快停下，泥土毕竟不是酱油饭，吃多了会撑死你。"阙老董以为这里是谈判桌，他已经准确无误地向阙大胖亮出了底牌：你停止割青苗我就停止吃泥巴。但阙大胖根本就没有讨价还价的意思，镰刀像骑兵团那样所向披靡，大把大把的青苗告别故土，禾胎包裹在禾叶里很快就变成了死胎，有些死胎爆裂开来，露出白色的嫩谷，经太阳一照，嫩谷就枯成壳片。阙老董瞪着阙大胖，往嘴里一把一把地塞泥土，像猪油一样肥的泥浆咕噜咕噜就滑进了肠胃里去。阙老董的肠胃毕竟比不上年轻的时候，不一会儿就饱满了，泥浆滞留在他的脖子里骑虎难下。父子像一头驴和一头牛狠狠地较着劲，九凤还小，做不了裁判，她慌了，去扯父亲的衣服。阙大胖一把拍掉九凤的手，镰刀又深深嵌入禾苗的身体里。九凤懂得了害怕，走到祖父的面前说，"你不能再吃泥土，我怕你死掉，假如你死了我就必须搬到你的破房间里去睡。"阙老董的喉咙激烈地咯咯动了几下，突然蹦出一句，"大的败俗，小的神经！"九凤知道祖父是在骂她和姐姐水莲，她也生气了，转身呼呼地挥着镰刀，勇猛得像战场上的女将军。

泥土下了肚就变成了坚硬的石头，把阙老董的眼珠子逼得快跳了出来。阙老董打喷嚏的频率急剧攀升，喘气成了一种巨大的负担，这时他不得不主动退出这种失去了筹码的对峙，认了输，把最后一把泥土从嘴里抠出来，往阙大胖身上一掷，又沿着田埂爬了回去，坐在粪盆上拉屎，痛得嗷嗷大叫，叫王桂花阻止阙大胖这种荒唐。出乎意料的是阙大胖获得了王桂花的支持，她说还要在屋顶上撒播椒种，把家里的地坪甚至宽阔的床都变成椒地。阙老董爬到属于自己的床上，嘴里一边咀嚼着剩余的泥巴，一边骂王桂花盲目地跟着阙大胖疯狂。王桂花正在为水莲准备嫁妆，水莲躲在屋里不敢出来见人。阙老董骂阙大胖、王桂花骂了一个下午，实在骂够了，便转而骂水莲伤风败俗。水莲呜呜地哭。王桂花觉得心烦，丢下手中的活儿，赶到田头，也操着镰刀，将青苗哗啦哗啦地割掉，扔到米河的边上，稻花的花粉撒落河面，像珍珠泛着银光。阙老董喉咙疼痛得又喊不出话，用木鞋狠狠地敲击着床沿，啪啪啪的声音不绝于耳，连水莲也觉得烦躁，但她依旧不敢出门。

割除了水稻的田地，像拔光了毛的鸡，冒着热气。阙大胖赶快从高州贩子那里要来了椒苗，连夜种上。熬了三天三夜的阙大胖和王桂花眼球红肿得像艳丽的灯笼，但一点也不觉得疲惫。九凤欢快地给父亲递送椒苗，她想，种完椒，就要欢天喜地送水莲出嫁。水莲比熟透了的蜜桃还急，不能再等了。

在米庄成片成片的椒苗开始拔节的时候，阙大胖的地里终于也种满了同他们一样的椒苗。第二天，他还早早起来，从容地给椒苗浇了第一次水。正是从这一天起，他获得了和别人一起憧憬未来的资格，在别人热烈谈论椒价的时候他也拥有了当然的发言权，在他发言的时候连阙鸿禧也得暂且忍气吞声让他把话说完。与此同时，阙大胖也终于能抽出时间来操心水莲的婚事。

虽然无力为水莲举办盛大的婚礼，但程序也得走完，再困难也要摆三两桌。然而令阙大胖感到扫兴的是，至今仍不知道是谁糟蹋了水莲。六个月前的一个夜里，水莲借着月光在地里收割被台风刮伏了的席草，被人从背后敲打了一下，本来就困倦的她乘机昏睡过去，后来便没要过钱买卫生巾。王桂花将水莲打得死去活来，却也得不到确定的答案——连水莲自己也不知道是谁干的，怎么能告诉别人？阙大胖曾经多次到现场，像警犬那样去嗅被糟蹋了的席草，企图找到些蛛丝马迹，但闻到的全是自己的体臭。九凤和水莲都不是阙大胖的亲生女儿，九凤是捡来的，水莲是王桂花和她的前夫生的。九凤给阙大胖带来了无尽的欣慰，而水莲却带来了意想不到的麻烦，幸好总算给她找到了一个去处，嫁给镇供销社收购站的独臂张九做填房。

　　吉日良辰磕磕碰碰地到了，张九却借故没有来接水莲，酒席当然没有摆，连起码的简单仪式也没有举行，使一场本应生动、淡淡之中可能闪烁着愉悦的婚礼顿时变得冷冷清清乃至悄然无声。这天中午过后，水莲终于从屋里闪出来，腆着鼓起的肚皮，提着一只装着几件新衣裳的红色尼龙手提袋，低着头孤零零地离开米庄。王桂花躲在屋里，不敢生张九的气，但她敢骂自己，"都是自己的 × 不好，生个女儿还是跟自己一样，嫁人也像做贼一样偷偷摸摸。"阙大胖也感到十分不快，叫王桂花送水莲出大门口，她却不愿出来。阙大胖也有些难为情，但到底还是将水莲送出了大门外。九凤没有为水莲送嫁，机智地埋伏在米河对面的狗尾草丛中，察看米庄的男男女女对水莲冷嘲热讽了几个月后在她出嫁这天是否放过她，让她少带一些泪水多带一些幸福走向张九的怀抱。但在阙七的杂货店前，那些尖酸刻薄的男女表情冷若冰霜，依旧不依不饶地在水莲的背后指指点点。

"本来她要浸猪笼的，"有人说，"幸好，高州贩子带来了改革开放。"

九凤再也不能忍气吞声，突然从草丛中站起来，气势汹汹地跑过石拱桥，大声质问那些嘴里仍叨着风言风语的女人，"你们晚上就不脱光衣服和男人睡觉？睡了觉你们的肚子就不鼓？"

你不知道九凤和水莲的感情有多好，所以体会不到这时九凤的心有多痛。水莲在人们的视线中消失后，九凤便成了他们取笑的对象。

"九凤，你今年多大啦？"

"多大与你们无关，我是水莲养大的。"

"你也想嫁人了吧？"

"嫁不嫁不关你们的事，是我跟男人的事。"

"你也懂男人啦？你想学水莲变成大肚子才嫁人？"

有人学孕妇腆着肚子，像企鹅一样蹒跚走路。

"你们这帮狗屎男女。"九凤说。

大伙哄堂大笑。"谁说九凤笨？九凤聪明得很，她也会说粗话，水莲有她一半聪明就不会被别人随随便便搞大肚子了。"大伙又把话题拉回到水莲身上，为水莲的预产期争得面红耳赤。九凤愤怒了，愤怒的样子很吓人，她咆哮如雷，对着大伙骂，骂得很臭。九凤这孩子有病，脑子有问题，人又长得像矮瓜，十四五岁了还像七八岁的孩子，因此大伙觉得不必要跟九凤一般见识，便任她骂，她骂得越凶，他们越高兴。

但细心的九凤注意到了一个坚硬的事实，就是唯独阙七一直没有取笑她，似乎也从没鄙视过水莲。因此可以断定，米庄的男人有多坏，阙七就有多好。

"阙七。"

阙七正笑嘻嘻地给一个小孩卖瓜子，小孩说他给少了，阙七说给足了，小孩便和他争吵。有人大声叫，"阙七，九凤叫你了。"大伙开心地笑。那小孩强行从罐子里多掏一把瓜子就跑，阙七追赶出门口。

"啊，九凤，你叫我？"阙七说，"又要买卫生巾？没货了，高州贩子明天就送来。"

此时阙七的思维还停留在九凤第一次来月经时当众脱裤惊叫的记忆里。他一点也觉察不到九凤已经又长了三岁。

"我要跟你睡觉，"九凤郑重其事地说，"你把我的肚皮也搞大，让我好嫁给陈四。"

大伙笑得喘不过气来，杂货店前洋溢着少有的欢乐，要多欢乐就有多欢乐。阙七措手不及，窘迫地站在那里接受别人的祝贺。长满了黑猪毛的手有些不知所措，交叉放在裤裆上，假如抽起他的裤子，还能看到芦柴棒一般经常颤抖的脚。大伙围过来，嘻嘻哈哈地怂恿阙七。九凤就站在他的面前，一点也不像开玩笑，脸还红扑扑的像只小灯笼。

"我不敢跟你睡觉。"阙七迟疑了一会儿，摇了摇头算是婉言谢绝。

"你必须跟我睡觉。"九凤说话有板有眼，与平时大不一样，甚至带有一点霸气。

"你是弱智病人，派出所说了，跟弱智病人睡觉就是强奸。强奸就得坐牢。我一坐牢，杂货店就要关闭。杂货店一关闭，我爸就会从棺材坑里跳出来抽我两巴掌。"阙七深思熟虑地说，"你还是直接去跟陈四睡吧。"

"那你是想让陈四坐牢。阙七，你真残毒！"九凤刚才还气势逼人，现在突然沮丧得无所适从。

"陈四也是弱智，弱智强奸弱智不算犯法。"阙七说。

"水莲说过我没有病——弱智不算病。"九凤激愤地大声争辩。

阙七说，"那你叫镇卫生院重新开张证明，我就敢跟你睡觉。"

杂货店前响起了以下几种形态的声音：嘘叹、尖叫、痛惜、哨声、哄笑……

"总会有人愿意跟我睡觉。我的肚子大了，你们就不会只取笑水莲——一条担子分成两个人挑，肯定轻松得多。"九凤颇有心计地说。人们终于看到一个绝顶聪明和善于为人分忧的九凤；或者说，她不是一个简单的孩子，她懂得策略，简直老谋深算；又或者说，你可以低估她的智力，但不能漠视她对水莲的感情。水莲嫁了还会回来，但只要米庄的男女还没死光，他们就会取笑她，弄得她回来难，不回来也难。九凤还是希望水莲经常回来，最好天天回来，如果她能为水莲分担一半压力，水莲就能经常回来了。

因而，九凤对阙七有些失望，原以为他会帮她的忙。

二

水莲嫁出去有好几天后，阙大胖才敢像平常那样，在黄昏中驱赶着一头高大无比的白色的公猪从高州乡村凯旋归来，他屁颠屁颠的走路姿势跟公猪是如此神似和训练有素，像有人拿着指挥棒指挥他们。夕阳把阙大胖和他的公猪的脸涮得像母猪的肚皮一样艳丽。他们像兄弟一样亲密无间，说说笑笑、摇摇晃晃地走过石拱桥。这时有人从凳子上弹跳起来，丢盔弃甲地逃之夭夭。因为他们受不了公猪和阙大胖身上的永远散发不尽的恶臭，一闻到就会翻江倒海地吐，几天也恢复不过来。高州贩子不怕臭，他们大声对着阙大胖喊——

"这次又得几个猪卵？"

阙大胖依旧笑嘻嘻地轻蔑地答，"不多，阉了一窝猪只得七八个，不过挺新鲜的，卵蛋还噗噗喘气，像熟睡的小孩。"

高州贩子左手捂住鼻子，争先恐后冲上去，右手伸入阙大胖的褪尽绿色的军用背包里，掏出一包血淋淋的猪卵蛋，比抢到金蛋还高兴，回头对阙七说，"来，趁热打铁，蒸半生熟吃。"阙七从杂货店里跳出来，兴奋地从高州贩子手中接过猪卵蛋，端详片刻才走进厨房。

高州贩子自然依惯例，按每个猪卵五毛钱给阙大胖结账。但每次总要扣除一只卵蛋的钱：你看，这个卵蛋太小，还伤了筋骨，漏了卵气。高州贩子总是对猪卵蛋百般挑剔，阙大胖依旧是笑眯眯地默认了他们的苛刻。高州贩子占了便宜，嘻嘻哈哈地往阙七店里钻，再三叮嘱着阙七如何配料和掌握火候。

阙大胖也停下来，把公猪拴到米河边上的一块空地上，让它啃草拉屎，大声呼叫阙七，"来一碟猪腰豆芽炒粉，猪腰切丝，加点黄糖，不要味精，手脚麻利一点。"

阙七正忙着帮高州贩子蒸猪卵，说，"等一下，你的卵蛋太腥臊，要加点胡椒粉。"阙大胖笑道，"阙七你又说荤话了。"高州贩子说，"阙大胖，什么时候把你的公猪阉了取卵给我们下酒？"

阙大胖说，"等到母猪全死光了。"

高州贩子说，"你的包里还有卵蛋。"

阙大胖说，"没有了。"

高州贩子说，"有，刚才我们碰到了。"

阙大胖说，"那是鸡蛋，母猪主人送给我的公猪补身子的，你们休想吃。"

阙七炒好了粉，打了包。阙大胖把刚才卖猪卵给高州贩子得来的钱给了阙七，立马就走，急着拿粉给九凤吃。高州贩子说，"你总是心疼九凤，从不怜惜水莲！"

"水莲嫁了人，你们就不要再笑话她。她都快做母亲了。"阙大胖求饶似的说。

"那孩子还得姓阙。"高州贩子笑道。

"姓张。张九姓张。孩子当然姓张。"阙大胖争辩道。为了说明这个重大问题，他宁愿不急于回家，就坐在石板凳上要和高州贩子纠缠。但高州贩子不会在同一个玩笑上浪费太多的时间，他们很快转移了话题，再次把深圳搬迁到米河的边上，向米庄人讲解深圳身上的每一根汗毛。

这四个高州贩子当中有一个猴腮马面的广东人被称作香港脚。他是第一个来到米庄的高州贩子，人们最早从他身上看到了由他带到这里的广东流行风尚，以及一些米庄人从没见过的小商品。他说话的时候喜欢把脚摆到引人注目的地方，故意露出人们从未见过的丝袜，炫耀与众不同的广东式阔气。他把深圳吹得天花乱坠、遍地黄金，"阙鸿禧一直以来把他的五个女儿当成枯枝败叶，现在她们却成了五朵金花，从深圳寄回硬邦邦的钱票，使他成了米庄的地主。"阙鸿禧洋洋得意地抽着水烟，把烟雾吹得比橡树高。听香港脚吹牛成了一种快慰的消遣，此时阙大胖也舍不得马上离开，便将炒粉挂在杂货店的墙上，等水烟筒轮到他手中的时候，却看到父亲阙老董躲在角落里，似乎在为自己虚度了八十一年光阴而长吁短叹，顿时有些扫兴，便擅自代表满腹狐疑的米庄人质问高州贩子，"既然广东撒豆成兵、滴水成金，你为什么到米庄来做个小贩？"香港脚说，"我这是来赚你们的钱，不过这也没有什么不好，我能把你们吃不完和舍不得吃的东西拉回去变成白花花的银子，然后把一块银子拿到这里变成两块、三块。"

令阙大胖迷惑不解的是，没有发现王桂花。从广东带来了改革开放的高州贩子一度成了王桂花的亲人。她从这些人的嘴里知道了她家乡可能发生的变化，因此她像追捧戏班一样迷上了高州贩子。王桂花来路不明，操着潮州话，身材高大，脾气火爆。多年前作为戏迷带着八岁的水莲追随一个戏班辗转来到米庄，戏班在米庄唱了半年戏，王桂花就在米庄呆了半年，嬉皮笑脸地赖在阙大胖的家里，后来人心涣散的戏班在米庄就地解散，戏员各奔东西，王桂花突然觉得无家可回，就留在了米庄，只听她说过自己离过三次婚，不怕男人。她从戏班那里学会了唱粤戏，从高州贩子那里模仿到了大热天穿丝袜，像讨厌阙大胖身上的臭味一样讨厌农活，平时喜欢往阙七杂货店那里跑，尽听高州贩子说一些来自发达地区的从未听说过或反复说过的黄段子。阙大胖不能对王桂花有丝毫不满，因为她一不高兴随时会离他而去。"我没牵没挂，又有如此身段，即使到了六十岁，也不愁找不到男人。"这个还不到四十岁、对高州贩子有着天然亲近感的女人肆无忌惮地吹嘘。不过，她一走，这个刚刚有起色的家也就要从表面上衰败，阙大胖不想成为这个万物蓬勃生长的季节里的一株枯草，因此他无法与自信的王桂花站在同一平台上大声说话，甚至可以忍受她农忙时节闲坐在杂货店前听高州贩子海阔天空。然而，这个一辈

当代中国最具实力中青年作家书系

子都没人将她驯服、有点恬不知耻的女人，或许是真的信命，水莲未婚先孕竟然让她也感到了难堪和慌乱，以至于水莲出嫁时也不敢面对那些牛鬼蛇神一样的男女，现在更不敢像平时那样，站在杂货店前跟高州贩子俏皮地拌嘴。此时阙大胖才知道，王桂花原来也有自尊心，跟正常人一样，对羞耻的事情感到羞耻。后来好长一段时间里，王桂花没有出现在杂货店前，而是躲在家里把淘汰了的旧衣裳改作婴儿的尿布。阙大胖想，也许王桂花从此改变了。事实证明，她真的改变了，从水莲出嫁后的第二天起，就像得了自闭症一般几乎足不出户，躲藏在家里哼着粤戏做些零零碎碎的家务，乘机把农活推得一干二净。少了王桂花，高州贩子一样侃侃而谈，杂货店前洋溢着丰收前愉悦的笑声。

倒是阙大胖很快淡忘了水莲出嫁的不快，常常蹲在田埂，目不转睛地盯着椒苗，还侧着耳，仿佛他听到了椒苗拔节发出的动听的声音。看到才冒出地面的杂草，便狠狠地拔掉抛到空中，对椒苗上的虫子，他手到擒来，啪啪地掐成肉浆，很快，他的脚底下便堆积了一堆血肉模糊的虫子的尸体。然而，虫子掐不尽，杂草拔又生，为此他废寝忘食，甚至彻夜不眠，远远就能看到他在漆黑的夜里，在雾气缠绕、蚊蛾飞舞的田头不断抽水烟时晃悠的一闪一闪的烟火。

这一天，阙大胖听到有人大声说，"我家里快没米啦！"一语惊醒米庄人，大家终于对自家渐渐见底的粮仓感到惴惴不安。他们都明白，米庄正在进行着一场赌资巨大的赌博。好在椒苗长势喜人，孩子们还习惯于稀粥充饥，对白花花的米饭还没有太大的依赖，他们和椒苗一起分享着成长的乐趣。人们开始未雨绸缪，奔波于大米的事情。但阙大胖不为所动，就蹲在自家的地里，看着椒苗和米桶赛跑。然而，米桶见底的速度远比椒苗生长的速度快得多。王桂花催促阙大胖赶公猪去赚大米，他还是无动于衷。有人叫得急了，他就说，"把你的母猪抬到我的猪栏去，公猪也有尊严，它一辈子也该做一回地主爷。"那人好心提醒他，"用不了多久，成百上千的公猪成长起来，你的公猪就会无用武之地。"阙大胖盯着椒苗，良久才回答，"公猪也有老死的一天，我不能靠它养活一辈子。"阙大胖并非人们想象的那样笨拙，其实他也挺有想法。他扳着指头说道，"我算了一下，按高州贩子的算法，五亩椒应该有七八千元的收入，比我的公猪辛苦十年收入多——听说外面的人发财更离谱，一天的收入比我一年的收入还多。"

"香港脚说得一点也不错，这个世界越来越离谱了。"阙大胖愉快地说。

三

阙大胖还想知道到底是谁强奸了水莲。最好的办法便是让水莲带着刚出生不久的女儿回来，看长得跟谁相似。水莲第一次回娘家的时候，还得经过阙七的杂货店。那里的闲人还是那样多，人们拦住躲闪不及的水莲，揭开她怀里松松垮垮的包袱，露出了一个孩子的脸。这张春天一样的脸孔看起来像开在米河岸边各式各样的花朵，说像谁就像谁。大伙嘻嘻哈哈又一本正经地争论水莲的孩子，你说像我我说像你，香港脚抱过孩子，举在半空中说，"她像我多好！"孩子撒尿淋了香港脚一头，众人哈哈大笑。羞怯的水莲也小心谨慎地笑。

水莲白嫩多了，宛若米河里的一朵成熟的红莲，乳房却像两只挂在胸前的灯笼，忽明忽暗，胀得厉害，奶水沿着上衣流下来，散发着浓郁的奶味，几只蜜蜂围着她嗡嗡地嗅。九凤挤进人群，从高州贩子手中夺过孩子，紧紧地抱在怀里，用头撞开一条路，招呼着水莲快回家。阙七在她的身后喊，"九凤，你要的酱油。"

九凤说，"油你的头！"

水莲母女的到来，让王桂花喜不自禁，又哼起了粤戏。但很快听到了她的叫嚷，"阙大胖，米！没有米了！我的女儿、外孙女来了，你的米呢！"

阙大胖有些措手不及，支支吾吾，爬上屋棚，打开最后一个谷桶，还剩下半桶谷子，那是为父亲阙老董办丧事准备的。水莲说，"爸，没米了吧？"阙大胖强装好汉说，"还有，还有。"水莲慷慨地说，"明天你到镇上去，张九说了，没有米就到他家要。"阙大胖说，"我哪能要他的米？"水莲说，"他的不也是我的？你不敢去我叫他送来。"王桂花对阙大胖说，"现在你看见水莲的好了吧？她是我的女儿，我没有饭吃就到她家去，你们饿死了活该！"

九凤抱着水莲的孩子一刻也不愿松手，还逗得孩子咯咯地笑个不停。门外有人要进来看看水莲和孩子，九凤不让，将门啪一声关上了，还用桌子顶住。阙大胖的眼珠子不肯从孩子的脸上移开，他想从她的脸上找到那个困惑已久的答案。但这孩子，你说她像谁真的像谁，你说她像阙新春嘛，她就像，说像香港脚嘛，似乎差不到哪里去，甚至与阙七也有几分相仿，不过，等她长大后也就一目了然了。

"镇上的人都说，小宝长得像张九。"水莲说。

"像张九就好。"王桂花说，"张九长得也不差，只是年纪大一点。"

水莲说，"张九对我也好，生活水平在镇上也算是好的，每隔三两天便有肉吃，街坊都说了，张九对我比对他以前的死鬼老婆还好，他也快要转干了，他转了干我就能像在米庄一样在镇上大声说话，谁也不怕。小宝比我更有福气，一出生就是非农户口——不过，过两三年我也要办农转非。"

王桂花用激动得战栗的语气教导水莲，"你也得对张九好，像张九这样的好男人，别人提着灯笼也找不到——你要过得让全米庄的人都眼红。"

水莲要喂奶了，九凤有点不舍得把小宝还给水莲，让她的头伸进水莲的胸脯啃奶，她就伏在水莲的臂膀旁看喂奶，说水莲你的奶子真大。小宝吃饱奶水后，受不了屋里的烟味，呛得哭。九凤就抱着她四处走走，将小宝展示在众人面前，炫耀着小宝的秀气。小宝对着谁都笑，把男人们吓得转身而去，最后剩下一堆女人围着小宝叽叽喳喳。九凤看得出来，她们的心里还在揣测着小宝是谁的孩子。

"告诉你们，水莲家里有数不清的米，还有布票、面条、白糖和海带。她比你们都富有！"九凤要多自豪就有多自豪，"小宝的爸爸很快就要开着汽车来米庄了，到时候，你们都要恨死自己没有嫁给张九。"

四

米庄的人们一早起来，惊喜地发现灯笼椒树上开了花，白白的，淡黄的，还有瓦蓝的，那些本来准备休养生息的蝴蝶和蜜蜂意想不到这个季节还有如此盛宴，拖儿携女成群结队地从四面八方赶来，在椒树上热情地唱歌跳舞交配分娩，欢呼这里的春天天长地久。又过了数日，椒树挂出了零星灯笼，这些早亮的"灯笼"还青嫩得像叶子一样，高州贩子就迫不及待地帮忙摘下来，连夜运回高州。人们手里抓着多得出乎意料的钞票手舞足蹈，连夜描绘着楼房的草图和要购买的电器清单。米庄的热烈点燃了阙大胖心中的柴火。他坐立不安，却又激动莫名，徘徊在椒地里，嘴里喃喃不断，用喜悦的自言自语表达他内心的焦虑。看到自家椒树的叶缝间终于露出了零星花瓣的时候，他小心翼翼地数着田地里的花朵，一朵、两朵……无数朵，数数这家，数数那家，看谁的花开得更欢、更肥厚。当一枝白色的花朵变成第一颗灯笼椒的时候，望眼欲穿的阙大胖终于长舒一口气，"我靠，你总算从你妈的胯里钻出来了！"

米庄椒地里的风光像女人身上鲜艳的衣裳，不仅招蜂引蝶，还惊动镇长带着记者们蜂拥而来。踌躇满志的镇长站在高高的田头上，对着记者们和米庄人说，"米庄土壤特别，雾气充裕，阳光充足，不仅种出的米香，种出来的灯笼椒也比其他地方的甜，你们看，全世界最好的灯笼椒就在米庄。米庄种椒的路子走对了，镇政府正在规划，要把米庄变成南方最大的'椒庄'，你们米庄人从此就要走上致富的高速公路，很快就会像深圳人一样先富起来！"

第一次来到米庄的镇长讲话如此生动、富有激情。米庄人从没看见过这样英俊儒雅的镇长，他的衣袋里整齐插着三支颜色不同的钢笔，戴白色眼镜，重要的是自始至终没有一句脏话从他的嘴里蹦出来。米庄人斩钉截铁地断定，新来的镇长是一个学识渊博的了不起的干部，除了这样的干部还能相信谁！香港脚被镇长邀请站到他的身边，镇长和蔼可亲地将话筒交给他说，"说几句，鼓励鼓励。"香港脚推辞再三，拿起话筒，看着阙大胖，清咳两声说，"你们的灯笼椒将从这里源源不断地运到高州，然后由我们贩卖到遥远的北方甚至更遥远的苏联，现在苏联人也吃到你们的灯笼椒了，他们都说好吃好吃！"

香港脚嗫嗫嘴，像在嚼灯笼椒。众人大笑。他还想说多一些，镇长也许嫌他话长了，把话筒夺了回来，交给笑嘻嘻的衣衫不整露着肥大胸膛的阙大胖。阙大胖受宠若惊，手忙脚乱，躲闪着后退。众人哄笑，用脚踢他上前，忽地掩住口鼻，但笑声仍从五指间混浊地飘扬开去。镇长说，"你也讲几句嘛。"阙大胖诚惶诚恐，憨笑地摆手说，"话筒是领导用的。"阙鸿禧说，"话筒不是炸弹你怕什么，对着它说几句你以为自己就变成镇长啦？"阙大胖依然畏缩不前。但镇长似乎一定要他说几句，否则下不了台。众人起哄着敦促阙大胖，说，"你就当放屁随便说几句嘛，不说镇长可要生气了，镇长一生气，你地里的椒苗都要死光。"阙大胖迟疑了一会儿，对着话筒张开了满嘴黄牙的嘴巴，嘴角的涎痕像两条白色的蚯蚓在晃动。

阙大胖居然敢在镇长和那么多的记者面前说话！他满打满算地说，"发了财后，我不再当猪郎公，要当就让阙鸿禧当去！"

阙鸿禧面红耳赤，羞愧难当，人们笑得前俯后仰，有几个人笑得几乎要躺在地上。阙大胖得意于他的精彩发言，把话筒还给镇长后，笑嘻嘻地搔着胸脯。镇长被幽默击中，也笑逐颜开，笑得挺有涵养。高州贩子看到镇长笑了，也跟着赔笑。希望的田野上洋溢着提前预支的幸福，记者们抓住这快乐的瞬间按下快门。米庄人热血沸腾，大家的血管充满了火，他们干得更起劲，地里、山上都种上了新的灯笼椒，郁郁葱葱的椒苗从田里到山坡，绵延直到天边。这时夏天快要结束，米庄的灯笼椒漫山遍野地成熟了，整个米庄就像一个巨大的灯笼，人们在灯笼椒的海洋里快乐地徜徉。浓浓的椒香在空气中弥漫开来，那些对椒香过敏的人幸福地打着喷嚏。灯笼椒像人参果一样可爱，像芭蕉一样肥大，像玉米一样坚挺。米庄人还知道，苏联比中国大得多，一万个米庄种的灯笼椒也不够他们狼吞虎咽。记者们把米庄的新闻播送到全国各地，米庄的名字像春天的玉兰花一样香起来。名声一响，米庄人突然意识到不能让高州贩子牵着鼻子走，肥水也不能让广东人全占了，于是他们怂恿阙大胖邀请镇供销社的人来参与竞价收购。

"我女婿张九很快就要到米庄来收购灯笼椒了。"阙大胖说，"他出的价肯定比高州贩子的高，而且他不像高州贩子那样眼睛里安装了一百瓦的灯泡，鸡蛋里也能挑出一堆骨头。"

高州贩子始料不及，慌作一团，先前的傲慢被嬉皮笑脸代替。他们成天在米庄的椒地里转悠，百般讨好各家各户能当家做主的人，还死缠烂磨，用尽一切办法说服主人把即将成熟的灯笼椒卖给他们。

"谁给的钱多就卖给谁！"阙大胖挺直腰板，理直气壮地说，"父子也罢，认钱不认人。"

"阙大胖，你总有一天会跪着求我们！"高州贩子狠狠地说。

"现在我才是地主，你们怎能这样跟地主说话？"阙大胖有恃无恐地说，"大家不要相信高州贩子，他们的亏我们吃多、吃腻了，也该换换鲜了。"大家觉得阙大胖的话并非没有道理，便寄希望于他的女婿。

第二天，张九果然开着崭新的大卡车来到了米庄。

令人颇感意外的是，偏偏张九生了一双灯泡眼，像两只灯笼椒，穿着长袖的确良衬衣和凉皮鞋，嘴里的金牙比香港脚还多出了一颗，看上去也比香港脚精明一分，但左手臂从肘以下不见了，袖子空荡荡的。张九指挥着卡车停在阚七杂货店旁的一块空地上。阚大胖迎上去，叫了一声张九。张九紧紧握着阚大胖的手说，"你就是水莲她爸吧？"阚大胖说，"是啊，乡亲们等你等久了。"张九的右手给大伙发香烟，熟练地抖动两三下烟盒，一根烟就从小口出来，米庄男人把烟叼到嘴上，吃惊地琢磨着张九的灯泡眼。张九挥挥手说，"大家回家摘灯笼椒去，把最肥最嫩的摘来，别把灯笼椒当女儿，舍不得嫁人。"

人们并非一窝蜂散去摘灯笼椒。阚大胖说，"你们为什么不去摘？太阳升高就不好了。"

阚鸿禧说，"你的女婿也不说价钱，我们摘什么！"

张九才明白，歉疚地说，"我忘记说了，一元五角一斤。"

众人这才散去，仅剩下四个高州贩子蹲在杂货店屋檐下的角落里抽水烟。张九大方地走到高州贩子跟前，抖给他们香烟，但他们眼皮也不抬一下，张九尴尬地把香烟放进了自己的嘴里。

"我们是在公平竞争，你们可以出更高的价钱把我赶出米庄。"张九说。

高州贩子依然故我，低着头，一声不哼，脸上全是不屑的神色。

张九自讨没趣，后悔和他们搭讪，转身离开。这时香港脚才怪声怪气地说，"我看你张九能得意多久！"

张九听到了，但不愿再搭理他们。

自家地里的灯笼椒还未到收获的时候，王桂花在家里缝缝补补，张九来了也不见，阚大胖就和九凤帮张九忙碌着。张九掌秤，阙大胖记数，九凤给随后到的水莲带小宝。水莲热情洋溢地招呼着乡亲，帮助她们把椒抬到磅秤上。张九要挑肥拣瘦，水莲便使脸色瞪眼珠子，张九只好放宽了要求。装满了卡车，张九便上车，车发动了，人们拦住张九说，"钱呢？我们还未结账！"

张九又是歉疚地说，"我忘了跟各位乡亲说了，打白条是供销社收购站的惯例，跟吃饭拉屎一样正常，刚才给你们的白条不是白条，是钱票，一个星期后就能兑现，比银行存折还安全，你们只管放心，我们是国家的收购站，不骗人。"

阙大胖也说，"张九就快转干了，转眼就是国家干部，何况，他还把水莲和小宝留下了，你们总能相信他了嘛。白条兑现不了，你们拿到我家里来，找我兑现！"

水莲不断地点头，恳求大伙相信她。张九走了。第二天，他开来了两辆卡车，第三天，开来了三辆、四辆……

人们手中的白条越来越多，心里也就越来越虚。当第七天、第八天甚至第十天到来的时候，还不见张九到来。人们挤到阙大胖家里。阙大胖说，"张九快转干了，转了干就是官了，他不会骗人。"水莲的口水都说干了，但人们还是不相信张九会回来。水莲没有办法，只好赶回镇上，看看究竟。水莲很快就回来了，站在石拱桥中间，双腿发抖，脸色发青，比被人强奸还惊恐。因此人们断定张九永远不会回来了。

原来张九假公济私，以收购站的名义做自己的生意，本来可以狠狠赚一笔的，但关键时刻，他找不到火车皮，灯笼椒被积压在地区火车站里，在高温中灯笼椒点着了火一般燃烧、腐烂。张九消失得无影无踪，住在单位的房子已经被封，开除手续完成后，这两间房将另行安置他人入住。出嫁时的红色尼龙手提袋重又挂在水莲的手上，她带着家当回到了米庄。

幸灾乐祸的高州贩子立即打开麻袋，向米庄人展示花花绿绿的现钱，把米庄人的目光重新聚焦到自己的身上。

"你们得和我们签订合同，决不能反悔！"高州贩子把合同书分发到大家的手里，人们争先恐后地签了字。阙大胖夹在人群中间，也想偷偷地签字。但香港脚发现了他，把他从人群中间揪出来说，"阙大胖，你还是把椒卖给你的女婿，我们不要你的。"

阙大胖笑嘻嘻地说，"算了吧，这钱还得由你们来赚。"

香港脚说，"我以为你会跟张九神气好一阵子，想不到那么经不起折腾，看在你初犯的份上，这次算了，给你宽大处理，但作为惩罚，你的一斤椒得比别人的少五分钱。"

阙大胖想来想去，只好同意，承诺把地里的灯笼椒全卖给高州贩子，并发下毒誓，如再卖给他人，天诛地灭！

高州贩子眼睛里的灯泡由一百瓦换成了一千瓦，肆无忌惮地吆喝着、挑剔着、克扣着。米庄人断然不敢得罪他们，他们已经成为米庄唯一的"皇帝"。此时他们比任何时候都要忙碌，连得意的时间也没有。阙七也忙碌起来，小心翼翼应酬手中挥舞着钞票的面孔。透过喜洋洋的人群，细心的人会发现，懒洋洋的、傻头笨脑的阙三兄弟坐在橡树的树杈上，俯瞰着别人数钱和吃炒粉，嘴角流着口水，口水落在米河里，看得出来，他们正为找不到轻易发财的途径而苦恼。但没有人理会他们，因为他们的责任田正生长着草。阙新春由过去每天宰一头猪变成宰两头、三头。米庄人成了邻村人眼红的对象，米庄人到了镇上赶集，大摇大摆的，个个变成了老太爷，那走路的架势只有过去的地主爷才有。阙大胖对这样激动人心时刻的到来做好了充分准备，他甚至和阙新春商量好，待大伙的钱都涨爆了衣袋，就要筹款修葺好祖屋和祠堂。但是，阙大胖忙着数钱的时候，敏锐的阙鸿禧一把将钱夺了过去说，"张九的白条，阙大胖的债。"

阙大胖支支吾吾，空荡荡的双手还在机械地重复着数钱的动作。

"你说过的，水莲也说过，你们得把我的白条换成现钱。只要白条还在我的手中，水莲母女就不准离开米庄。"阙鸿禧说。

阙大胖刚才火热的心一下子冷了下去。众人也从口袋里掏出皱巴巴的白条，不怕恶臭向他围了过来。

高州贩子高声说，"对，向阙大胖要钱！"

阙大胖后退几步，对众人说，"水莲说了，我也说过，我们给你们兑现，按这个好势头，不出三年，我就能把张九开出的所有白条都给你们兑成现钱。"

阙鸿禧说，"水莲说话不算，说不定她明天就像张九一样人间蒸发了，这事得阙大胖保证，我们的白条都得让阙大胖签上他的名字，签名就是画押，进了棺材也得承认。"

于是阙大胖便分别在签有张九名字的白条上也签上了自己的名字。

人们有理由相信豪迈的阙大胖。因为五亩灯笼椒，三年下来便能结出一大堆银子。他要做的事情只不过是把椒送到高州贩子的汽车上，然后把钱从高州贩子的钱袋里取出来转送到他们的手上。

然而凡是好日子都不会持续太久，眼看"椒庄"快要名副其实的时候，确切地说，是阙大胖的灯笼椒到了收获的时节，一场灾难性的滞销把"椒庄"夭折在萧瑟的秋风里。

五

这天清早，人们把地里的椒摘了满满的箩筐，等待高州贩子开着东风汽车穿过迷雾来到米庄。阙大胖掩饰不住头一次收获的喜悦，底气十足地和别人开着玩笑。人们看到他挑着闪闪发光的灯笼椒，便不敢小瞧他，反而对他产生了几分敬慕，有人讨好他，"大胖，你卖了椒，先给我兑现白条，我快建房子了。"阙大胖说，"我先给阙鸿禧兑现，他狗眼看人低，得用钱堵住他的嘴。"在阙七的杂货店前，云集了一群充满期待的椒农，他们在争执着谁先到谁后到，不自觉地排着队列，等到高州贩子一到，他们就可以按先后次序向高州贩子要钱。阙大胖虽然先到了，但他还是排到了最后。时间过得有点慢，是因为高州贩子迟迟不见踪影。太阳出来的时候，有些人赶紧摘些狗尾草遮盖于箩筐之上，有些人在打牌，有些人倚靠着箩筐睡着了。阙七开始调侃，"高州贩子昨晚数钱数累了，起不了早。"屠户阙新春说，"高州贩子的东风汽车可能坏在半路，正修理着，机械这东西跟女人一样，每月总有那么几天不顶用。"有人干脆说，"高州贩子找小姐睡，睡死过去了，忘记地球上还有个米庄。"阙大胖不相信高州贩子能在这个时候忘记米庄，但随着时间飞快流逝，他忍不住有点着急，甚至预感到了可能的不妙。他走到路口举目张望，直到雾气散尽，除了寥寥几辆农用车来往外，仍听不到东风汽车呼噜呼噜的声响。到了中午时分，人们开始躁动不安，阙鸿禧开始带头骂娘，"我 × 高州贩子，你们以为自己是地主爷？你们再不来，我们就卖给张九。"人们哄笑。

阙大胖笑眯眯地张望，远远地避着阙鸿禧，低声地说，"你们怎么能不明不白就骂人家呢？骂人的话隔了千山万水也能听到！"他踮起脚，往高州方向张望的脖子伸得更长了。

杂货店旁边橡树上的阙三兄弟突然幸灾乐祸地说，"你们完了，高州贩子不来了！"

众人不肯相信，说，"高州贩子只是很久没吃上阙大胖的猪卵蛋，肾亏得厉害，肯定是在高州城抱着小姐睡觉，睡死啦，得派个人去叫醒他们。"

阙鸿禧自告奋勇说，"我去，待到了高州城，我先朝他们的屁股狠踢一脚，然后对他们说，你们再不来，米庄的灯笼椒从此再也不卖给你们了！"

大家同意阙鸿禧的意见。理直气壮的阙鸿禧骑着阙新春的通身都粘满猪油的单车就往高州城跑。

黄昏，早已经横七竖八地坐在地上的米庄人终于远远看到垂头丧气的阙鸿禧匆匆归来。

但他带回来的不是高州贩子从床上跃起马上要开东风汽车赶来米庄的消息，而是噩耗。阙鸿禧心急如焚地告诉大家，狗日的高州贩子变卦了，不来了！

人们惊慌失措，怎么突然就不来了呢？高州贩子也是人，人总得讲信用吧，他们怎能像张九那样坏呢！

阙鸿禧说，"我到了高州，在一间下三流的饭店找到了香港脚他们，他们并没有和小姐抱在一起，而是蜷缩在墙角里喝酒，地上吐了一地，比阙大胖还臭。我对他们说，喂，高州佬，你们忘记米庄啦？你们跟我们签订的合同墨迹未干，你们不要把它当大便纸擦屁股！我们米庄的每一颗灯笼椒上都刻上了你们的名字，等着你把它们送到苏联，为你们扬名，我们也等着你们的钱买肉喝酒扮地主爷……

"但他们没有理睬我。他们醉醺醺的。我生气了，往他们的屁股猛踢一脚、二脚、三脚。他们就弹跳起来了——像这些高州贩子，你不踢他们，他们还以为自己真是皇帝呢！

"香港脚睁开眼睛对我说，是你呀阙鸿禧。我说除了我还有谁？我是米庄派来的，我们的灯笼椒像黄花闺女一样，一大早就在石拱桥边上等你们了。香港脚说，我们暂时不去米庄了。我说，为什么？你怕阙大胖杀你呀，你跟王桂花做过的丑事阙大胖栽到我头上了。香港脚说，别提那些没证没据的卵事，说正经的吧，长江、黄河发大水，洪水滔天，北上的交通运输瘫痪了，在高州火车站堆积如山的灯笼椒运不出去，黄了，烂掉，臭气熏天，我们亏大了，我们亏的是现钱，比张九输得更惨，你看，我连走路的力气也没有，就算你们一分钱不要，我也不敢收购灯笼椒，火车站现在正向我们讨要清理费。你找其他老板吧，或许还有冤大头。我一下子急了，我能不急？我三亩灯笼椒，还摘不到一半！

"此时我还不忘给阙大胖说情，毕竟大家都姓阙。我说，香港脚，阙大胖五亩灯笼椒，现在快熟透了，像一个个小灯笼挂在地里，我还以为他开了一个灯笼超市！他本事不小呀，把灯笼椒养得肥肥嫩嫩的，快要流奶水了，今天才第一次摘那么多的椒，摘了一担满满的，九凤欢欢喜喜等着吃猪腰豆芽炒粉。阙大胖的灯笼椒再不及时摘卖，便要变红了，红了就变成了烧坏的灯笼，没人要了，你们不能害死阙大胖。但高州贩子并不为阙大胖着想，他们好像不认识阙大胖似的，我也没办法，只有乞求他们。我是为大家乞求他们的，我快要下跪了。

"我说，你们的办法总比我们多，米庄的死活就靠你们了——米庄一直以来都是靠你们的……

"香港脚说，我们还有什么办法？过得了长江过不了黄河，过得了黄河过不了松花江，过得了松花江过不了苏联，过了苏联也没用。你们知道吗，苏联现在乱哄哄的，卢布比你们的灯笼椒贱得快，换回他们的卢布也只能当纸烧！

"我说，那我们怎么办？我们没有办法呀！米庄的灯笼椒熟透烂在地里，连泥土也快要变成了红地毯。

"香港脚说，赶快把椒苗和灯笼椒铲除，不要污染了泥土，来年还有希望。"

……

米庄人如梦初醒，又呆若木鸡。有人马上叫停阙新春高高举起的肉刀，"高州贩子不来了，我不要吃肉了！"

阙七手中的炒铲也戛然而止，把锅里尚未炒熟的猪腰豆芽飞快地倒出来。

阙三兄弟在高高的橡树上嘻嘻贼笑，忽而转过身去沙沙地撒尿。

"早知如此，种草也比种椒强。"人们开始漫无边际地谩骂背信弃义的高州贩子。夜色朦胧，骂声仍不绝于耳。

人们骂累后悄然离去，阙七的店关了门，阙大胖仍然瘫坐在米河边的一块石头上，也不抽烟，千百只蚊蛾和数只蝙蝠在他的头上盘旋。阙七离开前曾劝他回去，但他说，"也许高州贩子并没有那么坏，他们会连夜赶来——我宁愿相信高州贩子，也不相信阙鸿禧。"

米庄好不容易寂静下来的时候，夜已经有点深。九凤突然出现在阙大胖面前。她很清瘦，黑暗中看不清她豆蔻一般的脸容。九凤是十六年前阙大胖从高州乡下的路边捡回来的。那时九凤的父母似乎知道他将从那里经过，就将女儿装在一个竹箩筐里放在路边，她身上除了有十元钱和一张生辰八字纸外别无他物。这样子是告诉别人：这是弃婴。四下无人，阙大胖像捡了一个金蛋，异常激动，将她暗暗揣在怀里，黄昏中他把鞭子挥得呼哧地响，和还年轻力壮的公猪欢快地奔跑起来。当公猪步入晚年的时候，女儿也长大了，在放学回家的路上唱起广东的流行歌曲，唱得比谁都好听。虽然别人说她弱智，但她是个不错的孩子，现在，她就站在面前，你看，她多么地聪明，懂得把饭和菜分开，分别放在左右两个衣袋里。她用左手从口袋里掏出一把米饭，右手掏出一撮青菜，递给阙大胖，说，"爸，我怎么闻不到你身上的臭味？"

阙大胖笑嘻嘻的脸上绽放出难以想象的幸福。他托着女儿的小手，啃了一口她掌中散乱的有点发馊的饭菜，觉得比世界上任何东西都要香甜。

"你看，贪睡的阙七早早就关门走了，要不爸爸给你炒猪腰豆芽粉。"阙大胖说。但九凤摇摇头说，"等咱家的灯笼椒都卖完了，你也给妈妈和水莲炒猪腰豆芽粉。"

阙大胖想，如果高州贩子来拉走他地里的灯笼椒，就算给他卢布也好，三年后白条便没有了，他要一下子把阙七的杂货店买下来，天天给九凤炒猪腰豆芽粉。

阙大胖的畅想还远没有结束，九凤却很快在他的怀里睡着了，手里还抓着一把米饭，一些蚊蛾围在米饭周围伺机行事。阙大胖为躲避挥之不去的雾水，抱着九凤坐在阙七杂货店的屋檐下。米庄沉浸在死寂之中，阙大胖仔细地聆听，但没有一个人在梦中呼

当代中国最具实力中青年作家书系

喊高州贩子的名字，连王桂花也没有叫，唯一能听到的是地里的椒树仍在卖力地、不合时宜地生长、开花、分娩的声音，还有灯笼椒向着饱满、成熟、衰老、腐烂急速奔跑的喘息。这绝不是振奋精神的乐曲，否则，阙大胖也不会那么快就进入了梦乡。

第二天清晨，当人们再次担着昨天那些灯笼椒来到阙七店前的时候，满脸惺忪的九凤自豪地告诉他们，你们没有我爸早，我爸快到高州城了。

六

此时此刻的阙大胖还没有到达高州城。因为他是赤着脚挑着一担满满的灯笼椒在泥石路上走动，远没有平时和公猪走路那样轻松、愉快。但他走得也不慢。他已经脱掉了上衣，赤膊上阵，虚胖的、稀松的肌肉上下有节奏地晃荡。他依然笑嘻嘻地，嘴唇不断地翕动，仿佛和谁开着玩笑。

令他感到欣慰的是，在这条路上竟然有人要买他的灯笼椒。先是一个瘦的。

"大胖。"

阙大胖欢快地应了一声。

"你的灯笼椒我要了。"

"好呀，我正愁无人要。不过，灯笼椒也是菜，不可能没有人要，差点给阙鸿禧骗了——你给多少钱一斤？"

"两角。"

阙大胖不作声，担子换了肩头，侧身从瘦贩子身边走过，箩筐碰到了瘦贩子的腿。

"你不卖？"

阙大胖说，"我不相信这个世界真的变得那么离谱，前天还是一元一斤，一夜间变成了两角钱一斤，我地里的泥巴也不止这个价，不到高州城我就是心不死。"

一会儿，碰上一个胖贩子。

"一角五分。"

阙大胖吐了一口痰。

后来，阙大胖还陆续遇到了几个肥瘦不等的贩子。但一个比一个出的价钱少，太阳炽热的时候，他到了高州城外，一个狗日的独眼贩子竟然只给三分钱一斤。

"你进了高州城，三分钱也得不到，环卫工人跟着你，环保局盯死你。"独眼贩子说。

"我不相信高州是一座鬼城！"阙大胖说。他就径直进了高州城。

高州城里人头攒动，车水马龙，神态各异的贩子在高声吆喝。要在这样的大街上穿行不是一件轻松的事情，何况饥渴交逼的阙大胖还挑着一百来斤的担。他想早点把这担灯笼椒卖掉，换些银两炒一碟猪腰豆芽粉。高州城的猪腰豆芽粉比阙七的好吃。但没有一个人向他询问价钱，别人连看也懒得看他。因为大街上有太多像他这样挑着担走路的人，而且他们身上没有恶臭。

阙大胖知道供销社收购部就在人民食堂的旁边，他轻易便找到了。收购部里就两个人和一把地磅秤。阙大胖心想，收购站怎么那么冷冷清清？是不是刚刚死过人？他迟疑一下，才把担挑进去。

"喂。"收购部的白衣男人没好气地叫，"干什么的？"

阙大胖笑嘻嘻地说，"灯笼椒，多少钱一斤？"

白衣男人转身走进柜台，用布巾擦台。阙大胖的问话似乎没有进入他的耳朵。阙大胖想，莫非他们都是聋子？但看到他们在窃笑。又问了一次，没有回答，问第三次时，他快忍不住了，准备骂娘。他敢骂。但刚要张嘴骂人时，白衣男人头也不抬，往左侧指了指，对他说，"垃圾处理站转个弯就到了。"另一个嘴巴缺了半边的黄衣男人突然忍不住笑得前俯后仰。阙大胖却忍住了，没有骂人，因为白衣男人毕竟给他指明了方向。又说，"烟瘾发作了，我想抽——用一下你们的水烟筒。"白衣男人摆摆手说，"吸烟不利于健康，我们不抽烟，没有水烟筒，高州城开始禁烟了，上班时间吸烟要扣钱，你不知道？"但阙大胖看到了一根水烟筒就藏在柜台脚边，并正向他致意。抽不上烟他就挑着担走，往与垃圾处理站相反的方向走。收购站的两个男人轰然大笑，白衣男人摸起水烟筒得意扬扬地点烟。阙大胖嘴里的口水像麦芽糖一样粘了，但他仍喋喋不休地说，"你们要笑就笑你们老母裤裆下的二两肉，那比我的灯笼椒还贱，生下你们后就成垃圾没人要了——这样的收购站，很快就要变成了太平间！"

与垃圾处理站相反的方向便是火车站。阙大胖窜来窜去，越过几块菜地和两排茅草房，破旧的高州火车站便展现在眼前。火车站里依旧像收购站那样冷冷清清，一眼望去，全是堆积如山的灯笼椒，像无数废弃的旧灯笼垒在一起，几架推土机把那些灯笼椒推到一边装上垃圾卡车运走。喘着粗气的卡车来来往往，忙碌得像搬家的蚂蚁。面对永远也清理不完的灯笼椒，推土机司机好像也不是那么高兴，他们满脸厌倦，一副要骂娘的样子，阙大胖生怕引起不必要的误会，只好赶快掉头。

再次经过茅草房的时候，阙大胖终于看到了香港脚他们几个醉醺醺的嘴脸。他们正在房子里兴致勃勃打牌，一点也看不出他们有什么解不开的烦恼。茅草房的门刚才是关着的，现在敞开了。

阙大胖站在门外，喊了一声，"香港脚。"

香港脚敏锐地抬头，惊喜地说，"大胖，你也有空来高州城？"众人放下手中的牌，热情地向阙大胖围过来。

"灯笼椒。"阙大胖说。

"这些不是灯笼椒，是垃圾。"香港脚说，"你辛辛苦苦挑一担垃圾来高州城干什么？"

其他贩子七嘴八舌，有的拿着硕大的灯笼椒啧啧称赞。

阙大胖摆动着担子，不让他们捏弄他的灯笼椒。

"灯笼椒，"阙大胖说，"多少钱一斤？"

"没有价钱。阙鸿禧没有告诉你长江发大水吗？苏联乱哄哄的，卢布都变成了垃圾。你的灯笼椒总算到了一趟火车站，总比米庄其他人的灯笼椒好，他们的灯笼椒还在地里呢。"

"我，我有五亩……我得为我女婿张九兑现那么多的白条，你们总得为我想想办法，我的椒比谁的都肥嫩，我可以一担一担地挑到高州城给你们送来，你们可以不给我人民币，给我卢布也成。"

"呸，现在谁给我们卢布！滚吧，我们打牌去。"

于是他们嘻嘻哈哈又回到房子里打牌。阙大胖放下担子，抽出扁担，大声说，"你们真的不要我的灯笼椒？"他生气的时候也是笑眯眯的。

无人回答。阙大胖冲上前去，高高举起扁担，但不敢打下去，便学着阙鸿禧，先抬腿轻轻蹭一脚香港脚的屁股。香港脚回头一瞪眼，"你敢打我？伙计，你们看，阙大胖想打架，他也敢打架！"

阙大胖说，"我没有……"

但他们一拥而上，将阙大胖按倒在地，拳头啪啪地落在他的身上。

阙大胖在地上说了些什么，谁也听不到，拳头把他的声音打压下去了。阙大胖痛得不成，挣脱右手本能地往他们的脸上扫过。香港脚呀一声惨叫，掩面站起来。

原来是阙大胖坚硬而锋利的指甲划破了香港脚的脸。血流如注。

香港脚说，"阙大胖阉过很多猪，指甲有毒，快送我去卫生院。"几个贩子匆匆忙忙打了一顿阙大胖，累了才放手，说，"他妈的，惹得我们一身臭。"

香港脚被他们扶着往医院跑。阙大胖看看身上的衣服，虽然被他们撕裂，但总算没有伤，觉得自己占了便宜，吃了拳头的地方也不痛了，便愉悦地收拾起被他们踢翻、撒得满地的灯笼椒，收拾完毕，挑起担慢吞吞地往回走。

此时高州城的行人已经变得稀稀拉拉，摊贩开始收拾摊档。在一间小粉店前，饥渴难耐的阙大胖对老头老板慷慨地说，"我这担灯笼椒和你换一碗猪腰豆芽炒粉。"

那老头抬眼看了看阙大胖，向他挥挥手。手指是向外挥的，意思是说你滚远点。阙大胖没有马上走，口袋里没有钱。昨晚他没带钱。一担灯笼椒本身就是一担钱，现在忍痛大甩卖，看这个老头顺眼，就把这便宜送给他老人家。但老人家似乎明白无功不受禄的道理，不轻易接受陌生人的馈赠。

"老板，我的意思是说，我等于白送一担灯笼椒给你了，你也不必说太多感谢我的话，只需给我一碗粉。"

但老头仍重复着刚才的动作。

"一担灯笼椒换一碗粉，下辈子你再也碰不到这种便宜事了。"

老头的手指仍向外挥动，越挥越急促，最后变成了青筋突起的拳头。

"那你给水龙头让我喝口水。"阙大胖迅速降低了期望值。

"你的身上太臭。"

"我……那你用矿泉水瓶给我装一些扔给我——最好加些盐。"

"你多走一里路就到高州河了，那里的水多得喝都喝不完。"

阙大胖又原谅了这个老头，因为他也给自己指明了方向。阙大胖没有骂老头，也许他已张不开嘴巴了。

高州河比米河辽阔。它绕着高州城蜿蜒南去。它的尽头是南海。其实高州河的上游就是米河，高州人喝的水说到底是米河的水。精疲力竭的阙大胖在岸边放下重担，俯身下去，用干净的双手掬水喝。喝了一口，才发现上游的不远处有米黄的粪便从一家养猪场里流出来，向他这边漂浮而下，并已经到了他的脚下，刚才喝的水一下子没有了甘甜的口感，甚至有些恶心，想吐。阙大胖想看看这些缺德的高州人是怎样养猪的，便迂回爬上了那家破破烂烂的养猪场围墙。透过墙孔，看到养猪场里几个女人哄着一头母猪，一个男人拿着针筒和一根软管，笨拙地在母猪的屁股上蹭来蹭去。阙大胖觉得奇怪，有这样给猪打针的吗？但他的思维还没被饥饿搅乱，马上想到了香港脚说过，高州城里已经推广人工授精了。也许不知廉耻的高州人正在操劳着这个新玩意，和他的公猪争夺饭碗！阙大胖终于支撑不住，眼前一黑，躯体往后一滑，脚下松松垮垮的泥土顿时哗啦啦地土崩瓦解……

按阙大胖后来的回忆，他是昏倒了。醒来时已经躺在养猪场的一块杀猪用的脏兮兮还粘着血迹的木板上。此时猪场里灯火昏黄，阙大胖爬起来朝猪栏里张望，四下无人，只有猪在打呼噜，便飞快地从猪槽里抓了一把米饭，塞进嘴里。吃饱后，才有了力气，发现自己的那担灯笼椒就在不远处，挑起就走。他不愿和救了他的高州人面对面，因为面对他们，总得说一声"多谢"，他连这一程序也节省了。猪场没有门，四通八达，但夜色已经深沉，高州城陷于一片无边的黑暗之中。"高州城，我熟悉得很，闭着眼睛也能摸到回米庄的路。"阙大胖后来吹嘘说。他就挑着灯笼椒从高州城摸黑回到了米庄。跨过石拱桥时，公鸡才第一次鸣叫。

第二天一早，阙大胖将那担转了一圈子高州城的灯笼椒倒进米河。人们正在挑水、洗菜、刷盘子。灯笼椒撞击着他们的脚跟并漂进了他们的水桶和菜篮里。

阙鸿禧匆匆赶来阻止阙大胖，"你怎能把椒倒掉？你倒掉了椒，我们的白条怎么办？"

阙大胖说，"我说过，迟早我给你们兑现，卖血也得兑现。"

阙鸿禧说，"你的血也臭，医院不收。"

阙大胖说，"那我卖肾，高州城一只肾五万元，深圳卖到了七八万。"

人们半信半疑，看着阙大胖把灯笼椒往米河里倒，后来他们也纷纷扬扬地跟着阙大胖把地里的椒向河里抛掷。

时光就是一乘巨大的水车，它在米河的下游转呀转呀，高州贩子远在天外，根本看不到它转得多么艰难，一天才能转动一圈，每转一圈，米庄就要倒掉几千斤的灯笼椒。米河看不到了水，只有一河灯笼椒像泥石流一样缓慢地往高州流泻。又像一河艳丽的灯笼，明明灭灭，把漫长的米河照得通体透明。米河离开米庄不远就不叫米河了，到了高州城就叫高州河。千万只灯笼漂流到高州城耗尽灯油便熄灭了，变成了发臭的黑色的尸体，流离失所地浮游着，堵塞在高州城的河道里，铺满了宽阔的河面，杀死了鱼群和水草。河水见不着阳光，很快就发臭，细腰蚊子和大头苍蝇迅速成长为高州河上剽悍的主人，它们像被压制多年的匪徒突然翻身，便呼朋引伴，聚众闹事，带着臭气铺天盖地横冲直撞，迅速占领了街头巷尾，推开坚硬的门窗潜入千家万户，肆意攻击。很快，高州市政府就派人到陶城县政府协调，因为高州河变成了椒河，雨季已经到来，暴涨的河水随时能把高州城淹没。

七

当风度儒雅的镇长再次来到夭折的"椒庄"劝阻人们停止向米河倒灯笼椒的时候，从其他地方刮来的米价飞涨的台风已经以迅雷不及掩耳之势袭击了这个区域。米价和椒价刚好逆向而行，几天前还三角五分一斤的议价米闪电般涨到了一元，听说还在涨。如果不是亲历，米庄人断然不会相信平平常常的大米也能掀起巨大波澜。"米庄一减产，全国就缺米！"偏偏是在这个时候大米和米庄开了一个玩笑。米庄陷入了随之而来的"米荒"。人们从镇上回来，提着一袋袋的劣等米，但提的一次比一次少，因为大米的价格一次比一次攀升，突破一元大关后，米铺的标价牌仍在一天数变，像一头脱缰的倔牛越走越远。米庄人在镇上不再像地主那样神气，他们躲躲闪闪地从米行里出来，用草帽遮掩着脸，夹着尾巴逃之夭夭。回到阙七的杂货店前，他们才恢复了尊严，骂骂咧咧，添枝加叶地宣扬说，镇上米的价钱像深圳的股票一样，眨眼之间千变万化，上午能买一袋米的钱，下午只能买一口盅的米。

"大米都变成了金豆。"阙鸿禧说，"不过，我不怕，我还有陈粮。我五个女儿从深圳源源不断寄回钱票，一张钱票千斤米，我怕什么！涨吧，涨得更快一些，或许真的可以饿死一些人！"

阙鸿禧的幸灾乐祸激怒了一些人。但人们终于明白，人以食为天，食以米为本，米庄本来就是以米立村，却折腾什么灯笼椒，遭到了报应，不能怨天尤人。大家只好各显神通，东奔西走借米度日。阙七的炒粉生意已经日渐暗淡，阙新春的屠刀悬在刀架上锈迹斑驳，不久他就去了深圳，制作假洗发水。阙大胖同样陷入了恐慌。来请他和他的公猪的人越来越少了，公猪的肚皮饿得如空囊，在栏里急得团团转，发出尖厉的怒吼。也许性欲旺盛的女人都需要巨大的饭量作为支撑，王桂花一人就把全家人的食物扫荡一空。水莲吃不饱，也不敢吃饱，奶水一下子就枯竭了，小宝把她的奶头咬得红肿红肿的，仿佛要啃肉。九凤常常半夜里醒来，吵着要水喝。阙大胖知道她哪里是要喝水，分明是饿得不成了。与懂事的九凤比起来，阙老董就没有那么体谅了，他也常在半夜起来，爬到厨房，翻箱倒柜，把锅、煲等厨具敲打得啪啪响，还大声嚷，"阙大胖，你把米饭藏到哪里了？我就知道你嫌我老不死，想活活饿死老子。"

阙大胖一夜间白发满头。米桶空荡荡之后，他无处可借，只好驱赶着公猪漫无目标地去高州乡下听从别人招呼。然而岁月的流逝在公猪的身上留下了太多的痕迹，它已经无法忍受漫长的旅行，更无奈的是，在年轻的母猪面前，它露出了力不从心的胆怯，嘴巴老是在母猪的屁股上蹭来蹭去，却连爬上去的意思也没有，任阙大胖怎样吆喝、鞭打乃至威逼利诱也无动于衷。忍无可忍的母猪先于它的主人生气了，呼呼地冲着阙大胖怒吼两声，然后扬长而去。虽然事情没有成功，但母猪的主人却也仁至义尽，鸡蛋是没有的了，还是给了阙大胖两三斤大米。阙大胖尴尬而感恩戴德地把米放进布袋里，一边谩骂、踢打着公猪，一边对主人千恩万谢地离开。在回家的路上，他们再也不像兄弟一般亲密地说笑，而是彼此一言不发。阙大胖越来越觉得这是一种变相乞讨，是丢人格的事情，想终止，但每天都被王桂花推出家门。终于有一天，阙鸿禧知道了这个秘密，并在杂货店前公之于众。

"阙大胖也学会了骗人！可惜苦了他的公猪。"阙鸿禧说，还从阙大胖手里抢过半袋米，"这点米臭是臭了些，喂猪还可以，我没收了，算利息。"

阙大胖僵笑着说，"那是我全家的口粮。"

阙鸿禧说，"欠债还钱，没钱给米，天经地义。"

众人说，"阙大胖，我们手中的白条快发馊了，像谷种一样，谷种发了馊还会发芽，也就是说，你得算利息。"

阙大胖不断地点头说"利息是要算的"，别人追问怎样算法，他却没有再说话，也没有叫阙七炒猪腰豆芽粉，这一次他跑到前面拖着公猪回家。在这个艰难时期，米庄没有像阙鸿禧所期待的那样饿死人，连阙大胖也能安然度过，只是没有人知道阙大胖是怎样度过那个寒冷的冬天的。米庄人在废弃的椒地上赶种马铃薯，希望度过冬天后，迎来收获的春天。但人们对土地的热情大减，面对肥沃的良田表情麻木，身心疲惫，全无当初挑灯夜战的激情，倒是怂恿孩子们逃离学校，去广东打工。于是，米庄出现了另一个宏大的场面。孩子们云集在村公所门口，争先恐后挤上了去广东的班车。九凤也想钻上班车，但被人硬生生拖了下来。"到了深圳，别人会拖你进精神病院的。"拖她的人说。九凤提着水莲留给她的尼龙布袋，带着失落回到了阙七的杂货店。

"阙七，你给我十斤大米，等我的病好了就嫁给你。"九凤说。

阙七摇摇头，"你先治好病再说。水莲都不能相信，我怎能相信你呢？"

九凤生气地说，"水莲怎么啦？水莲哪句话不算数了？你竟然还说水莲的不是，要是你强奸了她，你就说她的好话了——可惜小宝一点也不像你这个瘦猴。"

阙七不想跟她争吵，赏给她一只薄薄的糯米糖饼。九凤一把夺过，扔到米河里。

八

科学进步一日千里，连阙大胖也挡不住。当村里的母猪们发情的时候，镇兽医站的技术员告诉人们，"要想猪仔好，必须靠杂交。"意思是说要人工授精，他说尽了兽医站精子的好处，甚至说"杂交猪不用喂米饭也能长膘"。母猪的主人相信了神奇的科学，并为难地跟阙大胖说起此事。阙大胖说，"那新玩意终于来到了米庄——看来连你们也不需要我们了。"人们试图辩解，但仍不能让阙大胖释怀，"你们为什么拒绝免费服务而花钱人工授精呢？"当人们像高州养猪场里的男人一样，拿着红色胶管和针筒在母猪的屁股上害羞地蹭来蹭去的时候，阙大胖就在旁边默不作声地等待试验的失败。但人们还是奇迹般地成功了，而且这新玩意像瘟疫一样传得飞快，不久便家喻户晓，几乎人人均可操作。

同样挡不住的还有手持白条的男女。他们每一次来到家里，都大声地质问着把阙大胖逼到墙角，水莲为此羞愧得无地自容。她不断地向债主们解释讨好，但丝毫不能减缓接踵而至的压力，在充满火药味的诘难中水莲几乎没法站立，抱着小宝蜷缩在灶台前。阙鸿禧失去了耐心，说，"阙大胖，你拿什么给我兑现？你的粮仓里没有米了，你有七只未成年的鸡，我不要你的公猪，你的床太破旧……你把你的半个猪栏割让给我算了。"阙大胖说，"不成，这是祖宗留下的屋地，割不得。"阙鸿禧说，"由不得你不割。"说罢拣三张白条掷给阙大胖说，"拆了你的半个猪栏，我便能建一幢方方正正的楼房了。"

阙鸿禧离开的时候顺手拿走了几张矮凳，说，"还算坚固，可以坐着洗澡。"

受到如此羞辱的王桂花越来越看不顺眼水莲，她不仅给家里增加了两张嘴，还带来了拒之不尽的债主和挥之不去的恶名声，"你被别人搞大哪里不好，偏偏搞大了肚子；嫁哪个男人不好，偏偏嫁了废张九。六万多元的白条你也得还，你干脆改嫁算了，你的命跟我一样，都得嫁好几次。不过，我要看哪个男人出的价钱高。"水莲呜呜地哭，怀里的小宝也哭。九凤摇着王桂花的手，恳求她不要逼水莲。

"让我去嫁，水莲不要嫁。"九凤说。

王桂花不耐烦，推一把九凤说，"神经病！"

水莲摘下脖子上的金项链，递给母亲，"就剩下这点了，先买些米吧。"

但王桂花没有把金项链拿去换米，几天后，水莲看见张九送给她的项链已经戴在母亲粗黑的脖子上，睡觉时压着项链，在那里留下明显的血痕。

又过了几天，水莲搬到了米河对岸的山坡上住。那里有一片属于村集体的橙树林，多年前曾承包给化州人，因赚不到钱，好久没有人问津，现在荒芜了。化州人在山坡上留下了两间土屋，把狗屎打扫干净安装上栅栏门还可以住人。阙大胖拦不住水莲。九凤给水莲送去了一套炊具和餐具，以及被褥、蚊帐，后来干脆跟着水莲过夜。然而，水莲依然摆不脱烦人的干扰。那些手持白条的男人越过米河爬上了山坡，笑容可掬地叩开了栅栏门。有一天，水莲寻了一个借口怒斥了一顿九凤并把她赶走。九凤委屈地离开水莲和小宝，在阙七的杂货店前徘徊。别人笑她，她也不知道别人为什么会笑她。倒是王桂花明白了，她终于走出家门口，气冲冲地爬上山坡，推开栅栏，揪住水莲的衣服就打。此时的水莲学会了反抗，她把王桂花踢出了土屋，如果再加上一脚，王桂花也许便要像冬瓜一样滚下山坡去。阙大胖开始也不明白别人为什么笑嘻嘻地对着他，后来有人告诉他，"阙大胖，水莲手上回收的白条越来越多，你越来越轻松了，再过二三年，你用不着费多大功夫就能把你女婿张九的屁股擦得一干二净！"

阙大胖满腹狐疑地爬上了米河对面的山坡。水莲从席子底下摸出一沓白条给他说，"爸，这些白条在他们的手上就是绳索，在我的手上便成了废纸，到了你手上点一把火又可以将它变成灰烬。"

水莲的脸色比过去红润了不少，小宝自由自在地爬来爬去，还不时冲着阙大胖呱呱地含糊不清地叫"外公"。阙大胖讪讪地笑，轻轻掩上栅栏门，迎着落日下山。

九

灯笼椒事件过去后，日子过得很平淡，太平淡了。平淡的时候人们总会想一些稀奇古怪的事情，从人工授精到一夫多妻，从南洋地震到周公解梦，反正阙七总要找一些引起争议的话题摆放在杂货店门口，让闲聊的人们去争论，以此维持杂货店好不容易热闹起来的人气。近来，人们在争论一个看上去豁达实质上有些无奈的话题：什么才叫正常死亡？阙七抛砖引玉说，"车祸不算，地震不算，烧死不算，淹死不算，胀死不算，饿死不算，摔死不算，自杀不算，凶杀不算，病死不算，蒸发不算，劳改死不算，闷死不算，疯死不算，不明不白死也不算……那么，只有老得力气去尽，宏愿已遂，了无牵挂，静静地躺在熟悉的床上，缓缓张开双手，两腿慢慢伸直，脸颊偷偷变暗，鼻孔冉冉收缩，内心轻轻平静，眼睛渐渐闭合，灵魂徐徐升腾……这才叫无疾而终。"阙七开了一个头，人们就沿着他的思路各抒己见。对于这种不痛不痒的话题，不甘寂寞的阙大胖有时也要插上几句嘴，但总是自言自语，没有人听到他在说什么。别人说到精彩处，他也笑眯眯地点头表示赞赏。他不在场时，别人也一样说得热腾腾。日子别人是这样过的，阙大胖也这样过。但别人的儿女从广东寄回来钱票的时候，或别人筹划着建设楼房设计图纸的时候，他只能凑上去看一下，分享别人的乐趣。自由的言论、活跃的思想在这里碰撞，乐趣慢慢又回来了，"椒难"的阴影逐渐远去，人们的元气在乐趣盎然中恢复过来，终于有了时间和心情思考和讨论温饱、床第以外的事情。米河上的水车转得越来越快，时间变成轻飘飘的蝉翅，颤动得连人也感觉不到。

或许只过了那么几个月，或许是在一年之后，在阙大胖手中回收的白条越来越多的时候，香港脚率领的高州贩子又嬉皮笑脸地出现在米庄。人们发现香港脚左边的脸上多了一道暗淡的伤疤，以为是给哪个小姐抓的，永久性地留在他的脸面上，由于这一条沟壑的阻挡，他左脸下半边的笑容总传递不到上半边去，沟壑变成了天堑。但他们都在歉疚地、试探性地微笑。伸手不打笑面人，米庄人也对他们毫无办法，家里养的鸡、猪、狗和其他能换钱的东西只得又交给高州贩子。高州贩子不再动员米庄种灯笼椒，也不劝导种法国豆，因为吃一堑长一智，他们想发动人们种什么东西都不可能得到米庄人的响应，哪怕他们免费提供种子。但米庄人对高州贩子爱恨不得，恩怨难清，米庄的命运总是与高州贩子紧密相连。

"这一次你们种巴西芭蕉，我不敢保证一定会发财，但你们不妨一试。八个月后我们还来这里收购，把米庄的芭蕉出口美国，美元比卢布坚挺。"香港脚说，"不过，你们不要轻易相信我们。"

没有人会轻易相信高州贩子，连阙大胖也不会。但米河总是向前流淌的，他与其他人一样轻易地忘记了过去，他还希望从高州贩子的嘴里听到新的信息。那天，当阙大胖跟王桂花说起香港脚时，正兴味盎然地唱着粤戏的王桂花怒发冲冠，抄起一根烧火棍出其不意地横扫在阙大胖的腿上。他的左腿先于他的惨叫发出了树枝折断般的声响。事后证明，他的小腿断了一条软骨。阙大胖对村卫生室的医生说，幸好断的不是硬骨头，区区一条软骨起不了多大作用，不治也罢。但后果无法逆转，阙大胖的左腿大不如前，也就是说明显瘸了，挑不得重担，走路还得拖着这条腿，显得有些累赘。王桂花恨别人在她面前提起香港脚，别人都知道，唯独阙大胖蒙在鼓里，冒了大不韪，这是咎由自取，怪不得别人。

阙大胖并没有因此而痛恨高州贩子和香港脚。他说，"我再相信一次你们，我种芭蕉，我就不相信明年长江又发大水。"香港脚似乎早已经忘记脸上伤疤的来历，他宽容而诚恳地对阙大胖说，"你想清楚，不过你可以再到高州去看看，有多少田地开始种上了芭蕉，像你这样的家庭，你的腿又瘸了一条，自然去不了深圳，你学不来阙鸿禧，他不用种芭蕉，天天在杂货店前吹牛，只等着用女儿寄回的钱票起高楼；你也学不来阙迎春，他的大儿子现在在陶城县政府做事，将来他迟早要进城当老太爷。你学谁呀？你靠谁呀？改变命运还得靠你自己——你看你一天天地衰老了，他们的手上还捏有你的白条，不靠种田你能做什么，过几年或许连田也种不成了！"

阙大胖觉得香港脚的话有理，就平整土地，张罗土肥，开始新的征程。阙老董忧虑地说，"你还相信高州贩子？"阙大胖说，"我不相信他们，我还相信谁呢？"阙老董嘴里不断发出喊喊喊的轻蔑不屑的响声。阙大胖从香港脚手中买进芭蕉苗，毅然种了两三亩芭蕉，像当初种灯笼椒一样寄托了无数希望。芭蕉比灯笼椒长得慢，心急不得，闲着无事的时候，阙大胖又远远地坐橡树底下，笑嘻嘻地听着别人吹牛吹得山响。有时他也自言自语地发表自己的观点，但没有人听得到。听不到也没关系，他本来就不打算让别人听到。只是有时他说着说着，竟倚靠在橡树下呼呼睡着了，九凤和家里的那条老狗来找他的时候，他才双手扶着干滑的橡树，吃力地站起来，抬头一看，原来天色已晚，米河水面漆黑一团，杂货店门前早已人尽散去，阙七也已经走远。

"要是阙七没走，爸给你要一碟猪腰豆芽炒粉。"阙大胖老是这样说，"等爸爸有了钱，就买下阙七的杂货店……"

九凤扶着踉跄的阙大胖，沿着与米河前进方向相反的小路回家。大路上也没有来来往往的行人。那棵原生于北美的红色的橡树像一座灯塔，发出淡红的光亮，米庄的夜晚才因此而增色。

十

那几天的天气非常好，阳光明媚，没有雾气，能清楚地分得出谁家的鸡在鸣狗在吠，还有些风，风从南面的高州越过数不清的山峰迂回而至，带着荔枝花的芳香。米庄人的心情普遍很好，彼此可以试探着和对方开些玩笑，调节一下由于猪价下跌带来的不快情绪。但阙大胖最近很烦躁，烦躁得根本不能用玩笑或其他有效的办法来缓解。他的烦躁与猪价的下跌没有关系，他不养猪，但不期而至的台风就像一个令人厌烦的讨债鬼，三天前它又来了一次，而且来得急遽来得热烈，来得他妈的不是时候。阙大胖的一地芭蕉被横扫后又听到了芭蕉价格急掉的消息，半天一个价，一价更比一价低，最后芭蕉比泥土更贱，在高州城的火车站堆积如山，商贩要花钱请推土机清理出去倒到山沟里，还要给环保部门一笔钱，消灭堂而皇之占领了整个山沟的老鼠和蝙蝠。与上一次灯笼椒事件不同的是，香港脚说，"这次长江黄河没有发大水，但苏联人民不吃芭蕉，美国人民也不吃。"阙大胖没有理由不烦躁。他对香港脚他们说，"你们总得讲讲良心。"香港脚略带讽刺地说，"你地里的芭蕉被台风扫荡过后太难看了，比公猪的屁股还难看，喂狗也不吃。"阙大胖说，"我求你们了，我给你们下跪。"于是阙大胖就给香港脚下跪。香港脚完全不记脸上伤疤的仇，反而动了恻隐之心，拍着胸脯送给阙大胖一颗定心丸，"明年，明年你种生姜，我们一定全要，亏损多大也要，我们好歹得做一回好人。"

阙大胖的左腿瘸了，自然不能挑着芭蕉去高州城。王桂花饿得嗷嗷大叫，根本没有气力唱粤剧，声称要将阙大胖的另一条腿也打瘸了。阙大胖笑嘻嘻地说，"不要，不要，两条腿都断了，就得跟我爸一样用手走路。"家里卖掉了好几只鸡和那条老狗，换回来一些米，王桂花天天抱着米桶睡觉，不让阙大胖吃饭。阙大胖觉得不要紧，天天吃芭蕉——幸好种的是芭蕉！

　　阙大胖没地方出气，并且为了减小粮耗，决定把亲密的公猪杀了，因为母猪都已经愿意接受人工授精，它成天呆在破破烂烂的猪栏里，除了嚎啼外毫无用处，反而更招惹米庄人的憎恶，说到底是影响了主人威信的重建。阙大胖杀公猪肯定像杀死自己的父亲一样痛苦。他先将公猪引诱到一个事先布置好的陷阱，公猪不知道大祸将至，依然和阙大胖说说笑笑，亲密无间，以平日悠闲的步伐向前。它已经衰老啦，眼眶满是眼屎，视网膜衰退得厉害，视线有些模糊，走得有些蹒跚。看到众人分列两旁，捂着鼻子，它也许以为人们要向它敬礼了，就庄重起来。突然，阙大胖闪到一边，公猪看清了主人忧郁的眼神和无奈的表情，意识到它可能要上屠台了，因为有人对它的累赘的肉膘指指点点。它的肉人是不会吃的，但能用来喂狗。全村有一百一十三条饿狗。公猪回头用泪眼询问阙大胖。阙大胖说，"阙鸿禧占了你的猪栏，逼得你快没有家了，我们连回家的路也没有了，我要杀了他全家，你先行一步。"公猪明白了，大义凛然地向前跨出了一大步，轰一声掉到了用温暖的稻草和冰冷的芭蕉叶联合伪装的陷阱里。陷阱里空荡荡的什么也没有，公猪的前脚爬到泥墙上，嗷嗷大叫，从嘴角溢出来的白沫像蜜糖一样富有弹性。阙大胖拿来一条塑料管，打开水龙头，往陷阱里放水。围观的人都说，"阙大胖，你不该让公猪这样死法，它毕竟养活了你七八年，让它正常死亡吧。"

当代中国最具实力中青年作家书系

阙大胖肥厚的肚皮露出半边，内衩的三分之一露在裤头之上，脸颊上长期存在的笑容聚敛，对围观的人说，"什么才叫正常死亡？人都不能正常死亡，何况一头猪！我杀了它，再杀阙鸿禧一家。"

大家哄堂大笑。

"你们真以为我不敢杀？"

"你看你连猪也不敢杀，还杀人？"

"我这不是杀猪了？"

"这叫杀？没有血腥怎么能叫杀呢？是猪自己灌饱了水死的，这至多只能叫软杀。"

"怎么才叫硬杀？"

"你得把它的脖子割了，或白刀子进去红刀子出来。"

"我杀阙鸿禧一家就用斧头，一斧头一个。"

"你不敢。"

"我敢。"

"要是你敢，芭蕉树上也结菠萝。"

"你们狗眼看人低……"

人们不顾腥臭，用毛巾捂住嘴鼻，看着水慢慢淹没了公猪。公猪没有挣扎，安静地伏地，等待水进入它的鼻孔和肺部。公猪的肺能装很多的水，像大象一样。水龙头的涓涓细流流了一个下午，才将它的肺部填满，到了黄昏，三个等得不耐烦的高州贩子离开后，它才慢慢闭上眼睛。它一闭上眼，肚皮突然像气球般爆裂，腥臭的水均匀地射向四周寻找目标，结果溅了围观者一身，他们忍不住终于吐了，翻江倒海地吐。阙大胖很快就把公猪就地埋葬了，然后在那里种上了一棵桉树。那是澳大利亚的速丰桉树种，三年后就能长到高不可攀。

此后的日子，阙大胖无所事事，地里的芭蕉就让它烂掉，他已经盘算好，明年改种生姜，即使烂掉也不再卖给高州贩子。公猪被埋葬后的第二天，便听到高州贩子说，九凤的亲生父母正四处找寻他们的女儿，并且已经知道她的养父是一个猪郎公。

"他们怎么能随便反悔呢？他们也是人，人还得讲点信用吧？扔掉了十几年的东西哪能再收回去——现在我不是猪郎公了，不是了，米庄从此再也没有猪郎公！只要你们不告密，他们就找不到米庄来。"阙大胖对高州贩子说。

"但你身上永远都散发着公猪的气味，哪怕在高州城也能闻到！"高州贩子故作忧心忡忡地说。

于是在还不适合游泳的时节，阙大胖跳进米河下游，用洁白的沙石刮去身上的污垢，用岸边的狗尾草和茱萸还有野花往身上擦，从头到脚，把身子擦得皮开肉绽，通身红肿，不时渗着血水。高州贩子笑得前俯后仰之余，乘机向他推销一种过期的泰国香水。阙大胖每天喷过香水后就在米庄转来转去，希望别人对他体味的幡然改变有所察觉。为了寻找引起轰动的话题，或者说要引起别人的注意，把人们乱七八糟的注意力集中到他的身上，阙大胖逢人便说我要杀了阙鸿禧一家，一个不留。对于这种事先张扬的凶杀，大家本来就不信，听多了，就有些烦，嗅到他身上不伦不类的比原来更难闻的气味，就避之唯恐不及。阙大胖心想，他身上不应该还有公猪留给他的恶臭，人们之所以还不愿接近他，对他产生好感，问题不是出在他身上，而是出在身外之物——泰国香水上。因为这种散发着波罗蜜气味的香水与米庄女人用的不太一样。此时的阙七大概已经积攒了一些钱，变得势利而底气十足，以至于连他也敢拿阙大胖开涮。他幸灾乐祸地告诉阙大胖，"你身上洒的是泰国人妖表演时用的香水。"

阙大胖始料不及，愤怒地把香水瓶砸在地上。高州贩子此时不敢笑他，作为补偿，也或许为了表达歉疚，高州贩子向阙大胖通报了最新情况：那对寻找女儿的夫妇昨天曾到了黄石坳。

黄石坳离米庄仅有一箭之遥。阙大胖分明感觉到了那对反悔夫妇脚步的逼近。他们就像不断上涨的洪水，快淹到米庄了，快得让阙大胖根本无法躲闪。

纵使再吃更多的亏，阙大胖也不敢轻易得罪高州贩子，一来怕他们告密，二来要他们随时提供情报。这天阙大胖当着众人的面，向高州贩子道歉，"我错怪了你们……芭蕉价贱与你们无关，要怪就怪全国人民不吃芭蕉——连一个阙鸿禧也管不了，谁能管得了全国人民呢？明年地里的生姜还是由你们收购，价钱嘛好说。"

高州贩子的面子和权威失而复得，自然恢复了神气。但阙七取笑说，"阙大胖，你和高州贩子同流合污，看来你并不想杀人。"

阙大胖最怕别人说他言而无信，坚决反驳道，"杀人与高州贩子有什么关系？我杀的又不是高州贩子。"

阙七说，"你在吓唬阙鸿禧，也想吓唬全米庄人，让他们不敢向你讨债，但谁把你的话当一回事？你的公猪可能会相信你，它总是相信你，可惜你杀死了它。"

这样一说，阙大胖真有点后悔杀了公猪，他应当像养自己的父亲一样将它一直养到老死那一天。

十一

中秋节的晚上，阙老董坐在桌前不肯吃饭。他说，"你们不能忘记了水莲，我快死了，你们得让水莲跟我吃一顿饭，表明我并不愿把对她的怨恨带到棺材里去。"阙大胖突然记起一家人好久没有坐在一起吃饭了，让九凤到米河的对面请水莲回家吃顿晚饭。九凤扔下碗筷就往米河对面飞跑。但直到月亮升得老高，仍不见她带着水莲回来。阙大胖乘着渐渐明亮的月光，涉过米河，在离土屋不远的幽暗的油茶树下发现了九凤。她一声不响地枯坐着，衣衫破烂，目光呆滞，满脸惊恐。

"九凤，快回家吃月饼。"

九凤没有回答。阙大胖仔细看了一眼她的下半身，裸露着正在流血。"不要紧的，那是月经，又叫发洪水，你妈妈有，水莲也有，女人都有。"阙大胖安慰道。

"我痛。"九凤说。

阙大胖这才意识到九凤也被人强奸了。

"是谁干的？"阙大胖说。

"不知道。"九凤的回答跟当初水莲一样，不同的是她手里抓着几张白条。白条被九凤擦过了阴处，染满了饥饿的血。阙大胖抢过白条对着月光分辨，白条主人的名字已经模糊不清，但他和张九的姓名仍旧赫然醒目。

阙大胖把白条撕得粉碎，一张口吞到了肚子里。

"肚子大后我想嫁给陈四。"九凤自豪地说。

水莲闻声跑下来把九凤背到土屋里，给她止血。气急败坏的阙大胖翻过黄石村找到了陈四。陈四正在屋里啃着月饼，阙大胖闯进去将他手中的月饼一脚踢飞。陈四大声哭泣，四下寻找他的月饼。阙大胖对陈四的父亲说，"一个钟头前你的儿子去了哪里？"有三四个人证明说，陈四生怕别人哄抢，整个下午都抱着月饼躲藏在房间里不肯出来，连月亮出来了他也没有出来。他没有作案时间。阙大胖想到了阙七。中秋之夜，家家户户都吃团圆饭，唯独阙七没有人跟他团圆，也许他要在九凤身上找到乐趣。

阙七还在杂货店，阙大胖怒吼了一声"阙七"。

阙七不悦道，"吼什么，我又不是你家的狗。"

阙大胖说，"可能……你强奸了九凤！"

阙七受了冤枉，气得暴跳起来，语无伦次地说，"我，我，我×你阙大胖……"

阙大胖突然想起，阙七根本没有张九的白条，而且忙碌了一整天，也顾不上寻欢，但看到阙七死不认账的样子觉得很不顺心，说道，"九凤被强奸，我还来不及生气，你生什么气？"冲进杂货店揪住阙七就打。二人扭打在一起，把杂货店货架上的东西撞倒一地，阙七心痛不已，主动停战说，"我们不打了，明天你去派出所开张证明同意我娶九凤，我就叫你爸。"

阙大胖说，"既然如此，即使真的是你强奸了九凤我也不追究了。但你得等九凤到了十八岁，还差两三年，看上去你也不急着娶老婆。"

"可是我的身上沾着了你的臭气！"阙七扫兴地说。

此时水莲在山坡上大声呼喊阙大胖，听起来惊惶失措。阙大胖又越过米河，一会儿便背着九凤一瘸一拐地下来。九凤流血的地方依旧流血，再多的白条也堵不住。

阙七说，"九凤不会死吧？"

阙大胖说，"还是你背她到镇上去，她迟早是你的老婆，从现在起你就得疼她。"

阙七说，"虽然你瘸了，但你的腿比我的有力，跑得比我快。"

阙大胖说，"那你给我点钱，上医院得花钱。"

阙七惊讶地说，"哎唷，你有什么理由让我现在就为她花钱？她一死就成不了我老婆，就白花了我的钱。我也不能收你的白条，你还有不少白条在别人的手上——即使做了你的女婿，我也不会帮你还债。"

阙大胖说，"阙七，你向高州贩子学坏了，你爸生前可没有你坏。"

阙七生气地说，"你怎么能拿我爸与我比较？你以为你是谁？九凤还未嫁给我之前，你什么也不是，你还是阙大胖。"

阙大胖背着九凤到镇卫生院时已经是深夜。九凤在他的背上睡熟了。

急诊室里有一个小护士和一个年轻医生，正在昏暗的灯光下打情骂俏，一阵扑鼻而来的臭气惊动了他们。

阙大胖说，"我女儿被人强奸了。"

护士说，"那你快报案呀，派出所就在前面。"

阙大胖说，"你们得先治治她。"

医生让九凤躺在白色的床上，用一只铁钳夹着棉花蹭了蹭她的下半身，漫不经心地说，"挺严重的，得住院，带钱了吗？"

阙大胖说，"没有。"

医生说，"镇上有亲戚吗？"

阙大胖说，"原来有，现在没有了——张九，张九你们认识吧？"

医生说，"你家里有猪吗？"

阙大胖说，"原来有一头，现在也没有了。"

医生不耐烦了，说，"你家里总有一头牛吧！"

阙大胖喜形于色，说，"对，有一头牛——你是怎么知道我家有一头牛的？"

医生依然不温不火地说，"病人留下止血，你把牛拉来，我们就下药。"

阙大胖惊讶地说，"我家的牛老是老了点，但没病。"

医生指了指外头左侧的一棵树说，"别人的牛都是暂时拴在那里，你的也一样——天亮就拉到牛市卖了，预交医药费。"

阙大胖叫醒梦中的老水牛，骑到它的背上飞跑起来，赶到卫生院的时候鸡叫了第二遍。九凤也刚好睡醒。护士一边埋怨阙大胖慢吞吞，一边给九凤打点滴，医生在一旁嗑瓜子，红色瓜子壳整齐地放在一只装针管的白色盒子里。阙大胖从没有看见过坐着嗑瓜子的斯文男人，现在终于见到了。后来说到镇卫生院，阙大胖总是首先想起有一个坐着嗑红瓜子的医生。

十二

九凤的精神越来越恍惚，甚至与痴呆相去不远，全无昔日的聪慧和机智，却韧劲不减，有时她会抱着小宝死死不放。水莲不想让日益长大的小宝与世隔绝，便常让九凤抱到米庄上晃动。小宝会说话了，见到男人就叫爸爸。众人喜欢上了幽默无比的小宝。九凤说小宝是她生的，不准别人碰，后来连水莲也不让碰。这天，九凤看到米河岸边的狗尾草开满了淡黄的花，觉得很美，便把小宝端放在一块石头上，自己摘花。狗尾草的花真多，怎么摘也摘不完，九凤一直摘到黄昏，口袋里装满了花朵，头上插满了花朵，手里也捧满了花朵，欢天喜地地回家。王桂花和阙大胖都以为九凤已经把小宝还给了水莲，但晚饭时候，水莲越过米河，竟向九凤索要小宝。顿时，米河边上亮起了许多慌张的手电筒。阚大胖在石拱桥底下找到了小宝。小宝的尸体浮在水面上，嘴角上依然挂着幽默的笑容。

为了纪念小宝，人们自觉地把一些白条扔到米河里，白条像白幡一样在米河水面漂浮着，一直漂到异乡。人们甚至暂停了与小宝有关的一切议论，即使不可避免地说到他，也自觉地在他名字的前头加上一个"张"字。几天后的一个中午，阚大胖拐着脚来到阚七的杂货店前，等待高州贩子重新开着东风汽车来到米庄。人们却不关心芭蕉问题，大家正在讨论阚鸿禧的新居设计方案。阚鸿禧已经有足够多的钱建一幢漂亮的楼房——其实已经不止他一户在建造楼房。灯笼椒事件没有将米庄人彻底打垮，他们从四面八方带钱回来，对米庄这块土地进行着前所未有的改造。

"阚鸿禧霸占了我的猪栏。"阚大胖想打断别人的兴致，但他的声音太弱，别人并不理睬他，"张九给他的三张白条我可以还给他，等我卖了芭蕉就可以兑现了。即使三张白条也买不下半个猪栏，但他竟全占了。"

阚大胖笑眯眯地走到阚七跟前。阚七对他客气了许多，说，"你又要炒粉？"阚大胖说，"等九凤放学回来再炒。"阚七说，"今天是星期天，不用上学，你头昏了。"阚大胖想自己可能真的是昏了，可是九凤去了哪里？她一早就离开家里了。

忽然，蹲在地上的阚鸿禧从人群中抬起头来，对阚大胖说，"我忘记告诉你，刚才有人从高州城回来的路上看见出了车祸，死的看上去好像你家的九凤。"

阚大胖心一沉，大声骂，"阚鸿禧，你好歹毒，多占了我的猪

当代中国最具实力中青年作家书系

栏我还没空跟你算账，你又想拿事情来吓唬我……"

阙鸿禧也懒得去理他，低头和人们一起热烈地讨论他的楼房设计方案。

阙大胖不知该不该相信阙鸿禧，想找他问清楚一点，但又放不下架子。阙七对他说，"你还是去看一下为好。"

阙大胖拖着瘸腿就走。走路的姿势实在大不如前，他不用拐杖，弓着腰，踉踉跄跄，要借助双手的力量才能走得快一些。

黄昏如期来临，阙大胖也回来了。过石拱桥的时候，他打了一个趔趄，跌倒在地，把大伙吓了一跳。阙七去扶他。他说，"九凤真的是死了，她在医院的太平间里。我没有钱，但我一点也不担心，政府会把她安排好的。"

阙大胖告诉阙七，九凤偷偷从地里摘了两把芭蕉，天未亮就挑往高州城，她要卖个好价钱。才到高州城外，一辆东风汽车就将她的担子撞翻了，撞到公路中间，她就去捡芭蕉，另一辆东风汽车又撞过来，将她撞回另一边，连头都撞烂了。

"多好的女人，那么小就懂得为父母分忧了！"阙七惋惜之余给予了九凤高度的评价。

"我再也不怕九凤的父母来找她了。"阙大胖说。

阙七说，"高州贩子骗你，九凤的亲生父母根本就没到过黄石坳。"

好像又过了七八天吧，九凤的事情早已经没有人议论。水莲突然也消失了，山坡上的土屋里一片狼藉，没人知道她去了哪里，有人猜测她是不是昨夜被张九偷偷接走了？有迹象表明，王桂花也有离开米庄的预谋。高州贩子昨天带来一条崭新的消息，十年前的那个戏班现在重又组建了，班主还是原来的班主，只是那个小花旦死了老婆，还在高州乡下经营着一个养猪场，死活不愿重操旧业。那小花旦正是王桂花当年的梦中情人，也是她追随戏班到米庄的原因。她把挂在床头八九年的小花扇折叠起来，小心翼翼地放进行李包里。小花旦看到这把小花扇，一定能想起多年前的凉快。

"有人逼走了水莲，因为小宝长得像某人。其实水莲知道是谁干的，九凤也知道。"阙大胖说，"强奸犯快要浮出水面了。"

王桂花说，"你不要胡说，乱扣帽子会出大事的。"

阙大胖说，"九凤的事也是他干的。"

王桂花并未停止收拾行李，心不在焉地问阙大胖说，"是谁？"

阙大胖胸有成竹地说，"很快就会揭晓，你等着——你应该耐心多等一会儿……"

阙鸿禧的楼房正紧锣密鼓地往上攀升。阙大胖无法阻止水泥钢筋的生长，只有一次又一次地威胁要杀了阙鸿禧。他希望有人阻止他杀人，然而，没有人觉得阙大胖要杀人。

"你信不信？"阙大胖挨家挨户地问，但人们没有闲情逸致思考这个无聊的问题。

阙大胖坐在杂货店门口，抽水烟，有时就站着，衣襟不整，有些猥琐，嘴角流着蜜糖一样有弹性的白沫，一堆苍蝇在他的下巴那儿盘旋，只要他一张口就能捉到苍蝇。

"你可以向政府或村委会告状。"阙七说。

"告了几次了。他们来了也没有用。阙鸿禧有钱，和镇干部拉拉扯扯，刘副镇长的儿子又看上了他的二女儿。我没有钱，村干部也看不起我——好像你也看不起我，九凤死后，你一见到我就躲，跟张九差不多！"阙大胖说。

阙七说，"你别想不开，说到底阙鸿禧也姓阙，也是你兄弟。不就几寸祖地吗？等你有了钱，到县城里起高楼去。陶城东门还有一块好大的风水宝地，空荡荡的长满了狗尾草，等着你呢。要不，高州城也成，有了钱你也能成为广东佬，当广东佬比做广西佬有面子哩，你当了广东佬，大家是老乡，高州贩子也不敢再欺负你。"

阙大胖扑哧一声笑逐颜开，说，"哪怕能在陶城里住上一天，死也值得——当广东佬嘛，只要风调雨顺，也不是没有可能。"阙大胖显然陷入了远离现实的幻想，满面春风，很长时间没有这样开心过了。

然而高州贩子果然彻底地背信弃义，最终没有开着东风汽车进驻米庄。阙大胖焦虑不堪地看着硕大的芭蕉就这样烂在树上，干脆天天睡在地里，张开嘴巴大口大口地啃着芭蕉，和芭蕉树比着速度——你的芭蕉成熟得越快，我啃得就越起劲。芭蕉把阙大胖的肚皮胀鼓了，阙大胖干脆脱掉裤子，一边吃一边拉，像拉肚子一样不停地拉，屎越拉越多，满地都是芭蕉屎，脸浮肿得像只冬瓜。但他战胜得了芭蕉树，却战胜不了另一种敌人。你看，不论白昼还是黑夜，蝙蝠和老鼠从四面八方拖儿携女乔迁到这里，定居在芭蕉树上，从头到脚肆无忌惮地糟蹋着他的芭蕉，像别人强奸他的女儿一样使阙大胖痛恨。阙大胖用尽最恶毒的语言痛骂这些乘人之危的鼠辈，到了最后，他又把这些恶骂莫名其妙地泼到阙鸿禧的身上。此时阙鸿禧的楼房已经建到了第二层，民工们像蚂蚁一样来来往往，水泥和砖头从公路外被源源不断地搬到阙鸿禧的工地上。

阙大胖对搬砖头的民工说，"我快要杀阙鸿禧全家了，快及早讨你们的工钱，否则将来要到阎王那里讨，你们还要多付一笔车船路费！"

民工们开始还和他说说笑笑，后来懒得理他。阙大胖猪屁股一般的脸上没有一点恶意，肚皮鼓鼓的，笑嘻嘻时还像一尊弥勒佛，无论如何也凶残不起来，说要杀人的时候也是不温不火、不紧不慢、不痛不痒，跟与高州商贩讨价还价差不多，生怕说话音量太大了把人吓跑似的。在阙七的杂货店前，阙大胖对着一堆聊天、赌牌的人说，"我要杀阙鸿禧一家了，你们信不信。"阙七答非所问地说，"你的芭蕉和芭蕉树砍了，不要扔到米河里，会把米河塞死，洪水一来就要淹没我的杂货店——即使淹了高州城也不要淹了我的杂货店！"

阙三兄弟正坐在一张长凳上数着粗黑的脚毛，不时啪地拔一根，放在嘴边一吹，脚毛就飘到米河里，和那些漂浮的垃圾一起，几天后就能漂流到南海。此时高大强壮的阙三兄弟已经成为村霸，除了不欺负米庄人外，邻村的人都吃过他们的苦头。阙大胖从来不愿意和阙三兄弟说话的，这时他跟他们说了。除了跟他们说话外，似乎没有人愿与他说话了。他感到了穷酸和力量单薄的孤独，除了他的公猪，没有谁有耐心听完他一番话，没有谁说话时和他站在平等、公正、尊严的层面上。他想，阙三兄弟号称村霸，但未必不把他当人，未必不相信他。如果连阙三兄弟都不相信他，也许米庄不论老少男女，不论善类恶种，真的都没有人相信他了。那么，从此以后，他说话就等于放屁，放了屁还必须自己吸回去。

当阙三兄弟的脚毛数到第一百七十九条的时候，阙大胖小心翼翼地移动到了他们的面前。阙三兄弟抬头盯着他，眼珠子像子弹一样随时要飞出来射进他的脑门。显然，阙大胖的靠近破坏了阙三兄弟数脚毛的雅兴，甚至可能打乱了他们数的数目。

阙大胖有些后悔如此放肆地站在两只饿虎面前，他估计阙三兄弟会威逼他跳进米河里帮他们捡回那些脚毛，这是一件苦差，但他没有退路，嗫嚅着对阙三兄弟说，"可能……你们也不相信？"

"不，我们相信你敢杀人。"阙三兄弟爽快而响亮地回答，像打雷后就下雨那样果断。

阙大胖喜出望外，十分欣慰，对阙三兄弟顿生好感，先前对他们的憎恶和误会顷刻之间烟消云散，和阙三兄弟好像一下子成了知己，笑嘻嘻地靠近他们，慷慨地说，"我请你们吃猪腰豆芽炒粉。"于是彼此在圆桌前坐下。阙大胖底气十足地对阙七大声吆喝，"来两碟猪腰豆芽炒粉，猪腰切丝，加点黄糖，不要味精，手脚麻利一点。"

手脚麻利的阙七很快端上两大碟猪腰豆芽炒粉，阙大胖不吃，看着他的知己吃。吃了猪腰豆芽炒粉，阙三兄弟擦净嘴，对还处于兴奋中的阙大胖说，"你还得给我们钱。"

"为什么？"阙大胖始料不及。但他意识到麻烦这东西说到就到。

"因为我们相信你会杀人。既然我们相信了你，给了你面子，你就得给我们钱。这是天经地义的事情。"

"我不是请你们吃了猪腰豆芽炒粉了吗？"

"我们相信你就值两碗炒粉？你当我们兄弟是小孩？呸，我们相信一个人至少也值一千元，看在我们同是米庄人，又吃了你的猪腰豆芽炒粉，你只需给我们三百元！我们已经优惠了。要连优惠价也不买账，我们就杀了你。"

"可是，你们也看见了，我的一地芭蕉也不值三百元。我还欠了香港脚的蕉树苗款、供销社的化肥款……"

"我们从不管别人死活——谁叫你让我们相信你？"

"我只是随便问问而已，你们也可以像阙七他们那样不相信我，当我放屁……"

"屁！世界上任何东西都有价钱，我们兄弟拉下来的屎也值三百元钱——不给钱我们就回去磨刀。"

阙大胖这一回害怕了，半笑着说，"我打白条，年底卖了母鸡就优先给你们兑现。"

"王桂花早就卖了你的母鸡买米了，别人手上还有张九的白条——你不是说你要杀人吗？杀了人你还能还债？"

"我，我是要杀人，但你们……"

阙三兄弟厉声说，"你根本就不想杀人！你不想杀人还要我们相信了你，我们兄弟在米庄江湖上还要不要威信？"

阙大胖明知理亏，但就是不愿无端给阙三兄弟三百元钱，说，"我没有现钱，只能写白条。"

"看来你言而无信，你跟你的公猪一样只想占便宜——你敢欺负我们兄弟？因为你有意糊弄我们，现在不是三百元了，得翻一番，六百元。不给钱我们要杀人了。"阙三兄弟气势汹汹，跳上杀猪台，从冯屠夫手上夺过一把刀，刀锋闪闪发光。

阙大胖害怕得双脚一软，瘫在地上求饶，"六百就六百，反正比三百也多不了多少，我这就给你们写两张三百元的白条，签上我的名字后，就和张九的白条一样安全可靠了。"

"我们不要白条。"阙三兄弟挥舞着屠刀，气势汹汹，就要往阙大胖身上剁。

众人大惊失色。阙三兄弟是来真的了。平日说话铿锵的四个高州贩子偷偷从杂货店的后门钻出去，消失在法国豆地里，一会儿出现在造纸厂的水车旁回头张望。阙七从店里出来，慌忙劝阻阙三兄弟，但被阙三兄弟一脚踹倒。

阙大胖本想硬着头皮向阙七借钱，但阙七倒在地上痛苦不堪、自顾不暇。

阙大胖扑通一声跪在地上求饶。众人一点也不同情他，还取笑他说，"做不到的事就别老挂在嘴上。"阙大胖说，"我真的是要杀人的。"有人扳着手指说，"唔，都说了四年三个月零十四天了，你的刀在哪里？"阙大胖说，"我用斧头。"众人大笑，"越说越离谱，你的斧头还在你的卵毛上挂着吧？"

阙大胖窘迫得无地自容。这时无恶不作的阙三兄弟突发慈悲说，"不给钱也可以，但你得十天内杀一个人给我们看看。我们看你是不是真的比我们还胆大！"

阙大胖终于从阙三兄弟刀下逃过一劫。第二天，阙大胖到了村公所，对村长说，"我要杀了阙鸿禧全家，因为他占了我的整个猪栏，还把我回家的路堵死了，我的子孙后代只能弓着腰侧身从他的墙角钻回家，像狗钻洞一样，只要阙鸿禧拿块砖头一塞，我们就连洞口也找不着。"村长正在应付检查的事情，忙忙碌碌的，听阙大胖这么一说倒也流露出了同情心，自言自语说了一句，"鸿禧也太不讲理了嘛，建房子又不是造棺材，要那么方正干什么？"转而奇怪而温和地对阙大胖说，"多占了半边猪栏？比割了你的半边卵子还痛吧——就这点事要杀人？"阙大胖说是。村长说，"杀了人你也跑不了。"阙大胖说，"我不跑，反正现在执行死刑是枪毙，打一枪很快就死了。"村长瞪了阙大胖一眼，不耐烦地说，"既然如此，你就去杀人算了。"阙大胖说，"村里出了命案你的奖金就要被扣了，扣了奖金你老婆就不能天天买猪腰煲红枣，吃不上猪腰煲红枣，你老婆的面貌就会由红转黑，还要比狗脸皱。"村长生气地说，"我能有什么奖金？十几年来我在村里，也没得过一分钱奖金，你们都以为我这个村长当得油水很足，其实比不上你的公猪有搞头。"阙大胖想，这个时候村长怎么还拿他开玩笑？

阙大胖本来要到镇政府找新来的镇长，但到了半路便返回了，新镇长没有涵养，平日里和村长吃喝玩乐，爱抽烟，爱猜码，爱吃山鸡，爱大声唬人，爱开下流玩笑，既然有那么多的共同爱好，那么在他要杀人的问题上想法也应该一致，口径也不会有太大差别，甚至口吻也会那样生硬和充满嘲讽。阙大胖蹲在阙鸿禧的工地旁，看民工忙碌。工程进度很快，端午节前估计能建到第三层了。虽然楼房还没有建造好，工地乱七八糟，但气势和前景已经使阙大胖的数间破落瓦房相形见绌。

阙鸿禧过来说，"你不至于要拆了我的新楼吧。"

阙大胖说，"我想杀人。"

阙鸿禧笑了笑，摇摇头，走开了。

阙大胖瓮声说，"本来我们还有商量的余地。"

阙鸿禧听而不闻，他正在大声指挥工人施工。机械隆隆地响，民工叽叽喳喳，即便多好听的音乐也听不见了。

十三

第九天，王桂花看到阙大胖的斧头从中午磨到黄昏，异常惊讶地说，"砍伐芭蕉树也用不着斧头。"阙大胖笑眯眯地说，"我要杀人。"王桂花突然深明大义地说，"别闹了，吓唬不了谁，水莲留下了六百元钱，明天拿给阙三兄弟，我们惹不起。"

当代中国最具实力中青年作家书系

阙大胖说，"阙鸿禧现在比我过得好，将来越来越好，他一辈子都过得比我好。"

王桂花安慰说，"明年地里的生姜卖出去，你的日子也会一天天好过起来，总有一天你也能搬到城里去——明年，明年你可能就要发财了。"

阙大胖摇摇头说，"我不相信明年，我真的要杀人了。"

王桂花扑哧一声笑了，一串浓缩的鼻涕从她的鼻孔里喷出来，粘在嘴唇上。她用手抓住鼻涕一甩，正好甩到斧头的锋刃上。阙大胖一点也不介意。

王桂花做好了饭，她竟突然决定让阙大胖吃上一顿热米饭，但不见阙大胖，刚要叫，阙大胖却回来了。

阙大胖满身血迹，手上的斧头也是血。斧头的刃卷了，木柄断了半截。夜色中血光如闪电。

阙大胖若无其事地说，"我是先洗澡还是先吃饭？"

王桂花目瞪口呆。她不知道怎样回答。

阙大胖还是从容地选择了先洗澡。水哗哗地响。阙大胖说，"给我香皂。"但没有回应。

"你一定是害怕了。"阙大胖说。王桂花瘫软在地上，噤若寒蝉。

从澡房出来，阙大胖坐在桌旁，慢吞吞咀嚼着半生不熟的芭蕉，嘴里发出啧啧的声音。

"等一会儿，你去通知阙三兄弟，那六百元钱我就不用兑付了。"阙大胖用权威而不容辩驳的语气对王桂花说。

"其实我跟阙鸿禧从没做过亏心事。你杀错人了。阙鸿禧太冤了。"王桂花的头在无限地膨胀，感觉双脚快要离开地面了。

"你也不仔细看看小宝长得像谁？像阙鸿禧！"阙大胖有些生

气，把碗往桌上一蹲，"不过，并不能怪你，因为除了我谁也看不出来。"

"你要杀的应该是香港脚，高州贩子都该杀。"王桂花战战兢兢，却头脑清醒。

"可是，明年我地里的生姜还得靠高州贩子。"阙大胖高瞻远瞩地说。

十四

阙鸿禧一家九口死在临时搭盖的厨房里。后来阙大胖说，他先是杀了阙鸿禧的儿子，在澡房门口一斧头就完事；然后是阙鸿禧的一个孙女，他用斧头从她的脖子上一抹喉咙就断了，像阉猪一样麻利；再就是阙鸿禧，他听到响声后走进厨房，被斧头砍掉了脑袋；他的五个女儿刚从深圳高高兴兴回来给母亲过六十岁生日，穿得花花绿绿的，有点像鸡，但很孝顺，看到他的斧头滴着血，心惊胆战地说，大胖叔，你要干什么？本来我们给你家九凤和小宝带了些糖果……他没有回答，一斧头下去，死了一个，又一斧头，又死了一个，她们都没有反抗；最后死的是阙鸿禧的老婆，其实是吓死的，他加了一斧头纯属多余。杀死九个人的过程一气呵成，并没有人们想象的那么漫长、曲折、惊心动魄，大约就是平平常常普普通通的十几分钟，这段闪电般转瞬即逝的时间实在是太短暂了，哪怕不厌其烦地相加十万次也抵不上阙鸿禧孙女的年龄。第二天一早，民工来开工时发现了九具面目全非的尸体，这群民工就一哄而散，工程就这样永久性停工了。从县城来的无数的警察和解放军战士以及数十条警犬把周围的十几座山搜遍，七天后才在一条废弃多年的水渠里抓住了阙大胖。此时，他饿得已经奄奄一息了，平常鼓起的肚子已经瘪得像泄气的皮球，头顶上长满了狗尾草，身上依然散发着挥之不去的恶臭。他的脖子上有一道深深的刀痕，肉往外翻，但不见血迹，那是他自己用玻璃割的，可能太过于虚弱，血已经不能流动，连自杀也做不到。本来他有机会远走高飞的，沿着山脉，一夜之间就可以到达比高州更远的地方。但阙大胖搭不了班车，一上车就晕头转向呕吐不停，更令他为难的是，他一辈子最远就到过高州城，除此之外，他对哪里都很陌生。阙大胖对陌生地方的害怕胜于死亡。

阙大胖被抓获后，被警察提在手里，一瘸一拐地从山上下来，米庄人远远地围观，不敢靠近，狗对着他狂吠。阙大胖手被反扣在背后，衣衫褴褛，蓬头垢面，脸上全是蚊虫蜇伤的红痕，松松垮垮的裤子快要掉下来了。他可能啃过泥土，牙缝里还夹着沙石。

阙大胖举目四顾。王桂花没有出现在他的面前，她正在家里数着撞死九凤的汽车司机支付的赔偿金。倒是阙老董趴在地上，双手穿着木鞋，从人群的乱脚中探出头来，瞪大眼睛吃力地朝阙大胖身上打量，生怕会认错人。阙大胖说，"你不要看我了，我们家的田地还在，你看着办，想种什么就种什么，我不愿管了。"阙老董没有说话，用木鞋不断拍打着泥土，发出铿锵的声音。警灯在米庄闪烁，遮盖了黄昏的阳光。

警车押着阙大胖经过石拱桥的时候，刮起了一阵风，橡树的叶子哗啦啦地飘落，像成百上千盏灯笼悬浮在空中。人们远远地站在阙七的杂货店前眺望，阙大胖把他们的目光越拉越长，有人手里还捏着为数不多了的白条，但不愿拿着它向阙大胖招手，因为他们也知道那是徒劳无益的，只会招来别人的哄笑。但一直置身事外看热闹的阙七突然气急败坏地追着警车惊叫，"阙大胖还欠我二十六元炒粉钱。"

十五

阙大胖死后，在高州贩子的指引下，王桂花以最短的时间找到了小花旦，并改嫁给这个六十多岁的鳏夫和养猪能手，听说很快就搬到了高州城里住。但半年之后，又有人说看见她披头散发、目光呆滞，在高州城的垃圾堆边捡香蕉吃，吃饱了就给行人唱粤剧。还有人说，她在潮州的乡下租了一间废弃多年的猪栏公开卖淫。这些只是传闻，或许她过得比过去好了。阙老董总算没有受太多的苦，镇政府每月都给他二十斤大米，乡亲们都自觉地照料着他，如果肚子饿了，只要用木鞋敲击床沿，一直敲下去，总会有人给他送上香喷喷的米饭，生活得无忧无虑，但他却在一个夜里打倒煤油灯，烧着蚊帐引起火灾，把自己烧成了炭。只是一直没有水莲的消息，连传言也没有，人们干脆把她遗忘了。

高州贩子好久没有出现在米庄，香港脚改行了，听说去了越南，开了一间卖啤酒的小店，常常往返于南宁、河内之间。米庄的楼房越建越多，密密麻麻的，加上一条通往高州的高速公路将从米庄经过，人们自豪地说，米庄很快就要变成"米城"了。阙大胖本来没有什么可以担忧的，但他经常出没在米庄人的梦里。因此，米庄并没有因为他的死去而平静，相反，与他有关的传言一直没有停止过，在一定程度上延续了米庄的喧嚣，还使这个村庄时常保持着愉快的笑声。

有几个胆大的妇女说，她们清晨起来淋菜的时候，曾经看见

当代中国最具实力中青年作家书系

过阙大胖伏在他的田头，头发很长，但脸色红润，穿着体面，宛如一个地主。她们问，大胖，回来啦？阙大胖回答说，刚回来，不过很快便要返回陶城，因为我在陶城东门买了地，要建楼房了，我不像你们不争气，仍住在米庄，世世代代都住在这里，你们不厌烦呀？米庄住不下去了，你们迟早也得搬。你们不搬，我就一把火，把米庄烧了。

另一个妇女说得更离奇。她说，夜里她听到有人轻轻拍打窗户，她的男人大声问，谁？外面的人答，阙大胖。要干什么？借点米。你在阴间不是有享不尽的荣华富贵吗？外面传来低声的哭泣：你们不知道，阴间的灯笼椒也不值钱，我只能天天啃芭蕉，阙鸿禧住着大屋有花不完的钱票，仍然过得比我好。

但在众多的传言中，没有谁说得比阙七更逼真、更可信。阙七是这样说的：昨晚，我在杂货店过夜，正要睡下，便有人轻轻敲门小声叫唤，阙七，是我。我说，你是谁。我是你岳父阙大胖呀。我起来，打开门，果然是阙大胖，他的脑袋穿了三个孔，但没有血浆流出来。我是被枪毙的，子弹在我的脑子里，痛得比挑担灯笼椒到高州城还严重。那你还记得回米庄？很多人活着的时候都记不起米庄了——你死满三年了吧，你记错啦，你并不是我岳父，因此你迟早得还我的二十六元炒粉钱！我从没有离开过米庄呀，前年种生姜亏了，去年种法国豆又赚不到钱，今年我决定种狗尾草，狗尾草一定能赚钱，赚足了钱我就能兑现所有的白条，还要买下你的杂货店。说罢阙大胖魂魄飞翔，破窗而去。第二天一早，我匆匆走到阙大胖的田头，果然，他田里的狗尾草正蓬勃生长，已经有九凤当年的个头高啦，一群麻雀在草丛中快活游戏，一条公狗正在翘起右腿拉尿，不信你们自己去看。

米庄的水也无法喝了，有一股腥臭味。人们说，阙大胖被枪决后他的公猪就开始报复米庄，把地下水变成了尿水、屎水、腐水，米河也成了一条臭水沟，那些水呀只适合草木生长，让人喝得不舒服。

　　这一天，人们正在热烈谈论着沿着新开通的坑坑洼洼的公路来到米庄兜售低压电器和新式打火机的温州贩子，忽然有人站在石拱桥上惊恐地尖叫，"米河，米河！"

　　米河有什么值得大惊小怪的？众人便凑近看看，果然什么稀奇也没有，只是河面上不知什么时候突然铺盖了密不透风的水葫芦。水葫芦异常肥硕光亮，开始以为是种在水里的灯笼椒，但仔细一看，原来是满河灯笼，一簇一簇的，幽暗地挂在低空中，一个紧挨一个，绵延数十里，直逼高州城。

当代中国最具实力中青年作家书系

我的叔叔于力

地里的芭蕉总比我长得快。硕大无比的芭蕉开始从上而下由青转黄的时侯，我才上小学四年级。于力的最大愿望，除了要找一个四肢齐全的女人外，就是我永久性地毕业。开学几周后，校长阿富第三次催我要学费。我不耐烦地说，向于力要去，他是我叔叔，我的吃喝拉撒甚至生老病死，一概由他负责。这是我父亲被派出所推上警车时说的。那时我才七岁，但完全能理解我父亲的话。很多时候，我没必要向于力重复，因为我父亲本来就是对他说的。只是在学费问题上，我必须再三向于力说清楚，容不得半点含糊。那天早晨，我趁于力还未起床的时候，到地里砍了一把芭蕉，在村长于球的家门口，卖给了高州来的贩子大耳强，得了二十一块钱，当场交给了刚好路过的校长阿富。但在我放学回来路过那里时，却看到于力和大耳强打架。我赶紧躲在一旁看，果然与我有关。于力说他一地芭蕉早早已经与化州的瘦鸡订了口头协议，他全要了，不准卖给大耳强。大耳强说，是你的侄子于桂卖给我的，我又不是偷，况且瘦鸡说的话未必可信，一地芭蕉能换回一个老婆？我呸，瘦鸡曾吹嘘说贩运一火车皮的芭蕉到上海，赚回的钱可以买下整个高州城！

瘦鸡曾经对于力说过，要是这地芭蕉全卖给他，他将从化州带一个新婚不久的寡妇给于力做老婆，不收媒人钱。于力的嘴角出了点血，像猴子一样的大耳强的左耳肿了一块，显得更加肥大了。校长阿富回家经过那里时，他们终于停了下来。于力又和校长阿富争吵，于力说于桂的学费完全可免，校长阿富说镇上没批。于力说，你根本没出力，你就老是偏爱于球的儿子，上次该是于桂到镇上比赛数学的，你又让于球的儿子去，于球的儿子有什么好？先天性心脏病，不知什么时候说死就死了。我能放过大耳强，因为他是广东人，有几个臭钱，欺负我也就罢了，你是校长，全世界的人都相信你，但连你都欺负我们了，我不能原谅你。于力差点儿要跟校长阿富动手。于球听到于力无端说他儿子的痛处，气愤难当，拿着一个算盘从屋里冲出来……我可看不下去，跑到邻村的同学家里待了两天——我不想被于力打死。

三天后，我经过村长于球的店门口时，发现大耳强收拾行装要走。他说长江大水灾，洪水差点儿将上海淹了，北上的路也就中断了，芭蕉大跌价，高州火车站内芭蕉堆积如山，运不出去，烂了成了垃圾，连清理的人都找不着，这生意没法做了。

固执而不服气的于力每天坐在村口的竹根下等待化州瘦鸡，芭蕉在他的等待中在树上次第熟了。蝙蝠们呼朋引伴从四面八方乔迁到这里，欢快地咀嚼着半生不熟的芭蕉，彻夜不眠，甚至在酒足饭饱后打情骂俏，把一树树的芭蕉糟蹋得面目全非。于力和这些畜生没有友谊可言，甚至连与它们妥协的办法也没有。化州瘦鸡始终没来。绝望的于力终于向爱不得恨不得的广东人低头，放下架子恳求改做贩木耳生意的大耳强。大耳强不情愿地说，看在我曾吃过你家的一碗米汤的份上，我帮你一次，你的芭蕉全给我，八分钱一斤，就当我是收破烂的，或者说是清运工也可以。

于力就像一个至高无上的皇帝受到一个小太监当面辱骂一样，暴跳如雷，指着大耳强的鼻子说，我于力做人原则是没有过夜的仇，但你还在记上次的仇，你不仅小气，还很卑鄙下流，你以为我是精神病院里跑出来的白痴，八分钱一斤芭蕉？只有你老爸裤裆里的芭蕉才如此贱！你们广东佬什么东西都从这里拉走，唯独留下了他妈的卵毛。大耳强张开嘴巴，露出锋利的牙齿，要喷出熊熊怒火，却终于忍耐下来，如同冬天的蝙蝠一样韬光养晦。

于力对我说，我就不相信大耳强，我不相信这个世界真的变化那么快，一夜间变成了八分钱一斤芭蕉，我地里的泥巴也不止这个价，不到高州城我就是心不死。

高州城离米庄有五十公里。也就是我们平常所说的一百里。我们家到于球的药店或村公所刚好一里，走五十个来回刚好就到了高州城。

于力是早上出发的。我帮他推着自行车越过了榕遮竹罩的米河。米河的水清爽，但很深很急，树和竹的叶子如尸体般浮在河面上，数日后它们也将看到辽阔的南海。沉重的芭蕉压榨着自行车的轮胎，仿佛再增一两就要爆炸。瘦小而看上去有点丑陋的于力努力三次后成功地跨上了自行车，摇摇晃晃地越过广东省界，穿过茂密的竹林，在弥漫着像夜色一样浓烈的晨雾中，很快消失在我的视线里。我第一次觉得于力不容易，开始替他担心。往高州一个来回一百多公里，弯曲的坑坑洼洼的泥石山路，还有那辆我父亲留下的破车，我想，哪怕只是轻轻地摔倒，如果没人帮忙，于力也无法扶起比他重得多的自行车。黄昏放学时,我跑到清湾镇上去等,天很暗了,仍不见于力回来。在孤独和担心中我开始不着边际地怨恨父亲。

五年前,化州瘦鸡第一次到村里来,引人注目的是他又黑又粗的大脚上穿的皮凉鞋和浅黄色的丝袜,那时村里还很少有人在大热天穿鞋,这是人们最早从他身上看到的,并由他带到这里的广东流行风尚。瘦鸡说话的时候喜欢把脚摆到引人注目的地方,故意露出人们从未见过的丝袜,炫耀与众不同的广东式阔气。有时瘦鸡忍受不住酷热的折磨,就赶紧脱去丝袜跑到米河里洗脚,用粗糙的鹅卵石狠狠地擦他的脚底,脚底的皮屑如芭蕉树皮一样纷纷脱落。婆娘们说,瘦鸡的"香港脚"把一条河都洗臭了,毒死了一河鱼,连草也枯萎了。但他能把广东吹得天花乱坠、遍地黄金。差不多全村的人都围着听瘦鸡吹牛。人们像虐待一条老狗一样对待土地,甚至忘记了农时季节,懒得收割地里的庄稼,种红薯和法国豆的田园错过了一次又一次的播种期,耕牛被拴在树上踮起脚把又老又苦的树叶吃光,人们只匆匆给猪栏里的废物一桶清水权当打发,那些嗷嗷待哺的雏鸡一夜之间白了少年头,连于球耳聋了多年的父亲也躲在角落里一言不发地聆听瘦鸡漫无边际的闲扯,他似乎在为虚度了八十一年光阴而长吁短叹。全村三千八百九十一人几乎都躁动不安,谈必广东,连荔枝花也开得无精打采。校长阿富是唯一保持了有限清醒的人,但他沾血的教鞭无法平抑课堂里与广东有关的窃窃私语。他质问瘦鸡说,既然广东撒豆成兵、滴水成金,你为什么到我们村来做个小贩?瘦鸡说,我这是来赚你们的钱,不过这也没有什么不好,我能把你们吃不完和舍不得吃的东西变成白花花的银子,然后把一块银子拿

当代中国最具实力中青年作家书系

到这里变成两块。

我父亲从瘦鸡口沫横飞的嘴里看到了一个无比绚丽多彩的大千世界，他怀揣富贵梦想，踌躇满志而又义无反顾地从米庄出发奔赴广东。他是这样对母亲说的，现在天下所有的钱都集中在广东，就等着我过去像扫落叶一样扫进自己的蛇皮袋里，然后回来搬家建房买大彩电天天吃肉，不再让于球当着我的面撒尿。很多人都是到广东才发了财的，去晚了要吃亏，我等不及了，我只能睁大眼睛等到明天，天亮就出发。但你可要等上一年半载，就算弯下腰捡钱，也要给我一点时间，我发不了财回来，你就跟有钱的男人走算了。

我母亲平时喜欢往化州瘦鸡和大耳强那儿跑，净听他们说一些来自发达地区的从未听说或反复说的黄段子，哪怕是一句暧昧甚或下流的双关语，她也会开怀大笑，梦里仍嘻嘻哈哈笑个不停。父亲很厌烦这种与放浪无异的荡笑，抡起大巴掌要扇过去，但他不敢。化州瘦鸡还未婚，有几分姿色的母亲巴不得他的巴掌落下去，最好能刮起一阵风将她送到化州瘦鸡的身边。

父亲就这样去了广东，在一个叫长安的地方帮别人种菜，整天穿着防水鞋培土、浇水、捉虫、摘菜叶，还要听从一个除了乳房下垂到肚脐外其他一无是处的半老徐娘东吆西喝。半年后，我父亲一无所有地回来了。那是一个夜里，我母亲刚刚在梦中笑停，他就回来了。父亲扔下行李——一只装着几件半破衣服、半截车票、半瓶开水、半斤烟丝和半幅女人像的半新蛇皮袋，半夜里粗暴地将只做了半截梦的我赶出只有半扇门的房间，但连这半扇门也来不及关上，就迫不及待地爬到半醒半睡的母亲身上。估计是在父亲深深地插进母亲体内的时候，母亲惊叫着歇斯底里地喊了一声"瘦鸡"。从听到这一声起，我在于力的床上整夜不断听到隔壁父亲对母亲性虐待时双方发出的不同分贝不同性质的声音。于力和我都睁着眼熬到天亮，我们彼此一言不发，一只饥饿的蚊子执着地从蚊帐的缝隙中进进出出，对我们一夜不曾松懈的警惕和成本高昂的对峙充满了仇恨。早上，父亲早早就把一把菜刀磨得锋利，喝了半瓶米酒，母亲还不见起床。父亲是要她一起去与瘦鸡对质的。他叫我去催母亲。我也觉得母亲应该去。但随着我的一声惊叫，父亲手中的刀便如落叶一样掉了。派出所的人来的时候已经是中午。母亲赤裸的尸体被一个法医弄来弄去，一个民警为母亲拍照。母亲第一次拍了那么多的照片，比她过去三十三年零七个月二十三天里所拍的照片总和还多，这是她应该享受的哀荣。我成了最忙碌的人，顾此失彼地驱散从四面八方涌来企图靠近我母亲看便宜的村民。于力被民警叫了三次去做笔录，他把那天夜里听到的声音原原本本地模仿了三遍。我觉得民警是在逗于力，或者觉得好玩，才叫于力说三遍的。父亲被押走时，看到瘦鸡远远地站在一丛芭蕉树下引颈眺望，瘦削的像山羊一样的下巴有点发抖，丝袜子换成了花白，头发染成了淡黄，手中还抓着一把秤。

月亮褪去光华的时候，我终于看到于力推着车回来了。寂静而简陋的清湾镇圩上只有两个扫地的妇女，一肥一瘦，在高声地肆无忌惮地谈论自己的男人。

令我惊骇不已的是，在于力的车后座上，坐着一个披头散发、蓬头垢面的女人。我猜不出她的年龄和身份，我不知道对一个突然出现的人说些什么，而她唯一能做的也只是在昏暗的月光中对着我笑，莫明其妙、不得要领地笑，笑得有点狰狞。我顿时浑身起了鸡皮疙瘩，刚才还绷紧的皮肤开始张开巨大的毛孔，冷风从无数的缺口往我体内钻，我的头发一根根地竖直成刺猬，仿佛漆黑的天地四周全是怪物在走动。我生怕她一下子扑过来吃了我，连骨头也忘记吐出来。

该死的于力有点儿自得地告诉我，她是一个女人。我说，我知道她是一个女人。于力说，在高州城里捡的。一路上，他兴致勃勃地向我讲述此去高州的传奇经过：

高州火车站里芭蕉果然堆积如山，几架推土机像清理垃圾一样把那些芭蕉推到一边，装上垃圾卡车运走。我从火车站出来，把芭蕉推到供销社收购部，我问，多少钱一斤？那两个土匪一样的人把我的问话当成耳边风，问第三次时，我快忍不住了，我的眼球变成了两颗子弹，我的枪上了膛，我准备先骂娘，然后杀人。但我刚要张嘴骂人时，一个人可能意识到了问题的严重，才对我笑笑，抬手往左边一指说，垃圾处理站转个弯就到了。我记住了另一个嘴巴缺了半边的人，他更是笑得前俯后仰。我终于破口大骂，说，你们要笑就笑你们老母裤裆下的二两肉，那比我的芭蕉还贱，生下你们后就成垃圾没人要了。那两个人看到我咬牙切齿地要吃人，就止住了笑，背过脸去装作看报纸，实际上是在窃笑。所以有时城里人要骂才看得起你，不骂就当你没卵。转了几个弯，终于有人要我的芭蕉。那人是个猪贩子，他要我的芭蕉是自己吃的。他说，你的芭蕉小，还被蝙蝠糟蹋了，不值钱，就五分钱一斤，总比你倒到垃圾堆强。我说，平常是一元。那人说，火车站那里的芭蕉比你的好多了，老板还得倒贴清理费，我不想走那么远的路才要你的。我当卖身上的肉一样卖了芭蕉，一转身，买了一碗米粉。我一屁股坐在椅子上，伸直双脚，抽了几口水烟筒，就慢慢享受我卖了一车芭蕉所得的钱买来的米粉。

店老板是个小老头。老头老板说，你这人吃东西为什么像蝙蝠那么慢，是不是边吃边检查我的米粉里有没有垃圾？

我那时的肚里有刀枪，但我强忍住，和气地说，不是不是，我哪里是吃粉？我是在吃我的一车芭蕉，一百多斤，得一条一条地吃，吃快了会撑死，撑死了你有责任为我收尸。

老头老板怕了我。因为我肚子里的火药味从我的鼻孔喷薄而出，哪怕碰到一点儿火星就会起熊熊大火，烧了他的小破店。此时，这个灭火的女人就过来了，笑着看我。从来没有女人敢那样目不转睛地看我，我开始有点慌乱，慢慢就不怕了，把我碗里的半碗米粉给了她。她一下子倒进肚子后就站在那里笑着看我。

我说，你快走，否则那些芭蕉贩子会把你当垃圾收购了。又说，哎唷，你不要再这样看我，你再这样看我，我就以为你嘲笑我，我会把你当作芭蕉贩子一样恨了。

但她还是不走，用舌苔花白的舌头舔着嘴。我知道她还饿，便向老头老板买了两个已经发馊的面包给她，她大口大口地吃，我不理她，就推着车往回走了。

出了高州城，路上没人，静悄悄的。我突然听到身后有人，我估计是有人以为我有钱，就想打劫，心想，我怎么看也不像有钱人，我口袋里只剩下一元三角五分钱了，劫匪要是发现我的钱不够多，会不会一刀子捅了我？我死了不要紧，要紧的是你爸的单车会被抢去，这是你爸和你妈结婚时你爸接你妈回来的专车，要是被抢了，你爸出来后不骂我吗？那一阵子，我想了很多，一辈子也没想那么多。最后我不想了，大不了一死，猛一回头，却发现原来是她。我像劫后余生一样，斥责说，你为什么跟着我？

难道你也是广西人吗？她不作声，只是笑，双手放在胸前，样子就是要我带她走。我犹豫了一阵子，脑子里又开始了新的高速运转。我想了很多，一辈子也没想那么多。后来，我看看四面没人，周围的世界死寂，就示意她上了我的车，像当年你爸带着你妈一样，她傻傻地像尾巴般跟着我回来了。一路上我怕别人看见了怀疑，就躲进了一片竹林里，一直等到天暗了才敢回来。

我说，这是谁家的女人？于力说，不知道，疯了的，没人要了。我说，难道你要了？于力不容置疑地说，我要了。我说，犯不犯法？于力说，我这是做好事呢。我想想也是。于力四十出头了，也该要女人了，但他除了如此这般得到女人外，估计也没有其他的办法了。

我们三人悄然回到了梦境中的米庄。米庄坐落在四面环山的小盘地中间，四面是水田，水田的对面是水田，山的对面是山，村子的对面是村子，就一条通往外面的路，路的尽头是高州。米庄古木丛生，这些树没人敢砍，它是用来阻挡四面扑来的邪气的。原来有好几十户人家，听说这里风水不好就搬走了，现在只剩穷得没法搬的七八户了，但他们也正在努力。那女人仍在看着我笑。于力关上门，叫我烧了一盆热水，加上些生姜丝和米酒。给那女人脱衣洗澡时，那女人居然懂得害羞，拼命反抗。于力一个人无法按住她，厉声叫我进去帮忙。我不敢，迟疑再三，那女人竟一丝不挂地跑了出来。我马上想到了我母亲。于力旋即将她拖了进去。我看到于力确实需要帮忙，便钻了进去。

我死死地抱着那女人的上半身，于力手忙脚乱地为她洗澡，哗啦啦的水声掩盖了女人的乱叫。热腾腾的水汽散发着生姜和酒以及田七香皂混合后的淡香，寂静的田野和耸立的山峦上不时传来蝙蝠尖锐的呼喊。我的双手已经不知羞耻，不顾一切地抱着她的上半身，丰满的乳房软绵绵的，滑滑的，像饥渴难忍时捧着的两只西瓜。慢慢地，那女人享受到了洗澡的愉悦，安静下来，开始听之任之。当看到她水草丰美的私处时，我硬邦邦的下身终于受不了了，猛地放开她，飞奔出去，在苍茫的宇宙中、无垠的夜色里，松开裤腰，对着突然都仿佛变成了丰满女人的芭蕉树、龙眼树和矮矮的木桩，燥热地射出一团与尿液截然不同的米糊状的东西，恶心得我哗哗直吐。开始时我以为是中了那女人的毒素才这样的，第二天，我到村长于球的药店赊了一瓶四维素，一口吞食了，但后来几乎夜夜梦遗，又吃了几瓶，依然如故，于是我对于球的药店产生了怀疑。

那天夜里，我睡在我父亲睡过的床上，侧耳倾听于力强奸那女人时发出的令人恶心的声音。我害怕第二天一觉醒来，那女人会像我母亲一样赤裸裸地被法医弄来弄去，因而我一夜未眠。直到早上，那女人一拐一拐地走出门，我才放心地去上学，并不时地回头，发现她干净的脸上洋溢着年轻女人丰腴的魅力。她虽然说不上漂亮，但也娇小玲珑、眉清目秀。于力疲惫而满足地倚在门柱上，浅薄地看着那女人蹲在地坪中间哗哗地撒尿，清澈的尿液汇聚成涓涓小溪，绕了几道弯向大海奔腾，几只小母鸡欢快地拍着翅膀，仿佛要首次飞翔。

放学回来，我和于力达成了协议，于力为我结了我在于球药店已经欠下并可能继续欠下的药费，作为回报，我允许那女人穿我母亲留下的衣服，包括那件闪着金线光芒的花格衬衣。但那女人竟将我母亲的衣服撕成一条一缕的，我勃然大怒，拿起一根木条就往那女人身上打。常言说，疯子怕恶人。我追打她，她无路可走，瑟缩在围墙一角抱头痛哭。于力忙过来夺我的木条，我和于力扭打成一团。那女人要跑，但大铁门严严实实地锁着，高高的围墙像高州的城墙一样又厚又滑，连长翅膀的母鸡也无能为力，她终于绝望了。

村里的人过了几天才知道于力终于有了女人。是我不小心说出去的。校长阿富看出我近日的不正常，上课走神，他说镇上批了，从下学期开始我的学费免了。我的回答是，我知道了女人的秘密，于力也知道了。

校长阿富首先窥探到于力和那女人在屋里一丝不挂。等到于力从屋里出来时，一向能保持清醒的阿富严肃地说，你是在和一个精神病人睡觉，这是犯法的，将以强奸罪论处。于力说，这我知道，昨夜我翻了法律，最多只判五年，我哥是八年，我出来还比我哥早呢。那女人衣着松垮头发蓬乱地出来，看到阿富突然惊恐地叫道，他是校长，滚滚滚！

于力惊讶而幸灾乐祸地说，她怎么知道你是校长？阿富说，这不重要，关键是她为什么要怕校长？我说，阿富校长，她肯定有个孩子，平时被校长追讨学费追讨怕了，所以怕你。阿富说这个解释有道理。阿富从此不再来我家，直到两年后他亲自送县重点中学的录取通知书给我。第二个知道于力有女人的是村长兼村卫生室医生的于球。他一进来，那女人就惊喊村长来了，并蹲在地上抱头痛哭。于力惊讶而幸灾乐祸地说，她怎么知道你是村长？于球说，这不重要，关键是她为什么会怕村长？我说，她连自己都记不清是谁了，竟然还说得出你是村长，可见村长之可恶。村长一进屋，不是公粮集资就是骂人，她怕，更重要的是你是个开药店的，她可能深受假药之害，所以对你恨之入骨。村长于球说，这一点儿道理也没有，你凭什么说我卖假药？我可是对全村乡亲的生命和健康负责，不敢有丝毫差错。但他从此也不再来我家。四个月后他的儿子死了，他在我家门口找于力，没进家门。后来，大耳强也来过，那女人不由分说抄起菜刀要砍，大耳强抱头鼠窜。我就知道她也恨广东的小贩子。从此，没有人敢踏入我家半步，我家成了一个森严的堡垒，外面的人不知道这里发生了什么或将要发生什么。于力期待的正是这种清静和安全，一直到那女人的肚子鼓起来。

于力开始认真地筹划未来。他说，我成家了，该立业了，你婶一生下小孩就更像一个家了。我说，她不是我婶子，你们没有结婚证，我怎么会有一个疯子作婶子？那女人有一天突然说她叫田芳，田地的田、芬芳的芳。我就叫她田芳，并突然觉得她是有点儿文化的人，因为懂得"芬芳"这个词的女人应该是读过点书的。田芳的脸开始红润起来，白白净净的，并显露出高雅气质，越来越像一个城里人，有时笑起来还真迷人。但她依然是傻笑，依然喜欢在地坪中间撒尿，常将上衣脱了露出丰满的乳房，我夜里做梦时老是抓着这两只犹如芭蕉蕾的奶子并轻轻地碰撞。我也要发疯了。我对于力说，我得了一种怪病，快死了。于力说，怪不得校长阿富今天告诉我，你的成绩一落千丈，没戏了，不如跟我种芭蕉，你能活多久就帮我种多久。我说，于力，你再种芭蕉你也会疯的，八分钱一斤也卖不出去，别白忙了。于力说，我就会种芭蕉，芭蕉能给我带来好运气，你懂什么。于球说了，市场经济有条规律叫否极泰来、贱极必贵，明年的芭蕉就不会贱了。于是，还没完全理解"否极泰来"的于力又种了两亩芭蕉。结果芭蕉传染了一种怪病，中间多长出了一颗蕊，两颗蕊在争执着，结果两败俱伤，芭蕉树越长越矮。不久，一地芭蕉全蔫了。田芳似乎明白了于力的烦躁，晚上竟不再大喊大叫。我也睡得安稳了许多。校长阿富终于发现我的身上有一股异味，阴阴地笑着说，你开始遗精了。我通过字典，终于弄明白遗精的含义。我如释重负，学习成绩又上来了。我通知于力，于球的药费不要付了，他卖假药，他的四维素是假的。此外，为了报答校长使我从深深的自责和恐惧中解脱出来，终于如释重负地把精力集中到他的粉笔尖上，我决定喜欢上他的还常吊着一串像猪油一样鼻涕的女儿，一个成绩与我不相上下的同班同学。在不久以前，我对这个"卖油女"可是不屑一顾的。

于力对日益羞涩的腰包感到恐惧。他曾信誓旦旦地说要让田芳过上好日子，像城里人一样体面优雅地生活。但满地芭蕉一蔫他就慌乱不堪，好像十分内疚，对田芳老是充满歉意地笑，田芳也莫名其妙地笑，我简直分不出他是不是也快疯了。我的家庭在两个人老是不知所以的"笑"中给人以幸福的假象，在假象的熏陶下我也似懂非懂地享受到了久违的温暖，不时地怀想起狱中的父亲。

于力将猪栏里的两头猪卖了，又将七只鸡也卖了，天天给田芳买回好吃的，鱼呀、猪肚呀、牛肉呀，甚至到镇上去买鳖和海鲜，还有海飞丝洗发水舒肤佳香皂。田芳愈发白嫩，而且身上不再散发出臭味。那天她跟于力到村公所去，引起一帮闲人的惊呼。田芳对每个人都咧嘴笑，大方得体。大耳强试着伸手去捏她一把，田芳咯咯笑着躲闪到于力的身后，两只引人注目的乳房紧紧地贴在于力的身上，谁也休想轻易偷袭得手，大耳强心痒痒的，咬牙切齿。于力这一天得到了一生中最多的赞叹和妒忌，他没有理由不飘飘然，带着肚皮微鼓的田芳往各村溜了一圈。回来的路上，阳光如箭，田芳实在热了，飞快地将衣服全脱了，一头扎入河水中，美美地躺地水里不肯上来，还很优美地做了几个仰泳、蛙泳的动作，引来越来越多的人驻足观看评头品足。

有人惊呼，看，她还会蛙泳，这是国家运动员的标准姿势！

另一个人马上表示怀疑说，你不是教练，怎么就知道这是蛙泳的标准姿势？

那人理直气壮地回答，怀孕的青蛙就是这样游泳的，屁股翘着，四脚摊开，就像她这样，还能分得出雌雄。

于力急了，跳下去，狗刨式地游了几下，却被田芳抓着头发按进水里，挣扎着不断地呛水，众人大笑。于力几经折腾才将她抓住，一把拖上来，健步如飞地背回家去。从这一刻起，于力开始真正爱上这个与村里的女人不一样的、有着城市女人和游泳运动员般高贵气质的田芳——而非只当作性工具，他决心以一生的努力治好田芳的病，真正过上恩爱的令村里人嫉妒的夫妻生活。

第二天一早，于力去找石根村的张望。这是一个五十多岁、身子还很硬朗的老男人，但眼神阴郁，穿着一身蓝黑的衣服，浑身散发着腐臭味，一看就像个替人收尸的人。昏暗的房子里，他正躺在一张藤沙发上，半睡半醒，一只大腿搭在桌上，裤链没有拉上，露出黑色的内裤。

于力先后连叫了三声喂。

张望没好气地问，喂什么，是不是家里死人了来找我？

于力说，大吉大利，没有，我听说你的拍挡何苦快死了，王朝、马汉、张龙、赵虎，王朝不成了，你们现在三缺一，我想顶替王朝。

于力说到底不是笨拙的人，他知道什么时候该拍马屁，该拍谁的马屁。张望就喜欢别人这样称呼他们四个抬轿的（棺材是死人的轿子，人们都叫他们"轿夫"），王朝、马汉、张龙、赵虎是大宋王朝重臣包拯的侍卫兼职办差。张望也姓张，就是张龙。何苦自告奋勇，自诩为王朝。马汉、赵虎是两个一点也不滑头的大块头，常常为谁是谁争论不休。张龙在这四人里边一言九鼎。

张望坐起来，冷眼打量了一番于力，说，你以为轿夫这碗饭你也能吃？会撑死你，你看你又瘦又矮，又是瘸腿，不要说抬死尸，就是个空的棺材你也抬不动，你知不知道现在的人有了钱，棺材做得越来越厚，死胖子又多，这不算，下棺的穴地都要往高高的山顶上选，生前赖活在底层，死后要往高处爬，越高越好似的，这有什么用？只是先笑死卖棺材的，气死我们抬棺材的，后累死扫墓的，唉，这人呀。

于力说，我不怕，就算抬到天堂地狱也不怕，因为现在做什么也比不上抬棺材赚钱。

张望点了点头，说，你也眼红了？但做这一行大都不得好报，赚的是死人钱，是血力钱，会折寿的，还要像瘟神一样生活在人家的躲避里，人们只有家里死人了才对你客气，对你讲礼遇。

于力说，我不怕，我只怕没钱，我要钱。死人的钱是给活人用的。我只认钱，不认活人死人。

张望说，于力，你老爸在的时候并不像你这样贪钱，人也老实厚道，他死时你们兄弟还小，我抬你父亲的棺就是意思意思，只收了你们家三元六角，平时可收七元两角，一分不少。这样说来我一直对你家有恩，你可不能忘恩负义。

于力说，张师是少有的好人，见钱眼不开。

张望抬头说，你在说反话，骂我？

于力说，不是不是，我是说我要向你学习，碰上卖身葬父的人要同情，减半收钱。

张望犹豫了一下，说，既然如此，你先练功再上岗。

于力兴奋地说，将来抬棺我要抬得比你稳，因为我比你年轻。

张望不屑地说，你以为年轻就稳了？我抬过不少的死尸，比我年轻多了。

于力边走心里边骂这个要称为师父的老鬼，觉得他最后说的那句话很毒。

我一开始以为于力真的疯了，他天天背着田芳往山上爬，弄得田芳也满头大汗，疲惫不堪。他每天都告诉我，他今天又爬了十趟，他的肌肉比过去结实多了。我说，于力你不要发疯了，你看田芳的肚皮越来越大了，你折腾她就是折腾你的儿子。于力突然害怕了，不再背田芳。这一天，张望来找于力，我不让他进门。张望说，你不要歧视我，你的叔叔马上就要步我后尘当轿夫了，于球的儿子昨夜死了，于力有银两收了。于力高兴地跟在张望的背后，与田芳说拜拜。我气得要死，满怀耻辱，拿起一只洗澡桶狠狠地向于力掷去，没掷中他，却掷中了张望。张望阴沉地回头说，下次会轮到你的。我骂道，老鬼，你老了，如果不是掉到自己挖的棺材坑里死了，就是死于蛇毒，于力会给你收尸，并且减半收费，他不会让蝙蝠白白吃了你。但张望听不到我的话，他已走出好远。对待这种人，只能以毒攻毒。

于球的儿子有先天性心脏病，十三年来，天天都吃药，要不是他家开药店，早就吃穷了。昨夜，他也吃了药，是于球新进的药，可是半夜就叫苦，叫难受，叫救命。不到几分钟就断了气，

当代中国最具实力中青年作家书系

送到镇上，医院不肯收了。于球一家哭得天昏地暗日月无光。于球的儿子是于力从事抬棺行业以来抬的第一个人，虽然于球并不讨人喜欢甚至令于力十分厌恶，但于力认为这是两回事，一边是私人感情一边是工作，不可混为一谈，对工作就应该郑重其事，认真做好。于球也许是不忍心折腾于力，选在半山腰埋葬他的儿子。于力做得很好。挖掘坟穴时他挖得最快，一把新铲把土石一铲一铲地从坑里抛出来，还抛得高高远远的，沙土迎风飘扬，把张望他们逼到一旁抽烟闲聊，说一些于力听过但仍然想听的黄段子。于力觉得应该笑时，不等张望使眼色就自觉地笑，还要笑得灿烂自然一点儿。很快，越来越深的棺材坑就埋没了于力，要不是他抛泥出来，还以为他死在坑里了呢。有时久不见动静了，张望就往坑里扔一块泥团，正好落在于力的头上，于力拍去头上的泥土，大声而豁达地说，我还没死，不过谁都会有躺在这里喂肥虫蚁的一天。

于力一个人干了四个人的活，张望十分满意，给了他几句很温暖的话。抬棺时于力和赵虎走在前面，张望经验丰富，和马汉走后面。出殡时看到后面跟着长长的送葬队伍，看到于球痛不欲生的样子，于力觉得自己在这时有着凛然不可侵犯的尊严。抬着抬着，于力说，其实像这种小孩的轿子，又小又轻，一前一后两个人抬就成了。张望骂他，你心里是想自己一个人背上山吧，钱全进了你腰包，你小子太自私，会掉进自己挖的棺材坑的。于力恳求张望多教他一些东西，张望说，你一下子都会了，我就要下岗了，我看得出来，你不笨，但你不要以为我们真的已经半截入土，我们还能看得穿你的那点儿花花肠子。于力从于球那里要回好多剩菜，我觉得那是死人的肉，恶心，碰也没碰，而看到田芳吃得津津有味，于力便有了成就感，感觉到了作为一个男人的尊严。

村里不是天天有人死，有时很久才死一个，于力常常暗地里埋怨说，他妈的，眼看病了三年的陈大贵快死了，却又给于球稀里糊涂救活了，其实他活那么长有什么卵用？耗尽自己儿子的钱财，就怕到头来买得起棺材，供不起我们抬轿的。越是盼望天天有人死的于力，越是看到一个比一个顽强的生命在跟他较劲，不到万不得已就是不死给他抬，有诸多无奈的于力终于忍受不住了，当着很多人的面怨声道，做死人的活跟种田没有什么卵两样，都得靠天吃饭。

于是于力平时就做点儿农活，芭蕉是不种了，水稻种少了，种了一些玉米。这里本不是种植玉米的地方，但玉米长得也快，还未成熟就有小孩偷摘。我在地旁边树了一个牌，声明这是于力的玉米，从此就没人敢偷摘了，偷了玉米的小孩人人都有呕吐的现象，家长质问于力是不是玉米喷了农药？于力说，不是，从没有，你们别以为我缺死尸抬就做这种坏事，我再盼望有人死也不敢把人活活毒死，反正你们迟早也是要死的，我为什么不能等呢？家长明白孩子是条件反射，是因为厌恶于力进而厌恶他的玉米，他们都为各自的孩子烧了香，辟了邪。但人们发现于力说话越来越像张望了，都不愿跟他说话，生怕他冷不防送你一句不吉利的话，让你倒霉大半年。

人们躲避于力的同时，我也渐渐变得不受欢迎，只有校长阿富的女儿小惠对我一往情深，常常从她父亲那里偷到考试的题目给我，使我不再为考试的事情烦躁，我的每次成绩都轻松并稳稳地占据着全校第一的位置，为此，我感激小惠的无限温柔，对她的鼻涕也不那么讨厌了，并安慰她说那是鼻炎，到了嫁人的时候就自然好了。小惠信以为真，高兴地拉我到校园的后面，在一个深深的青草葱郁的土坑里，与我抱在一起，我学着于力的样子将小惠的衣服脱掉，她露出两只比田芳小了一半的乳房。于力和田芳做爱的情景像洪水一样拍打着我，我的下身像钢钻一样无法弯曲，我不可抗拒地想要进入一个我从未到过的地方。但此时我突然触摸到一块腐烂了的棺材板，意识到我们是在一个曾经埋葬过死人的棺材坑里，我惊叫着提起裤子逃遁，将小惠留在那里大哭，直到她的校长父亲阿富到来。后来，小惠有点儿恍惚地跟我说，她父亲阿富对我的评价一落千丈，说我还比不上于力，从小就没有责任感，这种人嫁不得。为此我对于力竟有了嫉妒，我们的矛盾进一步激化，我不能容忍一个抬棺材的人进入并住在我的家里，我要赶走于力，因为这座房子是我父亲从越南战场回来后用残缺的手建起来的，于力只是从邻镇的山中偷回了一些木材做栋梁，贡献甚微，我有权支配我父亲的劳动成果。但于力找到了我的弱点，他说没有他我上中学将成为梦幻泡影，更不用说读大学了。我不得不让步，因为于力答应一直供我到上大学。我们都做了最大的妥协。但我怀疑他的能力和诚意，你看他，一有钱就存到村储金会去，而且存折还是用田芳的名字，这钱肯定是为田芳治病准备的。

于力在村储金会存钱时，语气和张望一样，趾高气扬又小心翼翼。

喂，林三，存三百文（元），要定期的，利息就像是我的儿子，越多越好。

林三说，于力，混得不错呀，又有钱存了？这样下去你很快发财了。你比你哥有财运。

少啰嗦，快点，不要让别人看见了，他们会以为我的钱来得很容易。

林三说，怎么不容易呢？干了活钱就当即兑现，谁敢欠你的人工钱？比你种芭蕉好多了。

这是大实话。但你要保密，连于球也不要让他知道。

林三说，他管储金会，账目都得经他，怎能不给他知道？

于力迟疑了一会儿说，那尽量让他迟点儿知道。话又说回来，他知道了又能怎么样？他儿子的殡葬费我只是拿了一百，那是我该得的，棺材坑是我一个人挖的，算细了我还吃了亏。不过，这一百元又存在他的储金会，只是存到了田芳的名下，他不应该对我有怨言。

于力的两根抬棺杆就放在我家地坪的一角，红红的，一团粗粗的红绳缠在杆的末端，我时常想，万一这绳在行进的过程中突然断了，棺材从山顶上滚下来，尸体和棺材各走一边，该是多么壮观的场面啊。这种场面正好在这年的冬天出现了。那是原来的轿夫何苦死了。说上去他是张望的同事，他是半年前抬棺上山，下山时摔了一跤后一病不起的，把抬棺杆传给了于力。虽然不是他直接将杆交给于力的，但于力明明是接了他的班。于力对他有点儿同情，主动跟张望说，抬何苦的棺材我不要报酬，就当报答他老人家。张望说，你想要也没有，他一生就没剩下一个钱，也没儿没女的，棺材还是我出钱为他买的。于力问，他的钱给了谁？张望说，给了清湾镇上一个专给人哭丧的寡妇了，受骗啦，女人这东西。我们都劝阻他，干我们这行的就要认命，该没儿就没儿，该没女人就不要强求。于力有些沉重，正好天上下着毛毛冷雨，

当代中国最具实力中青年作家书系

路滑，上到半山腰，他打了一个趔趄，便失去了平衡，后面的张望也站不住，四个人同时失去了重心，都摔倒了。棺材顺着山势滚下来，从张望的身上滚过去。张望啊一声惨叫。棺材滚到不远处让一棵老松树挡住了。于力以为张望受了重伤，其实他并无大碍，爬起来老练地指挥着将棺材弄上来。但此时何苦自己从散了架的棺材里不声不响地钻出来了，把于力吓了一跳。于力对何苦说他不是故意的。已经腐臭的何苦并不打算张口说话，被张望又直挺挺地塞进棺去。幸好没人看到这一切。冷雨纷纷，谁也不会去给一个生前抬棺的人送葬。张望说，干这行二十三年了，头一次如此狼狈。于力内心里不肯承认是因为这趟是白干的，自己走神了才出现这种情况，他分明已经说服自己学一次雷锋，但关键时刻腿脚怎么就不听使唤了呢？

张望好喝酒，轿夫都好喝酒。别人家里死了人，人家痛哭人家的，道公们敲锣打鼓唱哀乐，他也不管，他只管抬棺。抬棺之前要喝酒。张望对于力说，没酒不成，一没力，二没胆。于是他们四人就在死者的家里，找一个稍静一点儿的地方，低声说笑，轻松对饮。

张望大声而客气地对死者的家属说，你们只需给我们四斤米酒，好一点儿的，三五个下酒菜就成了，这样就不用再管我们，哭你们的去。

死者家属说，好好，给你们拿上等米酒，周达昌酿的，保证纯正，不纯正你们骂他去——明天就辛苦你们了。

张望一副严肃的样子说，你们记住，明早七点二十一分出殡，日出东方，瑞气环绕，吉祥。

家属感激地说，一切听张师傅的，张师傅说吉祥就吉祥。

于力慢慢也学会了这个派头，不久以后，他就模仿着张望的语调吩咐死者的家属，老练而世故。他的酒量也大了起来，能从傍晚一直陪张望他们喝到第二天出殡。出殡回来，常常还要喝，但不是在死者原来的家里喝——出了殡就不准再回死者的家中了，而是在于球的店旁边的冯八粉摊。冯八刚开始不太欢迎他们，但顾客少，只有过往的一些小贩光顾，不足以维持，也就欢迎于力他们了。张望能吃，他见过的死人多，对人生的看法比谁都直接，要及时行乐，每次都炒四大碟的粉，满满的，炒粉时每碟要加二两瘦肉，有牛肉就不要猪肉，喝上三斤米酒，若无其事、旁若无人地喝，有时还划上几回拳。于力不懂划拳，就来"包、剪、锤"，更简单地就玩"单、双"，只顾尽兴。别人对他们很不屑，看到四根抬尸杆摆在一旁，没人愿跟他们说话，碰到抬尸杆或从抬尸杆下走过都是要倒霉的。于力总忘不了也给田芳炒一碟粉，满满的，加上二两肉，有牛肉就不要猪肉，让田芳也高兴高兴。

田芳终于生了。那天我刚好回来，我看到她一丝不挂地仰坐在地坪上，双手后撑着，张开双腿，汗流浃背，巨大的肚皮风鼓一样，像快要破了。真的破了，汹涌澎湃的羊水突然如决堤一样从那块我熟悉的地方喷薄而出。田芳惨叫一声，双腿之间露出了于虎的小头，才一会儿，整个儿于虎就被他的母亲从身子里活生生地拖了出来，心直口快地放声大哭。田芳显然不喜欢于虎这种夸张的表演，一把将他举过头顶要摔。若干年后，我对于虎说起此时此刻，我都用更惊险的字眼描绘，并不容置疑地强调是我大呼"刀下留人"出手救了他，否则他成不了于虎，米庄也就少了一个十三岁就能自己杀猪的杀猪佬。我从田芳手中夺过于虎，用于力晾在绳上的长裤把他包起来——抬棺佬的衣服能避邪。田芳径直走到厨房，跳入我们饮水用的大水缸里洗澡，顿时水缸变成了红海，像杀猪用过的。我恨得咬牙切齿，但为了于虎，我没有学司马光将水缸砸烂。是及时出现的于力将她从水缸里提出来的。我叫于虎去要奶喝。于虎就像蚂蟥一样死死地咬紧田芳的奶头，完全按我的想法去做，连于力要给田芳穿衣服也不配合。于虎这小子一生下来就有韧劲儿，后来竟如我对他父亲一样对我，直到他十八岁时，因为他母亲被人无休止地提起而打伤老态龙钟的、已木讷到靠回忆和说闲话度日的于球，让派出所抓去并由我找关系放出来后，才对我恭敬一点儿，才叫我一声"哥"。而我从未叫过于力一声"叔"，从不。有几次我几乎要叫出来了，第一次是我上高中那年，他送我到学校大门口，我阻止这个全世界最猥琐的男人进去。他掏尽衣袋里的钱给我。我说，你应该为自己留下回程的车费，从学校到家里有六十九公里。于力说，你不要担心我，你爸减刑了，三年后你考上大学他就可以出来了。我看着于力一瘸一拐的背影真想喊他一声"叔"。第二次是他在高州医院太平间背尸，为尸体美容赚钱给田芳治病，我去看他，很感动，差点儿叫了出来。第三次是他得了癌症临死前，对我父亲说他终于让我读上了大学，他对得起我父亲。这一次，其实我已经叫了他一声"叔"，但他没听到，因为他死了。

于力叫我去请于球。于球是赤脚医生。我说，于球早就不给人看病了。自从他的儿子死后，于球就不给人看病了。他说连自己的儿子都救不了，这医生不做也罢。但别人可不是这样说，别人说是他卖假药，那天给他儿子吃的就是假药，报应。他一气之下，不治病了，村长也辞了，只在村里任个农总，专注于村储金会的经营，他的老婆把药店改成性用品店，引起极大争议，整天有一帮闲人呆在店里，不断地说黄段子，于球的老婆一点也不害羞，常与大耳强之流拿仿造的男性生殖器开玩笑。校长阿富曾激烈反对于球开这种店铺，伤风败俗不算，害得他天天上学、放学时间必须在店门口一脸严厉地守护着，决不允许一个学生进去。他对于球老婆说，这是城里人用的东西，到农村有什么市场？于球老婆说，刚开始电视机也是只有城里人用，现在你不也用了？阿富说你这是强词夺理，贻误下一代。于球老婆反唇相讥说，你家小惠无师自通，跟于桂已经那个了，这也是我的责任？

　　我第二次和"卖油女"小惠在一个废弃的砖窑学着接吻的时候，被于球老婆发现，我以为她不会把这个事关我和小惠身心健康的秘密说出去的，但我还是过高估计了她的人品。本来我与于球的老婆素无过节，从此以后我就视她为仇敌，认为她的儿子死了活该。后来，她与大耳强在店里通奸，被于球捉奸在床，这个被于球视为罪魁祸首的性用品店终于寿终正寝了，这是后话。我请了一个刚从广西医学院毕业回来，准备在村里开诊所的大学生为田芳看病。那大学生有点儿好色，拿着听诊器往田芳身上乱蹭。事毕，说她没病，当然除了精神方面。于力说，她的下身刚浸了生水，会不会发炎。那大学生说，这个难说，要不给她开点药。于力说，打针好，就打针。打了针，那大学生说，她的精神病可以治，不一定能完全治好，但至少可以减轻。于力说，我已有打算，小孩断奶后就去治。那大学生说我可以试试，我学过一些精神病治疗。于力说，我不给你做实验，医砸了你担待不起。那大学生说，这女的长得不错，像城里人。于力说，这是我的事情，你是医病的，放老实点，告诉你，在这个村里开诊所，我要反对，你开不成。这是实话，他把抬尸杆往你门前一放，谁也不愿进去，

当代中国最具实力中青年作家书系

宁愿多走几里到另一个村的诊所。那大学生小气，看不顺眼于力土匪一般的无赖样儿，就暗中报警，派出所来人，要管于力。

所长说，于力，你犯法了知道不？

于力说，所长，这个我早就知道了。去年你来我们村普法，我学了。

所长说，你是知法犯法、明知故犯。

于力说，我不犯法就没有老婆，我的屌就一辈子只能当腊肠管撒尿，太浪费。

所长说，这我不管，我只管犯法的事。谁犯法我抓谁。

于力说，所长，你抓我去，我的饭你肯定管了，但我的儿子谁管？田芳谁管？我的侄子谁管？还有，村里村外死了人谁管？

所长觉得这是四道难题，说，田芳不是你老婆，你从哪找来的给人送回去，我就法外开恩不追究了。

于力说，田芳是哪里人我也不知道，她的口音不像北方人，也不像广东人，更不像本地人，现在城里人缺德，对精神病人不愿收留，从这个城市偷运到另一城市，从另一个城市再运到下一个城市，运来运去，正常人都找不着北了，何况是精神病人。叫我把田芳往城里送，这不是让她白白饿死病死吗？在我这里，活得好好的养得白白嫩嫩的，她不愿意离开了，我还要给她治病，我是为城市人为国家说到底也是为你们派出所做好事哩。

所长无话可说。另一个干警笑嘻嘻地说，于力，你白拾了个不错的女人，你可不笨，还说服了我们所长不抓你。

所长厉声说，我什么时候说不抓他了？等到监狱空一点儿再抓也不迟。

田芳很快就意识到于虎是她的儿子，竟然十分老练地喂养着于虎，照顾得十分周全。于力说，她肯定生过小孩，经验丰富着呢。这样于力就能放心地忙他的活。当然，我也常常照料于虎。他小时侯的确有几分可爱，但这时他的眼神已经露出了屠夫的冷漠，怪不得他十三岁就能把一头活猪猛地扯到肉台上按住，闪电般将刀插进猪的喉咙又拔出来。

张望的业务范围已扩展到周边村镇。于力忙忙碌碌地，有时很晚才回来。田芳除了痴痴呆呆外，对于虎还算得上充满母爱，一天喂好几次奶，完了背在背上，尿湿了她也知道为于虎换衣服，只是有时于虎不识好歹大哭不止，田芳就用双手握住于虎的脖子要一把掐死他，或张牙舞爪面目狰狞地要生吞了他。说实在的，她那样子我非常害怕，以至于我赶紧逃之夭夭。于力回来后，将抬尸杆往屋檐下一放，就直奔于虎，直到确定于虎还完好无缺才放下心。高兴时于力会唱上一曲包青天。但当他发现田芳竟然懂得跳舞时，他就慌了。就在这一晚，于力刚唱起一曲《包青天》，那边田芳就放下于虎，在地坪上跳起慢三、慢四甚至探戈。那娴熟的动作让于力看得目不暇接、目瞪口呆。他认定，田芳真的是城里人，还可能是有一定身份的人。这一夜，他辗转反侧，对田芳的身份做出了以下四种估计：

第一，可能是歌舞团的文艺骨干；

第二，可能是有钱人的太太；

第三，可能是当官的情妇；

第四，可能只不过是一个普通的市民，但不可能是农民。因为等到农民会跳舞的时候，估计已经没有米庄了。

于力认为一个人不可能轻易就发疯，发疯就是精神崩溃，只有失望甚至绝望的人才会如此，人只要还有一条活路，就不会疯。

当代中国最具实力中青年作家书系

比如他于力，怎么会无缘无故地说疯就疯呢？田芳发疯定有她发疯的缘由，于力自认为见多识广，他和张望在一起时就像一个农业病虫害专家，有理有据地分析田芳成为精神病人的原因，可能性也有以下几种：

第一，在跳舞事业上遭受重大挫折，也许有人强迫她当众跳脱衣舞，她是个传统的女人，坚守道德底线，誓死不屈，后来被逼疯了；

第二，她爱的丈夫突然有了外遇，带着二奶招摇过市，甚至还带回家，她是个重感情的女人，受不了听不惯别人的讥笑，想不开就疯了；

第三，她做了别人的情妇，一心要与那个男人结婚，最后被无情抛弃，她是想找个可靠的男人托付终生的女人，结果被人骗，财色两失，疯了。但她迷迷糊糊中觉得还是农村的男人老实可靠，不知不觉就去了农村，成了从城市来到米庄的女人；

第四，她是一个习惯于上下班的城市女工，但突然下岗了，生活困苦，家里有老有少，儿子又要读书，郁郁寡欢，这样人也会疯。

张望说，可能性还有一种，那就是她的丈夫跟你一样没有出息，甚至连抬棺材的本事也没有。于力觉得张望说的也有道理，就单独请张望吃了两大碗炒粉，加了半斤牛肉。张望说，你不要管她怎样疯的，现在她是你的老婆了，你治好她就是了。

于力常常做这样那样的假设，弄得自己又喜又愁又有几分自卑。喜的是，他也能与一个城里的女人甚至是个贵妇人同床共枕，这是他八辈子想都不敢想的事情；忧的是，于球说过，治好了田芳的病，她恢复正常了，不仅要回到她原来的地方，还可能要告他，告他强奸，她的家人要砍死他，于虎也要被带走，城里的人不会跟你讲情义，他们不是讲钱就是讲法律，都不讲情义了。于球的话使于力陷入困境。有时，于力站在田芳身边，就感到莫名的自卑，就像过去到镇上从那些干部模样的女人身边走过一样，无论怎样调节心态，也摆脱不了低人一等的猥琐和无法战胜的自卑。

于虎在于力的忐忑不安中咬住田芳的奶头，田芳哎唷一声惨叫，原来是于虎长牙齿了。于力说，小家伙该断奶了。于力在田芳的鸡汤里下了一些草药，第二天田芳就没奶水出了。于虎在嗷嗷待哺中被塞进一团粥。

我给沉浸在赚钱快感中的于力迎头一棒，说，你到底还治不治田芳的病？听说你不治了，对吧？

于力奇怪地看着我说，我治不治她的病跟你有什么关系？她是我老婆，不是你老婆。我治不治是我的事。

于力满嘴酒气，脸红红的，像棺材一样。我不想跟一个酒鬼争吵。于虎坐在地上，看田芳在跳舞。田芳就在地坪中间手舞足蹈，于虎觉得有趣，咯咯地笑，也跟着挥舞双手。

于力也很高兴，突然对我说，你上中学了吧？

我说，校长阿富已经送县中学的录取通知书来了。

于力说，不错不错，阿富的女儿识货，就知道你是富贵相，才跟你睡。

我一脚往于力的身上踢去，说，你下流，你是强奸犯！我没跟小惠睡觉。

于力笑道，这是于球说的。

我气愤地说，于球的老婆跟大耳强睡觉。

于力大吃一惊，说，你不要胡说，会出人命的。

我说，你不正是要死尸抬吗？你巴不得天天有人死给你抬呢！

田芳突然用带着上海口音的普通话说，上海，上海！

于力惊讶地说，田芳，你说什么？

我说，她是说上海！

于力惊恐地说，她是上海人？上海离这里多远？

我说，你要送她回上海去？如果你骑自行车，日夜不停地跑，估计一个月就可以到达上海了。

于力如释重负地说，这我就放心了。

大耳强与于球老婆通奸的事不用我说就已闹得沸沸扬扬。那天，于球揪住他老婆的头发，一巴掌一巴掌地往她的脸上揎，就像教训一头挣脱缰绳到田里偷吃庄稼的母牛。一会儿她的脸就红成了血肉。众人旁观，但没人敢劝阻。女人出了这种事情总该教训教训。于球老婆被打急了，说，于球，不要打了，嫁给你十几年也给你打够了，我跟你离婚！

于球松了手，不屑地说，好呀，你红杏出墙还有理，众乡亲在这儿，你还有脸说离婚！我早就说你开什么性用品店肯定出事，不是别人出事就是自己出事，这不是应验了？

于球老婆说，我是错了，错了又怎么样？我要离婚！我就跟大耳强走！

但于球老婆相信会带她走的大耳强一去不复返，这个高州小贩子后来也始终未见出现。于球老婆也没有离婚，倒是于球和镇上的一个九江来的发廊妹出双入对地在村上出没。有一天，失魂落魄的于球老婆跑来问于力说，于力，你帮我打开我儿子的坟墓，看他是不是被活活地埋了？

于力说，你发神经病了？

于球老婆说，陈娟说的，我儿子本来没有死，被你们活埋了。他只是暂时断了气，是假死。后来醒了，被闷死在棺材里。

于力说，老巫婆的话你也相信？不要相信陈娟的鬼把戏，她吓死过不少人。

于球的老婆说，你帮不帮？不帮我明早自己去挖棺！

于力有个条件，说，帮忙可以，但你不能到现场。

于球老婆是偷偷到现场的，她看到自己儿子的尸骨果真是俯卧着的，一下子就昏死过去。她醒来的时候，于球看到的就是一个与田芳差不多的疯老婆了。她不断地埋怨于球轻率地埋了儿子。从此，村里多了一个更疯的女人，一个只要不累倒不睡着就烧香唱戏到处乱走的女人。但于力成了千夫所指——你就不能给于球儿子的尸骨做点手脚？你帮他翻转过来不就成了？或者就说当初你们抬棺材上山时摔跤了，把尸体打翻在里面了，这不是不可能。于力说，我没想到说假话。有人斥责说，你是在该说假话的时候不说假话，不该糊涂的时候装糊涂。

于球老婆每次见到于力，都拉住于力说，你说，我儿子是不是被你活埋了？

于力挣脱她的手，说，不关我的事，是张望找我去干事的，张望又是师父，你找张望去。我一个抬棺的哪管得了那么多？管他是活人死人，反正塞进了棺材我就抬，给钱我就拿。

不知道这一天是哪一天，于力从邻镇回来，听到有人说，先前于球拿村储金会的钱给大耳强做生意，生意黄了，大耳强不知去向，于球被镇政府抓去问话至今未回，这次于球真是赔了夫人又折兵。于力的头嗡一声，像响了一声雷，田芳似乎知道发生了什么事，抱着于虎呆若木鸡。张望不是省油的灯，他召集四个伙计扛着抬尸杆到了村储金会，要村里给他们兑付存款。

已任村长的林三问张望，你存了多少？

张望啪一声把存折扔给林三，林三大吃一惊，三万？

张望说，我抬了五百三十七具尸体才有这个数。

林三问于力存了多少。于力说，不多，我才抬了五十九具，差一具就六十具了，存了四千五。

林三说，你们存在这里的钱，迟早会兑付给你们。

张望说，等到抬你时才兑付吧？

林三生气了，说，你这人说话挺毒的。

张望气昏了头，当即宣布，从明天起不抬棺了，就算村里到处都是发臭的尸体，也不抬了。马汉、赵虎也说，年龄一大把了，兄弟叔侄早就劝不要再抬棺了，现在白抬了，不如退休，等别人来抬我们。于力年轻，除了抬棺，不会有人请他做其他事情，他不能学张望他们，他们就算马上死也没有什么牵挂，但他不成。张望看出了于力的忧虑，说，你的身体还可以干上几年，我向我的师弟推荐你跟他做，他在清湾镇抬棺，也正好要换人手。于力这才放下心。但他每次出发就没有那么方便了。从此，村里有人死了，都要恳请于力。于力开始有了做人的尊严，因为他对入殓、出殡等一整套程序更加熟悉，还从清湾镇的人那里学到了新的东西，那是张望他们不懂的。更让村里人欢迎的是，于力能请来一个十分了得的哭丧婆，这个骗了王朝不少钱财的婆娘一见到场面就能哭，一哭就天昏地暗，唱的丧歌连续几个钟头不重复，哭得异常悲切，就像死的人是她的老父一样。张望一直以来是反感这个哭丧婆的，王朝在世时她就千方百计想到我们村来揽活，一概被张望拒绝，现在看到人们乐于请她，就无话可说了。这年头，死了父母也不自己亲自哭了，但他管不着，他知道自己不干那活了，别人不听他的了。于力曾对我说过，现在村里的人对他不一样了，好多了，当他是师父了，这是对的，否则，哪家死了人，他就故意拖着不帮他们抬，就说没空，某某村早就约好了，然后扛着抬尸杆到镇上转一圈，让他们的亲属腐臭几天后再帮他们处置，额外收费，让他们知道抬棺材的也是人。他说，说实在的，我还不愿意帮他们抬呢，外头给我们四个人的报酬都提到每人一百五十元了，还不算小打小闹的"利是"，但村里还照旧，那是张望五年前定下的价钱。镇上给的价钱还高一些，给喝的酒至少也是泸州老窖，有时还能喝到茅台，给的烟也是红塔山。于力吃一堑长一智，把钱都存到镇上的农业银行，很快，他存折上就有了三千多元。

那哭丧婆并不老，三十多岁，白白净净的，就是有点妖艳。于力对她不薄，经常向做丧事的人推荐她。于力说，这女人挺可怜的，丈夫早早死了，儿子是遗腹子，又小，她的公婆、叔伯不喜欢她，让她母子睡牛栏，大家有活就给她一点儿，帮你们哭大半夜，收你们三五十元也不算贵。

村里有人说，她骗了王朝好多的钱，她的心比她的眼泪更虚伪。

于力说，你们把她当唱戏的看就得了。

那女人有几分感动，就这样缠上了好男人于力。

她对于力说，我比你那个疯婆好，至少我懂得怎样跟你睡觉。

于力说，我知道。

那女人说，我会挣钱，哪一天你抬棺材抬不动了，我还可以靠哭丧赚钱养活你。我能哭到七十岁，而你只能抬到五十岁，过了五十就要退休，不要学王朝、马汉，近六十了还逞能，结果早早就让你抬上山去了。

于力说，我知道。

那女人说，我的丈夫虽然死得早，但他读过一些书，知书达礼，我的儿子是两个正常人生的，应当说比你的儿子聪明。我做了你的老婆，我的儿子就是你的儿子了，你的儿子就算是白痴也不要紧，有我的儿子为你争光，我还要教他孝敬你，他没见过他的父亲，就会死心塌地地把你当他父亲。

于力说，我知道。

那女人又说，你的田芳可送回高州城去，扔到精神病院门口就走，总比像别人被扔到深山野岭好。这样，她也许能找到归宿，你也对得住良心了。

于力说，我知道。

那女人高兴地说，过两天我就搬过来与你同居，从明天起，我们就要同舟共济、勤俭持家，争取尽快把家搬出米庄。我们的存折就合并成一个，暂由我保管，如果你信不过我，由你保管也可以。不过女人管钱总比男人稳妥。

于力说，在这之前，我跟你上床睡过觉吗？

那女人说，上次在柳花村凌大胆家，半夜我哭丧时，别人都打盹了，就你睡不着过来假装劝慰我，却故意摸我的奶子，我怕有人看见，不给你摸，但你没跟我睡过觉。

于力说，这就好。我们谁都不欠谁的。你不要缠我了，我专心致志抬我的棺，你集中精神哭你的丧，井水不犯河水，牛×搭不上黄皮树。

那女人大吃一惊，说，哎哟，你这是什么意思？你以为你是谁？送上门的不值钱是吗？你总有一天像死鬼王朝一样不得好死。

到那时，我不会哭你这个没有头脑的轿夫。

张望几经吵闹仍要不回存在储金会的钱，很快就死了，死前于力去看他。

张望说，于力呀，我这是活活被气死的，连抬棺材的血汗钱都被人吃了，我这些年来都当学了雷锋，我早就说过，干我们这行的都没有好下场，不过你说过一句话，我一直放在心上，你说，死人的钱都是给活人用的。生不带来死不带走嘛，也就是这个道理，你懂得比我早。

于力要塞给张望二百元。张望不要，说，你这二百元是让我早点儿闭眼的，我不要，要了的话，你还是会从我身上要回去的。我死后，你抬我的棺材抬好一点儿就成，而且不能收我叔侄的钱。这抬棺的二百元钱就当我已经支付给你了。

于力说，这很容易做到，想不到师父你的要求并不高。

校长阿富的女儿小惠在广东一家工厂打工，一天夜里加班打了个盹，手被机器卷了进去，然后头也进去了。她回到村里时，水稻才开始抽穗，有一缕缕淡雅的幽香围在她的身旁。校长阿富哭的样子很难看，脸庞扭曲，像我家喂猪的铝勺子，声音竟然像蝙蝠叫。我希望小惠能埋葬在学校后面我与她曾经待过的棺材坑里，省得于力重新挖一个坑，说到底是为阿富节约些银子。但于力不以为然，他硬要在附近不到二十米的地方重新挖一个坑，这样他便能心安理得地从阿富那里多得到三十元钱。后来我多次去看望小惠，总觉得她旁边的那个坑是为我准备的，因为假若我死了，该比我早死的于力决不会免费给我重新挖一个。

于力是在中秋节后决定离开米庄的。

那天，很久不见的化州瘦鸡突然出现在村口，拦住了于力。

于力扛着抬尸杆，学着张望的语气说，瘦鸡，你家死人了？那也不应该大老远来请我呀，请我我也不可能去，化州太远了。我不稀罕你那几个烂钱。

瘦鸡气愤地斥责道，于力，你这个死后没人敢抬的活尸，没人敢跟你说话。你出口就比蛇毒比蝙蝠狠，你将跟张望一样不得好死！

于力换了笑脸，说，你找我有其他好事？

瘦鸡远远地站着，劈头盖脸地对于力说，你想不想发财？

于力马上兴奋起来，说，谁不想？我想，想，比想张曼玉还想发财。

瘦鸡笑道，你也配想张曼玉？你吃屎去！

于力认真地说，有了钱就没有什么不可以，想睡谁就睡谁！你说，有什么门路可发财？

瘦鸡说，你先将抬棺杆放下，我看到那东西就厌恶。

于力忙放下抬棺杆，说，你不会叫我去偷、抢、骗、拐、投毒、杀人放火吧？这种事我可不做，我哥进去了，我可不想步他后尘。我有老婆、孩子，还有一份不错的工作，天天有酒喝有肉吃，这样一辈子很快很舒畅就过去了……

瘦鸡说，你就这般知足？你这把骨头抬棺能抬到七十岁？张望够强壮了吧，不是五十七岁就死了？现在农村的人长寿了，不容易死了，干你这一行的没保障，不是天天有活干，有些活你还得白干，像抬张望你就不能收费，你还是另谋出路好，到城市去。你不看报纸不知道，现在全国每年有三百多万人死于车祸、二百多万人死于自杀、二十多万人死于凶杀、十多万人被依法处决、一千多万人病死在医院里……这里面有多少活等着你这种人去干？

有多少发财机会呀！

于力说，城里不用抬棺材，都是火葬的，把尸体推到高温炉一烧就行了，只剩下几两骨头，家属把它们夹到自己的衣袋里就能带走，我能干什么？

瘦鸡说，你可以背尸体，我的一个亲戚在高州一家医院里当领导，正好要一个在太平间里干事的人，我就推荐你。听说每月工资不多，只有几百元，但外快多，有人求你，死者家属给你的红包可不少，一个月下来收入不少于二千元。高州还有一家有名的精神病医院，田芳也可以住在那里治疗，一举两得，你去不去？

于力说，言之有理，不过，这么好的事情你为什么留给我？我跟你并不算很有交情。

瘦鸡说，一来我欠你的，上次收购芭蕉的事我失信了，二来我可怜田芳。

于力说，田芳关你什么事？你是可怜我的侄子阿桂吧？你搞得他一家家破人亡，你的确欠我们的。

瘦鸡争辩说，我跟阿桂母亲没有任何瓜葛，是她神经兮兮地整天听我们说笑话，想入非非而已。

于力说，我这人做人的原则是没有过夜的仇。这些陈年旧账我不管了，但你还有点良心，想到关照我，我多谢了。

于虎总得有人照看，我的一个嫁在邻村的姑婆挺身而出，抱走了于虎。我也上了中学。于力带着田芳骑自行车越过米河，摇摇晃晃到了熟悉的高州城，马上把她送到了高州精神病医院。

太阳还很毒的时侯，于力捏着田芳入院的收费收据，木讷地有点恋恋不舍地站在医院门口，看着田芳熟悉的背影，心情十分复杂，他该不该送田芳到这里来，他怎么就把田芳送到这里了呢？

田芳肯定是城市里的人，说不定还是现代化大都市上海的女人，她虽然疯了，但她的骨子里有城市女人的高贵气质，他占有了她的肉体，但他占据不了她的心。他很想让田芳成为一个身心正常的女人，像城里的女人一样双手搂着他的脖子撒娇接吻，像城里的女人一样跟他热烈地做爱，像城里的女人一样爱着自己的男人，而不是像木偶一样躺着任他发泄，他感觉不到由爱情和快感构成的愉悦，他需要一次真正的愉悦，哪怕只一次，这也许正是他听取瘦鸡的意见而不顾于球当初的告诫把田芳送到高州的动力。田芳低着头，随一个女医生进去，她甚至没有回头看他一眼，只当不认识他，或者与他的关系已经决裂，她义无反顾地消失在他的视线里。于力心头涌上淡淡的失落和伤感，甚至演变成浓浓的悲哀，一股久违的自卑感瞬时如气球一样膨胀，并砰一声破裂开来，如粉尘一样笼罩在高州城的上空。

在太平间里工作正如瘦鸡所说，收入高，每天都有人死去，他每天都有背不完的尸体，从病床上背，从急救车上背，从公路上背，从自杀或凶杀现场背，瘦骨嶙峋的、胖如死猪的、血肉模糊的、面目狰狞的、脸部扭曲的、粉身碎骨的，他都不怕，往身上一放，就往太平间跑，不用跋山涉水，不冒枪林弹雨，远没有抬棺辛苦。瘦鸡所不知道的是，太平间里竟然有空调，二十四小时冷气开放，热了累了可以躺在太平间里休息一会儿，没人理你，下班后还可以到医院门外的胡四小炒店炒两个菜，喝上半斤米酒。习惯了和张望他们喝酒的于力，一个人喝酒觉得没意思，就认识了给尸体美容的冯经营。冯经营矮矮瘦瘦的，与于力有点相像，但与于力的春风得意和雄心勃勃比起来，他显得过于猥琐。二人都是讲白话，语言相通，习俗相近，因此有话可说。冯经营一开始故意大惊小怪地说，你于力何德何能，找到一份这么有搞头的工作？几个马屁拍下来，几乎天天就是于力主动请客了。

冯经营告诉于力说，我在这儿干了十几年，没人把我当人，就你于力够义气。上个月，在太平间背尸的老陈死了，他跟我是死对头，他偷了死人身上的东西，栽赃说是我偷的，我差点儿被医院炒了鱿鱼，这下好了，有了报应，他背尸时绊着院长夫人的哈巴狗，摔了一跤，尸体重重地压在他的身上，这一压他竟然就死了，还是我见义勇为，背他到太平间的呢。

于力感慨地说，人的死法我也见多了，想不到竟有这种死法的。

冯经营伤感地说，大千世界人的活法不一样，死法也应该不一样，一点儿也不奇怪。像老陈这种人，自以为老婆中风在床、四个孩子读书，家境艰难，就可以做偷鸡摸狗的事情，做人不本分，迟早会吃亏，连这个道理也不懂就不要干我们这一行了。我在太平间干了那么多年，从不拿人家一针一线。

冯经营看上去不苟言笑，但二两酒下肚后就滔滔不绝了。于力可不喜欢这种只顾自己说话不给别人插嘴的人，怪不得老陈恨他。但冯经营能解闷，于力还是乐意与他在一起，喝完酒后二人还说一些黄色笑话，冯经营说他潮州乡下的男盗女娼的故事，于力就将瘦鸡、大耳强平时所说的耳熟能详的黄段子拿出来显示自己的见多识广。二人说得兴奋，时间过得飞快。

但当冯经营知道于力有一个老婆后，就不高兴了。他可没有老婆，从没有过。喝醉了酒后，他跟于力说，这个世界卵越来越多，×却越来越少，我一点儿办法也没有，你是我的兄弟，多你一个男人不算多，我告诉你，我一生中只碰了三次女人：第一次是在潮州乡下，勾引一个屠夫的女人，被屠夫发觉后，我就在杀

当代中国最具实力中青年作家书系

猪刀的刀光照耀下，连夜逃到了高州城；第二次是在高州，就是在这个医院里，我对一个年轻漂亮的散发着香水味的女尸忍受不了，就做了。我做完后在太平间里哭了一夜，不是因为做错了事，而是好端端的一个女人就这样死了，听说是跳水自杀死的，虽然每天从太平间出出进进的尸体很多，但我还是为她的自杀而伤感；第三次是我嫖了一个湖南妹，一点也不爽，后来就没碰过女人了。于力觉得冯经营有点儿变态了——变态的人是很危险的，千万不要和变态佬交往，这本来是瘦鸡侮辱他的对手大耳强时经常说的。于力要和冯经营保持距离，但冯经营不肯，有事没事要找于力喝酒。于力借口说没空，就往精神病院走。

于力每隔三天去一次精神病院看田芳。田芳还认得出于力，有一次还亲切地叫了一声"于力"。于力高兴地告诉冯经营，他老婆的病好多了，能叫他的名字。冯经营不以为然，阴阴地说，全国有三千多万精神病人，还在以每年一百万人的速度增加，比许多国家的人口总和还多，没几个能治好的。

于力说，你不用嫉妒我、泼冷水，大街上还有许多女精神病人，漂亮的也有，丰满的也有，老的也有，年轻的也有，天南海北的任你选，你也可以收一个。

冯经营不屑地说，我才不做这种事，要老婆就找一个正常的女人，就算断手断脚的也比找个疯婆好。疯婆在做爱时肯定会大喊大叫、乱抓乱咬，我可受不了。只有像你这种人才饥不择食、穷不择妻，是女人就成。

于力受不了冯经营的一番奚落，来了点儿火，轻蔑地说，你以为你是谁？你做过不少丢脸的只有你才做得出的勾当，说到底我比你干净比你强，你就找不到一个四肢齐全的城市女人做老婆。

一个上海的女人，身份高贵、气质优雅、年轻漂亮，只是精神有点问题而已，治好了就是正常人了。我得到了这样的福分，而你冯经营没有。

冯经营说，活尸于力，你怎么可以将我酒后说的话拿到平时来挖苦人呢？亏我还把你当兄弟，你缺德，你无耻，你小人，你不配与我喝酒。

于力说，每次酒钱都是我付帐，你吃得多，三只猪脚总是你一个人吃掉两只，我心里虽然不高兴，但从没说过一句不是，而你占了我的便宜还说我不配跟你喝酒，天底下再也找不到像你这样无赖的人了。

冯经营与于力争吵起来。冯经营生气了，要去高州公安局报警抓于力，于力大骂冯经营卑鄙下流断子绝孙，二人厮打起来，并动用了小饭店的碗筷、椅子甚至菜刀。有人报警。二人在公安局里停止了争吵，但各自说出了对方的秘密。冯经营说出了田芳，于力供出冯经营奸尸。

冯经营离开医院那天，于力正好从妇产科那里背一个尸体上一辆手推车。于力看见冯经营提着一个蛇皮袋，在医院保安的监视下，依依不舍地走出医院大门。他回头看了于力一眼，恶狠狠的，眼里放出绿光。于力越来越觉得冯经营像蝙蝠一样恐怖，甚至觉得冯经营就是一只吸血的蝙蝠，终于从医院大门口飞了出去。于力有些胆怯，此时他再一次想起瘦鸡的警告：不要跟变态佬交往。瘦鸡的有些话往往是对的，尽管他不喜欢。现在变态的人简直越来越多，连在太平间工作的人都这样，世上变态的人也就更加数不胜数防不胜防，也就是说，要做到如瘦鸡所告诫的那样会十分困难。于力转念一想，精神病是不是从变态开始的？他越想越不是滋味，干脆就不想了。

公安局下不了拘捕于力的决心。于力说，我做好了坐牢的一切准备，不就是坐牢嘛，有什么要紧？睡在哪里都是睡在床上，吃什么都是从嘴巴进去，从屁眼出来，反正我的哥哥也就是阿桂的父亲快出来了，但最好是让我先治好田芳的病再坐牢。不过，法律无情，我什么时候进去由不得我，我算什么呀？公安局说了算。

公安局有人到医院看田芳。于力也跟着去。

田芳在两棵芒果树下，左手拿着一只碗，右手拿着一只筷子轻轻地敲，并放声歌唱邓丽君的《小城故事》，声音悦耳动听。唱毕，田芳操着上海口音对穿着便服的公安说，我就知道你们是公安局的，我老公呢？

公安局的人喜出望外地问，谁是你的老公？

田芳大声地理直气壮地说，江进步呀，不是江进步是谁？就是上海市第三纺织厂保卫科的江进步。

于力脸色瞬间死一样苍白，双腿颤抖。

田芳开始走向漫长的复原了。她清清楚楚地说出了一个上海男人的名字。于力紧紧捏住衣袋里的住院收费收据，手心直冒冷汗。

公安局的人说，等你的病好了，就送你回上海去。

田芳争辩说，我没病，江进步欺骗了我，何以楷也欺骗了我，张红旗一样不是好人，他不给我兑现诺言，全世界的人都想欺骗我，我谁也不相信了。黄浦江的水涨到东方明珠塔了，快跑！

公安局的人对于力说，我们将很快通知上海市公安局，让江进步来带田芳回去。至于拘不拘捕你，我们要请示领导。

于力晃着于虎的照片对田芳说，他是你的儿子，你想不想他？

田芳盯着于力，好久才说，我好像在哪里见过你，你是于力？你把好大好大的棺材抬到哪里去了？

于力依然在高州医院的太平间里工作。他按计划交清了田芳的住院费用，还预交了一个月的费用。

于力估计上海市第三纺织厂保卫科的江进步没那么快就来，甚至会不来。他如果爱他的老婆，就不会把她逼疯。就算逼疯了，也不至于赶出家门让她流浪到陌生的地方自生自灭。对于一个自己不爱的疯女人，江进步不会如此紧张，何况现在有人为她治病，他还求之不得呢。上海到这里的路程不短呀，阿桂说过，骑单车日夜跑也要一个多月，江进步不会日夜兼程的，城里人晚上要睡觉，白天要午休，听说上海的男人还是很懒的。

当然，未雨绸缪的于力也做好了江进步到来的准备。他躺在凉快的太平间里想：万一江进步来了，与他站在一起时该怎么办？他不能猥琐给江进步看，不能让他觉得是自己无端地占有了他的老婆，他应该堂堂正正、光明磊落地站在这个上海男人面前，平等地、理直气壮地与他对话——

众所周知，上海的男人有钱却胆小如鼠，看到于力大义凛然的样子先是胆怯了几分，生怕于力先掴他几耳光，打了右脸打左脸，他很不情愿地硬着头皮走近于力，但不敢仰视，也不敢说话。于力到底还是有点儿恻隐之心，心想，江进步虽然可恶，但大老远从上海来，又不敢说话，他主动一点儿也不见得就吃亏，要摊牌，毕竟两人还是要说话的。

于是，于力就冷冷地说，你就是上海市第三纺织厂保卫科的江进步——先生？

江进步这才敢点头哈腰地主动上前，握着于力的手说，是，我就是江进步，你是广西米庄的于力先生吧？

于力依然冷冷地说，不错，我现在是田芳事实上的丈夫，你只是她的前夫，这我知道，当然你也应当明白。打个比方说，一条狗，它不嫌主人穷，但也要看主人的态度。她原来是你的，但在你那里得不到幸福，你打她骂她冷落她真的把她当狗，虽然吃有山珍海味住有高楼大厦，但也比不上半碗米粉两个发馊的面包香甜，于是她就跑到我家来了，死心塌地地跟着我，不愿再回到你那边去，这样，你不能强行绑她回去，也不能说她还是你的。

江进步似懂非懂地点点头，说，于先生，你讲得很好，我看得出，一个乡下人懂的道理并不比城里人懂的少。虽然我不认同你的说法，但我不会跟你争吵。

于力有点窝火，说，我却要跟你争吵。我为了治田芳的病什么活都干了，什么钱都要了，对女人你比不上我无私，你当初把她当包袱甩了，现在觉得后悔了，或者怕别人说三道四，就来要她回去。我想不到世上真有如此卑鄙无耻的男人。

江进步抓紧于力的手不愿放松，既悔恨又满怀感激地说，我卑鄙无耻，我丧心病狂，你是一个好人，为治田芳的病花了很多钱，付出了很多心血，现在她的病好了许多，能记起自己的丈夫了。虽然你糟蹋了她，应当受到法律的严惩，但我个人会原谅你的过错，我还是要代表我的一家感谢你！

于力给江进步泼了一盆冷水，厉声地说，我糟蹋她？你搞错了！你娶她做老婆才是糟蹋了她。因为是你和你的一家逼疯了她，法律也不应放过你们。但那是法律要管的问题，我不管。你逼疯她是你过去的家事，我也不管。治疗她的病是我现在的家事，你也不要管。更不用你感谢。田芳是我的人了，我会不惜一切代价治好她，然后我们回米庄，一家三口好好过日子，我要让她过上世界上最好的生活。

江进步要跪下求情，哭丧着脸说，于先生，那不成，她是我孩子的母亲，我孩子不能没有母亲，就算她的病永远治不好也要像猪一样圈养着，这样我孩子毕竟还有母亲可叫可孝敬，因此我得带她回去。钱不是问题，我可以给你必要的补偿和酬谢。

于力终于忍不住发火了，大声地训斥江进步说，这不是钱的问题，何况你不见得就比我有钱。你想想，这些年你们对她做了些什么，作为她的丈夫，你爱她吗？她的儿子听过她的话吗？是谁让她疯了？既然逼疯了她，为什么还要带她回去？还要让她流落上海街头？如果那样，连半碗米粉两个发馊的面包也没有人给她。何况，我家的于虎也是她的孩子，他也要妈妈。田芳不会跟你回到那座伤心的城市，上海算什么东西？她在米庄过得很好，养得白白嫩嫩的，你不能强迫她回去。你带她走，我首先不答应。

江进步理屈词穷，陷入了思考。

于力心平气和地微笑，并不失时机暗藏威胁地说，江先生，你知道吗？我抬过的死尸比抬过的石头还多，挖过的棺材坑比挖过的树坑还多，我还懂得杀人，我的命比不上你的一个手指头值钱，我不想窝囊地死，我想死在法场上。

说完，于力右手手指扳成手枪状，顶住自己的脑门，啪一声，很潇洒地做了一个枪毙的动作。

江进步猛然放开于力的手，脸色煞白，害怕地说，于先生，你误会了，我们不必要为此事大动干戈，伤了和气。

于力心中有数，知道城里的人大多怕死，便不屑地说，那你就不应该来这里。

江进步战战兢兢地说，可是我还是来到这里了。

于力高傲地昂首挺胸，冷若冰霜地说，你是怎样来的，就怎样回去好了。

江进步一筹莫展，无话可说，自责地蹲在地上，呜呜直哭。好久，他才站起来，掏出雪白的手帕擦去眼泪，再次握着于力的手，低着头，愧疚地说，于力兄弟，难为你了。

……

太平间的确是一个适合思考和秘密演练的地方，心思缜密的于力精心设计了好几套精彩绝伦的、在斯文程度上跟城里人差不多的台词，以上只是其中一套，为此他很自得，以为不管出现哪种情况他都不会吃亏了，也不会输给江进步，一切局势都在他的掌握之中。是福不是祸，是祸躲不过，他现在能做的，就是做好不怕一万就怕万一江进步来的准备，底气十足地等待那一天的降临。为此，他还打算从明天起，再背十天的尸体，赚到的钱就到商场上买一套像样的西服，还要像瘦鸡一样穿上棕色的皮凉鞋和花白的丝袜，这是广东流行的，上海也应该流行。

第二天中午，于力顶着烈日，像平常一样去给田芳送鸡汤，等待田芳欢欣的微笑。但医院的人准确无误地告诉他，刚才公安局的人和一个上海男人来把田芳接走了。

于力一下子瘫坐在精神病医院大门口，好久才回过神来，自个儿把鸡汤喝个精光。一个护士给他送来一只蛇皮袋，那是田芳的，她没有带走，里面装着几件我母亲的旧衣服。于力想，她居然连这个蛇皮袋也不带走，真的是连他也不相信了，不把他当自己人了，与他一刀两断了，过河拆桥了。于力忍不住咯咯咯地直笑，那护士觉得于力不应该这样笑，说，你是不是也要住院？

于力大声地说，你才是精神病！你们让人接走田芳为什么不先告诉我？为什么不征求我的意见？你们把我当成了什么人？

那护士自言自语地说，这人变态了。

于力清楚地听到了那护士的话，大声争辩说，我好好的，比他妈的全世界的人都清醒、都正常，你凭什么说我变态？你们这间破医院我才不想进去，永远不想进去，也轮不到我进去，再轮十年也轮不到我，轮到你也轮不到我！

那护士显然知道自己永远也等不到于力说一声起码的"谢谢"，就失望地走了。

没有了动力的于力干起活来无精打采，常常穿着厚厚的衣服

当代中国最具实力中青年作家书系

躺在太平间里睡觉，像一具死于癌症的尸体，恬静而安详。终于有一天，他把一个来认领自己丈夫的女人吓疯了。那天，那个女人进了太平间，拿着手电筒一个个尸体地辨认，手电筒照在于力阴阴的脸上。于力突然睡醒了，漫不经心地说了一句，别照啦，我不是你的老公。

那女人啊的一声魂飞魄散，于力看到她的魂魄像蝙蝠一样尖叫着在太平间里展翅飞翔，却找不到可以停靠的芭蕉树。

那女人把自己的魂魄当手电筒扔掉了，夺门而去。魂魄和手电筒重重地摔在地上，先后发出两声沉闷的响声。这响声又像于力的两声咳嗽。

就这样，于力在两个保安监视下走出医院大门口。一只蛇皮袋搭在背上，习惯了用背干活，肩膀久而不用，好像娇嫩了不少，不知回到米庄还能不能重操旧业，这是于力最担心的事情。但他想起当日冯经营也是这样离开的，冯经营能做些什么？酒没人请他喝了，回到潮州，那个屠夫还会找他算账，他还是会在屠刀的刀光照耀下逃之夭夭。更何况冯经营离开时的蛇皮袋远没有他的鼓，他的袋里值钱的东西肯定比冯经营的多。同时于力不相信冯经营真的从不拿人家一针一线，如果真的是那样，冯经营就是大大的痴呆，痴呆是没人同情的，说实在的，连他于力也不会同情，他才不会笨到眼睁睁地看着尸体身上值钱的东西连同尸体一起被送到火葬场，玉石俱焚。

于力离开高州城前，去了一趟精神病医院，除了发现多了一个女病人外，一无所获。那个女病人站在离大门口不远的两棵芒果树下，弄着自己的头发，一定是在数根数，忙了大半辈子，连自己有多少根头发也不知道，人嘛，静下来数数自己的头发也好。于力是这样想的，突然想起这个女人就是被他吓着的那一个。于力并不因此而内疚。令他内疚的是，医院对他不错，最后时刻他却吓疯了这个女人，医院要为此赔偿不少银两。于力还想了很多，一辈子也没想那么多。比如，要是天下所有的精神病人都能进这个医院就好了，但这样也不成，精神病人越来越多，医院装不下。那就划一块地方给他们，成立一个国家，让他们自己管理自己，大家都疯了也就没有疯子了。但这样也不成，万一有一天自己也记不清自己是谁了，难道也要进入这个国家？不成不成，让冯经营这种人进去才合适，冯经营算什么东西？也许他现在已经疯了，在高州街头捡别人的剩饭，惶惶不可终日。我就喜欢米庄，那里山清水秀，除了于球外其他的人都不错。于虎应该会走路了，心胸狭隘的于球曾经说过，龙生龙凤生凤老鼠生子会打洞。母亲是疯婆，于虎会不会生下来就是痴呆，去他妈的，于球自己死了儿子，心理就变态了，希望别人的儿子都是痴呆，幸而于虎天资聪明、乖巧可爱。于球老婆现在找不着我了，张望也死了，马汉病倒在床上。尸体在太平间里进进出出，人就是那么回事，太平间只是一个中转站，对我来说也不过是一个中转站，到最后我也要离开。亲爱的田芳亲爱的护士老陈院长夫人哈巴狗漂亮的和丑陋的年轻的古稀的肥的瘦的全尸碎尸校长阿富林三瘦鸡大耳强在高高的山岗上挖棺材坑性用品专卖店通奸捉奸蝙蝠芭蕉树阿桂的学费上海在哪里于虎的门牙搬出米庄死尸家属剩菜炒粉牛肉五分钱一斤火车站游泳蛙泳破单车清湾镇田七香皂哭丧婆抬棺杆吃死人死人的钱给活人用三斤上等米酒从米庄到村公所一里五十个来回到高州风水祖宗鬼神符赌博嫖娼丰乳霜手机三枪内裤高楼大厦生生死死米庄在哪里好像我去过米庄人为

当代中国最具实力中青年作家书系

什么要疯江进步会不会是坐飞机来的公安局医院太平间三十年前二十年后明天农药化肥柴米油盐芭蕉芭蕉芭蕉芭蕉芭蕉芭蕉芭蕉芭蕉……

边走边想，于力突然惊恐地发觉自己的思维确实有点儿混乱，头脑跟拌浆机一样，跟洪水翻滚一样，一下子想了很多，一辈子也没想那么多。荒唐的是，他差点儿记不起自己是谁，记不起自己是从哪里来，又将往哪里去。虽然只是一瞬间，但这是前所未有的，非常可怕，是不是自己有点儿疯了？或者到了疯的边缘？不是的，原来只是自己肚子太过饥饿了，就不知不觉地来到了上次卖芭蕉时碰上的那家米粉摊。

于力依然要了一碗粉，与上次不同的是，他这次心安理得地加了两元的肉，本来要半斤米酒的，只是老头老板说米酒没有了，两天前有人卖假酒，政府整治酿酒作坊，全城就没有米酒喝了。于力有一点儿扫兴，就慢慢地吃，一条条地拉着粉丝吃，好像要数清楚一碗粉到底有多少根粉丝，到底是单数还是双数。

那老头老板或许认得上次来过的于力，不敢催促他吃快点儿。当还剩下半碗米粉时，于力忽然不吃了。老头老板看到于力在东张西望，终于忍不住说，你在等人吧？

于力抬头看了一眼老头老板，压制着肚里要飞出来的刀枪，和气地慢条斯里地说，我很快就要回米庄了，要赶一百里的路，在你这儿多呆一会儿，成不成？

老头老板说，你不会是等别人来吃你的半碗剩粉吧？

于力把筷子往桌上一扣说，我饱了，吃不下，谁爱吃便吃去。

正好有一个左手提着破蛇皮袋的蓬头垢面臭气熏天的人过来，熟练地一把端走了于力的碗，在一旁狼吞虎咽。

于力一看，是一个看上去竟然有点儿像冯经营一样猥琐可恶的男人，一下扫兴到了极点，他站起来，生气地对老头老板说，你的米粉有卵毛，你怎能把卵毛当粉卖！

说罢他便走了，走得又快又稳，一点儿也看不出他的右脚原来是瘸的。

当代中国最具实力中青年作家书系